Pripovetke

Pripovetke

Laza K. Lazarević

Globland Books

Prvi put s ocem na jutrenje

„Bilo mi je, veli, onda tek devet godina. Ni sâm se ne sećam svega baš natanko. Pričaću vam koliko sam zapamtio. I moja od mene starija sestra zna za to, a moj mlađi brat baš ništa. Nisam pao na teme da mu kazujem!

Meni je mati pričala mnogo štošta kad sam odrastao, pa je zapitkivao. Otac, naravno, nikad ni slovca!

On, tj. moj otac, nosio se, razume se, turski. Čisto ga gledam kako se oblači: džemadan od crvene kadife s nekoliko katova zlatna gajtana; povrh njega ćurče od zelene čohe. Silaj išaran zlatom, za njega zadenuta jedna harbija s drškom od slonove kosti, i jedan nožić sa srebrnim cagrijama i s drškom od slonove kosti. Povrh silaja tranbolos, pa rese od njega biju po levom boku. Čakšire sa svilenim gajtanom i bućmetom, pa široki pačaluci prekrilili do pola nogu u beloj čarapi i plitkim cipelama. Na glavu turi tunos, pa ga malo nakrivi na levu stranu, u rukama mu abonos-čibuk s takumom od ćilibara, a s desne strane pod pojas podvučena, zlatom i đinđuvama izvezena duvankesa. Pravi kicoš!

Naravi je bio — otac mi je, istina, ali kad sam već počeo pričati ne vredi šeprtljati — naravi je bio čudnovate. Ozbiljan preko jega, pa samo zapoveda, i to on jedanput što rekne, pa

"

ako ne uradiš — beži kud znaš! Osorljiv i uvek hoće da bude na njegovu, tj. niko se nije ni usuđivao dokazivati što protivno njemu. Kad se zdravo naljuti, a on psuje aliluj. Tukao je samo šamarom, i to samo jedanput, ali, brate, kad odalami, od časa se prućiš! Lako se naljuti; natušti se, griska donju usnu, desni brk suče i izdiže ga naviše, veđe mu se sastale na čelu, a one crne oči sevaju. Jao! Da onda neko dođe da mu kaže da nisam znao „alekcije"! Ne znam čega sam se tako bojao, naposletku baš i da me ćuši jedanput, pa šta? Ali ja strepim od onih očiju: kad ih prevali, pa kao iz praćke, a ti, ne znaš zašto ni krošto, ceptiš kao prut!

Nikad se nije smejao, bar ne kao drugi svet. Znam, jedanput drži on na krilu mog malog bratića. Dao mu sahat da se igra, a moj Đokica okupio pa gura ocu sahat u usta i dernja se iz petnih žila što on neće da otvori usta. Ja i sestra da umremo od smeha, a to se i ocu dade nešto na smeh pa nekoliko puta razvuče malo levu stranu od usta, i oko levoga oka nabra mu se koža. To je bila velika retkost, i eto tako se on smejao kad se desilo štogod gde bi neki drugi razvalio vilice da bi se čulo u Tetrebovu mehanu.

A znam, opet, kad je umro moj čiča s kojim je babo ortački radio i koga je jako voleo. Moja strina, mati, svojte, mi deca — udri kukaj, plači, zapevaj, stoji nas vriska, a moj babo ništa, ama baš ni suze da pusti, ni „uh!" da reče. Samo kad ga poneše iz kuće, a babi zaigra donja usna, dršće, dršće; prislonio se na vrata, bled kao krpa, pa ćuti.

Što rekne, neće popustiti ni za glavu. Pa makar da se on kaje u sebi. Znam kad je otpustio Proku momka iz službe. Vidim da se kaje i da mu je žao, ali popustiti neće. Toga

Proku je najvoleo od sviju momaka. Znam samo jedanput da ga je udario što, točeći rakiju, nije dobro zavrnuo slavinu na petačci, pa skoro akov rakije istekao. Inače nikad ni da ga je kljucnuo! Sve mu je poveravao, slao ga u sela po veresiju i koješta. — A znate što ga je otpustio? — Na pravdi boga!... Video ga da igra krajcara! — Tek ćete se vi posle čuditi!

To o Đurđevu dne. Došao Proka u dućan da mu se nanovo potpiše bukvar. Babo izvadi devedeset groša, pa kaže: „Na, evo ti ajluka! Meni više ne trebaš; idi pa traži gde se može igrati krajcara!" Turio Proka fes na oči, plače kao kiša i moli. Darnu to mog oca, baš videh, ali mislite da je popustio? — Bože sahrani! Izvadi samo još jedan dukat pa mu dade: „Na, pa put za uši!" Ode Proka, a on se kaje u sebi što istera na pravdi boga najvaljanijeg momka.

Nikad se nije šalio; ni s nama decom, ni s majkom, ni s kim drugim. Čudno je živeo s mojom majkom. Nije to da rekneš da je on, ne daj bože, kao što ima ljudi, pa hoće da udari i tako što, nego onako nekako: uvek hladan, osorljiv, gori od tuđina, pa to ti je! A ona, sirota, dobra, brate, kao svetac, pa pilji u njega kao noje u jaje. Kad se on što obrecne, a ona da svisne od plača, pa još mora da krije suze i od nas i od njega. Nikad i nikuda nije s njome išao, niti je ona smela pomenuti da je kuda povede. Nije trpeo ni da se ona što meša u trgovinu i njegova posla. Kaže ona jedanput:

— Mitre, što ne daš Stanoju rakiju? Skoro će i nova, pa gde ćeš je?

A tek se on izdrači na nju:

— Jesi li ti gladna, ili ti je čega malo? Novci su u tvojim rukama, pa kad ti nestane, a ti kaži! A u moj se posao ne pleći!

Pokunji se mati pa ćuti.

Sa svetom je takođe malo govorio. U kafani imao je svoje društvo, i samo međ' njima što rekne po koju. Kuma Iliju je poštovao što može biti; i to je jedini čovek koji mu je smeo reći šta je hteo, i koga se moj otac čisto pribojavao.

Nas je decu, kao i majku, voleo, nije vajde, to se vidi, ali nas je držao prestrogo. Ja se ne sećam nikad i nikakva znaka nežnosti od njega. Pokrivao nas je, istina, noću kad se otkrijemo, i nije nam dao da se nadnosimo nad bunar i penjemo na dud — ali šta mi je to? To rade i drugi očevi, ali kupuju deci i šećerlemeta, zlatne hartije i loptu od gumalastike što skače s vrh jablana!

U crkvu je išao samo na Đurđevdan, u kafanu svako veče. Večeramo, on turi čibuk pod levu mišku, zadene duvankesu pod pojas, pa hajd'! Dolazio je leti u devet, a zimi i ranije, ali neki put prevali i ponoć, a njega nema. To je moju sirotu majku i sestru peklo — ja vam se onda još nisam razumevao u lumpovanju. — Nikad one nisu zaspale pre nego on dođe, pa ma to bilo u zoru. Sede u krevetima — ne smeju ni sveću da upale. Ljuti se on, bolan, kad vidi da sveća gori. Čuo sam jedanput, kad dođe docne kući, gde progunđa:

— Šta će ta sveća u ovo doba?

— Pa da se vidiš svući, Mitre — kaže moja mati.

— A zar ja ne znam upaliti sveće, ili sam, valjda, pijan, pa ne umem naći?

— Pa nije, Mitre — uvija se moja mati — nego kao velim...

— A šta veliš? Valjda da mi komšiluk misli da mi leži mrtvac u kući!

Kakav mrtvac! Vi mislite on to zbilja misli? Mari on i za

susedstvo! Nego ne da on da moja mati vodi računa o njegovu dolasku, pa ne zna od zla kako će da počne. Hteo bi da mati spava, samo da on može bez brige bančiti. Peklo je to i njega, vidi se to.

Pio je vrlo malo, i to samo vino. Rakiju, i kad ogleda za kupovinu, ispljuje, pa nakiseli lice. Ni za kafu nije bogzna kako mario... Pa šta je radio svu noć po mehančinama? — pitate vi.

Nesreća, pa to ti je! Da je pio, čini mi se, ni po jada. Nego... Videćete!

To je mojoj majci pola veka ukinulo. Plače nekih puta da svisne. A nikome da se pojada.

Jedanput dođe on, tako, docne kući... Ništa!... Sutradan — ništa... Kad, moj brate, opazi majka da on nema sahata! Prekide se žena, pita ga:

— A gde ti je, Mitre, sahat?

On se namrgodio. Gleda na stranu, kaže:

— Poslao sam ga u Beograd da se opravi.

— Pa dobro je išao, Mitre.

— Valjda ja nisam ćorav ni lud; valjda ja znam kad sahat ide i kad ne ide!

Moja mati šta će, ućuta.

Kuka posle s mojom sestrom: „E, teško meni! Daće sve što imamo, pa pod starost da perem tuđe košulje!"

Jedanput opet — jali je bilo deset, jali nije — a njega eto iz kafane. Nakrivio jednu astrahansku šubaru, preko prsiju zlatan lanac s prsta debeo, za pojasom jedan srebrnjak iskićen zlatom i dragim kamenjem. Uđe on, a kao da mu se nabrala koža oko levog oka. Nešto je dobre volje.

Kako uđe, izvadi sahat iza pojasa, kao sanćim da vidi koliko je.

— Zar si povratio?... — trže se. — Zar ti je već opravljen sahat?

— Opravljen! — kaže on.

— A kakav ti je to lanac?

— Lanac kao svaki lanac — kaže on, ali nekako mekano, nije da se izdire.

— Znam — kaže moja mati — a otkud ti?

— Kupio sam!

— A ta šubara? To ima samo u Miće kaznačeja.

— Kupio sam i nju!

— Prodao ti?

— Prodao!

— A kakav?...

Ali tu moj otac pogleda nekako preko oka moju majku. Ona umuče.

On se uze skidati. Gledam ispod jorgana. Izvadi iza pojasa jedan zamotuljak kolik' pesnica pa baci na sto, a ono zveknu: sam samcit dukat, brate!

— Na — reče — ostavi ovo! — Pa onda iziđe u kuhinju.

Moja mati uze onu hartiju nekako samo s dva prsta, kao kad diže prljavu dečju pelenu.

— A šta ću — kaže sestri — s ovim novcima? Ovo je prokleto!... Ovo je đavolsko!... Ovo će đavo odneti kako je i doneo!...

Kao što vidite, nema tu sreće ni života!

I tako je moja mati bila nesrećna, i mi smo svi uz nju bili nesrećni...

Nekad, pričala mi je mati, bio je on sasvim drugi čovek; a i ja se sećam, kao kroz maglu, kako me je često držao na krilu dok sam bio sasvim mali, pravio mi od zove svirajku i vodio me sa sobom na kolima u livadu. Ali, kaže majka, otkako se poče družiti s Mićom kaznačejem, Krstom iz Makevine ulice, Olbrektom apotekarom i još tako nekima, sve se okrenu i pođe kako ne treba.

Obrecuje se. Ne trpi nikakva zapitkivanja, odmah ispreči: „Gledaj svoja posla!", ili: „Imaš li ti druge kakve brige?"

Nije vajde, kazao sam ja: video je on sam da ne valja šta radi; ali ga uzeo budi bog s nama na svoju ruku, pa ga ne pušta.

Pa ipak, smešno je kazati, ali opet, opet je on bio dobar čovek. Jeste, bogami! Ali tako...

Jedanput vrati se on u neko doba kući. Nije sam! Čudi se moja mati. Prođe on još s nekim pored vrata, nešto polako gunđaju. Odoše u avliju. Čujemo mi malo posle konjski topot i rzanje. Ne znam ja šta je to.

Kad on posle uđe, ja počeh hrkati, i moja se sestra učini da spava. Nazva dobro veče, pa ućuta. Ćuti on, ćuti majka, čekam ja.

Onda moja mati otpoče, a glas joj promukao:

— Odvedoše vranca!

— Odvedoše — kaže on.

Opet ćute, samo mati čas pô useknjuje se, a ja čisto osećam kako plače.

— Mitre, tako ti boga, tako ti ove naše dece, ostavi se, brate, drugovanja s đavolom. Ko se njega drži, gubi i ovaj i onaj svet. Eno ti Jove kartaša pa gledaj! Onakav gazda, pa sad spao na to da pregrće tuđu šišarku i da kupuje po selima kože za Čifute. Zar ti, zaboga, nije žao da ja pod starost čekam od drugoga koru hleba, i da ova naša dečica služe tuđinu?... — Pa onda poče jecati.

— A šta si ti uzela mene zaklinjati decom i plakati nada mnom živim? Šta sliniš za jednom drkelom? Nije on mene stekao, nego ja njega! Sutra, ako hoćeš, da kupim deset!

Moja mati plače još jače:

— Znam, Mitre brate — kaže ona milostivo — ali hoće dušmani sve da odnesu. Ostavi se, brate, tako ti ove naše nejači, proklete karte! Znaš da smo mi na našoj grbini i krvavim znojem stekli ovo krova nad glavom, pa zar da me kojekakve izelice iz mog dobra isteraju?...

— A ko te tera?

— Ne tera me niko, brate, ali će me isterati, ako tako i dalje radiš. To je zanat od boga proklet!

— Ama ja sam tebi sto puta kazao da mi ne popuješ i da mi ne sliniš bez nevolje! Nije meni, valjda, vrana popila pamet, da mi treba žena tutor!

Ćuti plemenita duša. Guši se. Ni suza nema više. One teku kroz prsi, padaju na srce i kamene se.

Dan za danom, a ono sve po starom. Donosio je često pune fišeke novaca. Gubio je takođe. Dolazio je često bez prstenja, bez sahata i bez zlatna silaja. Donosio je drugi put i po dva-tri sahata i po nekoliko prstenova. Jedanput: jedne čizme, jednu ćurdiju; drugi put: konjsko sedlo; posle, opet: tuce srebrnih kašika; a jednom: puno bure lakerde i — svakojakih drugih komendija. Jedanput dovede uveče vranca, onog istog, našeg.

Sutra mu kupio nove amove: vise remeni do niže kolena i biju ga rojte po vilicama. Upregao ga u kola, a stolicu turio na dućanska vrata, pa kroz varoš rrrrrr!, da sve izleće kaldrma ispod nogu.

Mi smo već bili oguglali, samo je mati plakala i brinula se. Kako da nije, bolan? Trgovina zabataljena. Momak se jedan po jedan otpušta. Sve ide kao u nesrećnoj kući, a novci se troše kao kiša.

Počeše, bogme, oni njegovi pajtaši dolaziti i našoj kući. Zatvore se u veliku sobu, upale po nekoliko sveća, zveči dukat, puši se duvan, klizi karta, a naš momak Stojan ne prestaje peći im kafe (a sutradan pokazuje po nekoliko dukata što je nadobijao napojnice). A naša mati sedi s nama u drugoj sobi; oči joj crvene, lice bledo, ruke suve, i čas pô ponavlja: „Bože, ti nama budi prijatelj!”

I tako se on sasvim otpadi od kuće. Samo ćuti. Materi nikad ne gleda u oči. Nas decu ne miluje, ni osorne reči da rekne, a kamoli blage. Sve beži od kuće. Samo nam para daje koliko koje hoćemo. Ako ištem da kupim legršter, a on izvadi po čitavu pletu. Za jelo je kupovao sve što je bilo najlepše u varoši. Moje haljine najlepše u celoj školi. Ali opet nešto mi je tako teško bilo gledajući moju majku i sestru: čisto postarele, blede, tužne, ozbiljne. Nikud pod bogom ne idu, pa i na slavu slabo kom da idu. A i nama su žene slabo dolazile, već samo ljudi, i to gotovo sve samo one „lole” i „pusta'ije”, kao što ih je moja mati zvala. Dućan gotovo i ne radi. „Zar ja — kaže moj otac — da merim gejaku za dvadest para čivita? Eno mu Čifuta!” — Mati ne sme ništa više ni da proslovi. Kaže, jedanput joj kazao:

„Jesi čula, ti, razumej srpski što ću ti reći: ako ti meni ciglo jedanput još što o tome prosloviš, ja ću sebi naći kuću, pa se iseliti; a ti ovde popuj kome hoćeš! U-pam-ti do-bro!”

Ćuti ona, sirota, kao zalivena. Stegla srce, kopni iz dana dan, a sve se moli bogu: „Bože, ti mene nemoj ostaviti!”

E, pa valjda vidite šta će iz svega da bude!

Dođoše oni svi jedno veče. Dođe s njima još nekakav Pero Zelenbać, nekakav svinjarski trgovac koji, vele, „radi s Peštom”. Brkove ušiljio, kosu ostrag razdelio, a zolufe pustio čak do jagodica. Debeo u licu, šiškav u telu; nakrivio nekakav šeširić, a preko prsluka zlatan lanac: isti onakav kakav je pre babo imao. Na ruci mu nekakav prsten, cakli se, brate, ne da u se pogledati. Gega se kad ide; govori krupno i promuklo, a sve se smeši onim malim, kao jed zelenim očima, da te nekakav strah uhvati kao od sovuljage.

Dođoše oni, velim. Stojan odmah uz ognjište, pa peci kafu.

Zapališe četiri sveće. Udari dim od duvana kao iz dimnjaka. Piju kafu, ćute kao Turci, samo karta klizi, i čuješ kako zveči dukat.

To je bila strašna noć!

Mi se s majkom zatvorili u drugu sobu. Ona više ne plače. Ni sestra. Ispijene u licu, oči upale pa gledaju strahovito uplašeno. Prema ovome je ništa ono kad mi je stric umro.

Nekoliko puta ulazio je naš otac u našu sobu. Bio je sav znojav. Razdrljio džemadan, raspučio košulju pa mu se vide guste crne dlake na grudima. Namrčio se kao Turčin.

— Daj još! — veli mojoj majci.

Ona stegla srce. Ćuti kao kamen, otvara kovčeg pa šakom sipa u njegovu, a on vezuje u maramu.

Gleda uzvereno i na stranu, odlaže nogama kao ja kad me društvo čeka napolju, a ja stojim dok mi seša ne odseče hleba. Uzima novce, glavu okrenuo na drugu stranu, pa kad prođe, progunđa kao za se: „Još samo ovo!" I onda čisto beži iz sobe.

Ali „još ovo", „još ovo", uđe ti on, čini mi se, peti put u našu sobu, a tako oko tri sahata po ponoći.

— Daj! — veli majci, a došao u licu kao zemlja.

Mati pođe kovčegu, a noge joj klecaju, sve se navija.

Onda ja videh, ispod jorgana, kako se onaj moj veliki otac strese i kako se prihvati za peć.

— Brže! — kaže majci, a odlaže nogama i rukavom briše znoj.

Mati mu pruži.

— Daj sve! — reče on.

— Poslednjih deset dukata! — reče ona. Ali to ne beše više glas, ni šapat, već nešto nalik na ropac.

On skopa one novce i upravo istrča iz sobe.

Moja mati klonu kraj kovčega i obnesvesti se. Sestra vrisnu. Ja skočih iz postelje. I Đokica skoči. Sedosmo dole na patos kraj nje; ljubismo je u ruku: „Nano, nano!"

Ona metnu ruku na moju glavu i šaputaše nešto. Onda skoči, upali svitac pa priže kandilo pred svetim Đorđem.

— 'Odite, deco, molite se bogu da nas izbavi od propasti! — reče ona. Glas joj zvoni kao zvono, a oči svétlê kao večernjača na nebu.

Mi potrčasmo njoj pod ikonu i svi klekosmo, a Đokica klekao pred majku, okrenuo se licem njoj, krsti se i, siroče, čita naglas onu polovinu Očenaša što je već bio naučio. Onda se opet krsti i ljubi mater u ruku, pa opet gleda u nju. Iz njenih očiju teku dva mlaza suza. One behu upravljene na sveca i na nebo. Tamo gore beše nešto što je ona videla; tamo njen bog kog je ona gledala i koji je nju gledao. I onda joj se po licu razli nekakvo blaženstvo i nekakva svetlost, i meni se učini da je bog pomilova rukom, i da se svetac nasmeši, i da aždaja pod njegovim kopljem ze'nu. Posle mi zablesnuše oči, pa padoh ničice na kraj njene haljine i na njenu levu ruku, kojom me pridrža, i molih se po stoti put: „Bože, ti vidiš moju majku! Bože, molim ti se za bábu!" I onda, a ne znam zašto „Bože, ubij onoga Zelenbaća!"

Dugo smo se tako molili.

Posle moja mati usta, pope se na stolicu pa celiva svetog Đorđa. I moja sestra to isto učini, a posle diže i mene i Đokicu, te i mi celivasmo. Onda mati uze suvu kitu bosioka što je stajala za ikonom, i staklence s bogojavljenskom vodicom što je visilo pod ikonom, pokvasi onom vodom bosiljak, pa, nešto šapćući, prekrsti njime sobu. Onda polako otvori vrata, pa na prstima dođe do velike sobe, pa prekrsti kitom vrata od nje.

Ej, kako mi je onda lako bilo! Kako sam se osećao blažen, kao okupan! Ama što mi sad ne može više da bude onako?

Istom što mati prekrsti vrata od velike sobe, a unutra se diže žagor. Ne može ništa da se razume, samo što Zelenbać jedanput viknu, koliko igda može:

— A ko mene može naterati da igram više? Kamo toga?

Posle opet nasta nejasan žagor i svađa. Onda čusmo kako se vrata otvoriše, gunđanje i korake.

Ali babo ne uđe u sobu. Zalud mi čekasmo. I dan zabeli, ja i Đokica zaspasmo, a on još ne dođe.

***

Kad se probudih, sunce beše daleko odskočilo. Osećao sam se strašno umoran i prazan, ali ne mogah više zatvoriti očiju. Ustanem.

Sve izgleda nekako svečano, pa tužno. Napolju mirno, svež zrak pada kroz otvoren prozor, a pred ikonom dršće plamičak u kandilu. Moja mati i sestra blede kao krpe, oči im vlažne, lice kao od voska, krše prste, idu na prstima i ništa ne govore, samo što šapuću neke pobožne reči. Ne doneše nam doručak, ne pitaju jesmo li gladni, ne šalje me mati u školu!

— Šta je ovo? — pitao sam se ja. — Je li ovde mrtvac u kući, ili se moj pokojni stric vratio pa ga valja nanovo sahranjivati?

Onda pretrnuh kad se setih šta je noćas bilo, i mehanički prošaptah: „Bože, znaš *ono* za bábu!" I opet: „Bože, ama ubij onog Zelenbaća!"

Ne misleći ništa, obučem se i iziđem iz sobe. I nehotično pođem vratima od velike sobe, ali se očas trgoh, jer osetih kako me majka dohvati za ruku.

Ja se okretoh, ali ona ne reče ništa, samo turi prst na usta; onda me odvede do vrata od kuće, pa me pusti. Ona se vrati natrag u sobu, a ja stajah na vratima. Gledam za njom — ne znam šta da mislim.

Onda se nanovo prišunjam na prstima do velike sobe, pa provirim kroz ključaonicu.

Gledam.

Sto nasred sobe. Oko njega razbacane stolice; dve ili tri preturene. Po podu leži tisuću karata, razgažene i nerazgažene cigare, jedna razbijena kafena šolja, i ispod jedne karte viri dukat. Zastor na stolu svučen s jedne strane skoro do polovine. Po njemu razbacane karte, isprevaljivane šolje, puno trina i pepela od duvana. Stoji još nekoliko praznih tanjira, samo na jednom duvan istresen iz lule. Četiri prazna svećnjaka; samo u jednom što bukti debela hartija kojom je sveća bila omotana, i crn dim mirno se uzdiže i dohvata za tavan.

Na jednoj stolici za stolom, leđima okrenut vratima, sedi moj otac. Obe ruke do lakata naslonio na sto, a na ruke legao čelom, pa se ne miče.

Gledao sam tako dugo, ali on ama da je mrdnuo. Samo videh kako mu se slabine kupe i nadimaju. Čudno sam i mračno nešto mislio. Činilo mi se, na primer — a ne znam, upravo, zašto — da je on mrtav, pa sam se čudio kako mrtvac diše. Posle mi se činilo da mu je ona snažna ruka od kabaste hartije, da ne može više njom udarati — i sve tako koješta.

Bogzna dokle bih ja tako virio, da me se opet ne dotaknu majčina ruka. Ništa mi ne reče, samo onim blagim očima pokaza put vrata.

Ja — ne znam zašto — odjedanput skidoh kapu, poljubih je u ruku, pa iziđoh napolje.

Taj dan bio je subota.

Kad iziđoh na ulicu, ide svet kao i obično; svaki gleda svoja posla. Silni seljaci doterali koješta na pijacu. Trgovci zaviruju u vreće i pipaju jagnjad. Novak pandur dere se i određuje gde će ko da pritera kola. Deca kradu trešnje. Sreten ćata ide s dobošarem po varoši i čita da se zabranjuje puštati svinje po ulicama. Trivko izvadio jagnje, pa viče: „Hodi, vruće!", a pijani Joza igra u jednoj barici.

— A što je, more, vaš dućan zatvoren? — zapita me Ignjat ćurčija, koji u taj par prođe.

— Tako! — kažem ja.

— Da nije bolestan Mitar?

— Nije — kažem ja.

— Otišao, valjda, nekud?

— U selo — rekoh ja, pa pobegoh u avliju.

Eto ti zatim dva takozvana „devera", tj. mojih drugova koje je poslao gospodin da vide što nisam došao u školu.

Sad se tek setih da je trebalo ići u školu. Uzmem knjige i komad hleba, a gledam majku i devere.

— Kažite, deco, gospodinu da Miša nije mogao pre doći — imao je posla.

O, ova ruka! Da mi je da je se sit naljubim, kad ona spava, kad me ne vidi!

Šta je bilo u našoj kući za vreme dok sam bio u školi — ne znam... To jest, znam: jer kad se vratih iz škole, nađoh sve onako kako sam ostavio: moja mati i sestra sede s rukama u krilu; ne kuva se ni ručak; prolaze na prstima pokraj velike sobe i samo othukuju — isto onako kao kad mi je stric umro. Đokica u avliji vezao mački džezvu za rep, pa se uveseljava njenom trkom. Momci šiju gunjeve u svojoj odaji, a Stojan se izvalio u seno pa hrče kao da je po noći.

Moj otac još isto onako sedi, ne miče se. Zateglo mu se ćurče preko širokih leđa, a oko pojasa se razmiče od duboka daha.

Odavno je već bilo zvonilo na večernje.

Dan se kloni svojemu kraju, a u našoj duši ista ona pučina — nigde kraja da vidiš, samo se oblaci sve gušće gomilaju. Sve postaje nesnosnije, strašnije i očajnije. — Bože, ti na dobro okreni!

Ja sam sedeo na pragu pred kućom. Držao sam u ruci nekakvu školsku knjižicu, ali je nisam čitao. Video sam na prozoru bledo lice moje matere, naslonjeno na suvu joj ručicu. U ušima mi je zujalo. Nisam umeo ništa da mislim.

Ujedanput škljocnu brava. Moje majke nesta sa prozora. Ja pretrnuh.

Vrata se od velike sobe otvoriše. Na pragu stajaše on, moj otac!

Fes malo zaturio, pa mu viri ispod njega kosa i pada mu na visoko čelo. Brkovi se opustili, lice potamnelo, pa ostarelo. Ali oči, oči! Ni nalik na one pređašnje! Čisto posuknule, utekle u glavu, upola pokrivene trepavicama, polako se kreću, nestalno i besmisleno gledaju, ne traže ništa, ne misle ništa. U njima nešto prazno, nalik na durbin kome su polupana stakla. Na licu nekakav tužan i milostivan osmejak — nije to nikad pre bilo! Takav je izgledao moj stric kad je pred smrt iskao da ga pričeste.

Polako pređe hodnik, otvori vrata od naše sobe, promoli samo glavu unutra, pa se, ne rekavši ništa, brzo povuče. Zatvori vrata pa iziđe na ulicu i lagano se uputi kum-Ilijinoj kući.

Pričao mi je posle Toma, kum-Ilijin sin, da se moj otac s njegovim zatvorio u jednu sobu, da su nešto dugo polako razgovarali, da im je posle doneto hartije i mastila, da su nešto pisali, udarali pečate i tako dalje. Ali šta je to bilo, to se ne zna, niti će ikad iko znati.

Oko devet i po sahata mi smo svi ležali u postelji, samo mati što je sedela s rukama u krilu i beznačajnim pogledom gledala u sveću. U to doba škripnuše avlijska vrata. Mati brzo pirnu u sveću, pa i sama leže u krevet.

Meni je ispod jorgana kucalo srce kao da neko bije čekićem u grudima.

Vrata se otvoriše i moj otac uđe. Obrte se jednom-dva po sobi, pa onda, ne paleći sveće, skide se i leže. Dugo sam još slušao kako se prevrće po krevetu, pa sam posle zaspao.

Ne znam koliko sam tako spavao, kad osetih nešto mokro na čelu. Otvorim oči i pogledam: pun mesec gleda pravo u sobu, a njegov paučinast zrak pao na lice moje majke. Oči joj zatvorene, lice kao u nekog teškog bolesnika, a grudi joj se nemirno dižu.

Više nje stoji moj otac. Upro pogled u nju i ne miče se.

Malo posle priđe našem krevetu. Gleda nas sve, gleda moju sestru. Dođe opet nasred sobe, opet pogleda uokrug, pa prošaputa:

— Spavaju! — Ali se trže od svog šapata i kao da se okameni nasred sobe. Dugo je tako stajao ne mičući se, samo što opazim pokatkad kako mu se'nu oči, gledajući čas na nas, čas na mater.

Ali mi nijedno ni uvom da maknusmo!

Onda on pođe porebarke na prstima čiviluku, a ne skida oka s nas; skide pažljivo *onaj* srebrnjak, turi ga pod džube, natuče fes na oči, pa brzo i celom nogom stupajući iziđe napolje.

Ali tek što se vrata pritvoriše, a moja se mati ispravi u krevetu. Za njom se diže i sestra. Kao kakvi dusi!

Mati brzo ali pažljivo usta i pođe vratima; za njom prista i seša.

— Ostani kod dece! — prošaputa majka, pa iziđe napolje.

Ja skočih pa i sam pođoh na vrata. Seša me uhvati za ruku, ali ja se otrgoh i rekoh joj:

— Ostani kod dece!

Kad iziđoh napolje, pritrčim plotu, pa sve pored plota a ispod višanja dovučem se do bunara i čučnem iza njega.

Noć je bila u boga divota! Nebo se sija, mesec se cakli, vazduh svež — nigde se ništa ne miče. Onda videh bábu kako se nadviri nad prozor od momačke sobe, pa opet ode dalje. Stade najzad pod krov od ambara, pa izvadi pištolj.

Ali u istih mah, ne znam otkud, stvori se moja majka uz njega.

Prenerazi se čovek. Upro pogled u nju pa bleji.

— Mitre brate, gospodaru moj, šta si to naumio?

Moj otac uzdrhta. Stoji kao sveća, šupljim pogledom gleda moju majku, a glas mu kao razbijeno zvono.

— Idi, Marice, ostavi me... Ja sam propao!

— Kako si propao, gospodaru, bog s tobom! Što govoriš tako!...

— Sve sam dao! — reče on, pa raširi ruke.

— Pa ako si, brate, ti si i stekao!

Moj otac ustuknu jedan korak, pa blene u moju mater.

— Ama sve — reče on — sve, sve!

— Ako će! — reče moja mati.

— I konja! — reče on.

— Kljusinu! — kaže moja mati.

— I livadu!

— Pustolinu!

On se primače mojoj majci. Gleda je u oči, čisto prožiže. Ali ona kao jedan božji svetac.

— I kuću! — reče on, pa razrogači oči.

— Ako će! — reče moja mati. — Da si ti živ i zdrav!

— Marice!

— Mitre!

— Šta ti to veliš, Marice?

— Velim: da bog poživi tebe i onu našu dečicu! Nije nas hranila ni kuća ni livada, nego ti, hranitelju naš! Nećemo mi biti nijedno gladni dok si ti međ' nama!

Moj otac kao da se malo zanese, pa se nasloni laktom na rame materino.

— Marice — poče on — zar ti?... — Zagrcnu se, pa pokri oči rukama i ućuta.

Majka ga uhvati za ruku:

— Kad smo se mi uzeli, nismo imali ništa osim one ponjave, jedne tepsije i dva-tri korita, a danas, hvala bogu, puna kuća!

Ja vidim kako ispod bábina rukava kanu kap i blesnu spram mesečine.

— Pa zar si zaboravio na čardak pun šišarke?

— Pun je! — kaže otac glasom mekanim kao svila, a rukav prevuče preko očiju i spusti ruku.

— Pa šta radi ona moja niska dukata? Što će onaj ležeći novac? Uzmi ga u trgovinu!

— Uložićemo u žito!

— Pa zar smo mi neki prestari ljudi? Zdravi smo, hvala bogu, a zdrava su nam dečica. Molićemo se bogu, pa raditi.

— Kao pošteni ljudi!

— Nisi ti neki tunjez, kao što ima ljudi. Ne dam ja samih tvojih ruku za sav kapital Paranosov, pa da je još onoliki!

— Pa ćemo opet steći kuću!

— Izvešćemo našu decu na put — kaže mati.

— Pa me neće mrtvoga kleti... Otkad ih nisam video!

— Hodi da ih vidiš! — reče mati, pa ga kao neko dete povede za ruku.

Ali ja u tri koraka već u sobi. Samo što prišaptah mojoj sestri: „Lezi!", pa navukoh jorgan na glavu.

Upravo njih dvoje stupaju preko praga, a na crkvi grunuše zvona na jutrenje. Gromko se razleže kroz tihu noć, i potrese se duša hrišćanska. I kao talas suvo granje, tako njihov zvuk odnosi bolju i pečal, kida uze taštine, a skrušena duša razgovara se s nebom...

— Sine, ustani da idemo u crkvu!...

$$\star\star\star$$

Kad sam išao lane u Beograd po espap, video sam u Topčideru Peru Zelenbaća u robijaškim haljinama. — Tuca kamen!"

(1879)

Školska ikona

I

Naše selo imalo je crkvu, a crkva je imala popa. Pop je, opet, imao crkvu, selo i popadiju. To jest: pop je služio crkvu, upravljao selom i živio s popadijom.

Pop je bio sve i sva! Imali smo i školu, ali je ona bila potčinjena značaja, kao što je ćata u sudnici. Ona je služila crkvi i selu, dakle popu. — Poslije ću vam i o njoj pričati.

Cijelo je selo bilo popov spahiluk. Zapovijedao je kmetu, a kmet selu. Nije imao pandura, ali niko nije mogao ni pomisliti da ne posluša popa, a on, opet, sa svoje strane nije ni sanjao da njegova riječ najalovo prođe, ili da on uzima vlast koja mu ne priliči.

Stjepanu, što ide u raskorak, prezrijeva žito, a on još nije požnjeo.

— A što ti, Stjepane, ne žanješ?

— Kako ću, oče?

— Srpom!

— Znam, oče; a kuda ću prije? Znaš da sam inokosan.

— A moba?

— Treba ubiti brava i nabaviti akov rakije, a znaš kako sam stradao.

— A ti uzmi koje crkveno marvinče, a zar će biti i što rakije, pa sjutra zovi mobu.

Sjutradan do večernje oboreno sve, vezano i složeno u krstine.

Pop je sve što je imao svoga zvao „crkveno” i „narodno”, a sve što je seosko „naše”. Mogao je on ići u koju hoćeš kuću, uzeti što je htio — niko mu neće ni riječi reći. On je to i radio. Popustila mu šina na točkovima, a on nađe Pera kovača gdje sjedi pred krčmom:

— Zar ti — veli — u radni dan sjediš pred mehanom?

— Blagoslovi! — kaže kovač i ide ruci — a šta ću kad nemam posla?

— A jesi li vidio crkvena kola i šinu na točkovima?

— Nijesam, oče!

— Nijesi, jabome, nemaš kad od mehane. Treba ja da vodim i tvoju brigu!

On ide dalje, a kovač kao oparen trči popovoj kući i steže šinu. Nabavlja zelene šare u varoši pa ih sve masti, a ispod trapa, gdje hvata moždanik, podmetnuo dvije stare konjske ploče da se malo gigaju kola kao na „venderima” i da se popu „ne trucka zorli”.

Jednom u sumraku ugleda on novoga poljaka Luku; uhvatio nečije svinje pa goni u obor.

— Kuda ćeš to, Luko?

— Blagoslovi, oče! — U obor!

— A čije su?

— Ama ne znam ni ja.

— Je li više krmača ili veprova?

— Krmača.

— Rovašene?

— U desno uho.

— E, to su crkvene svinje! Tjeraj u obor pa im podaj kukuruza. A kmeta pozdravi nek zakaže selu da pazi na te svinje; jer ako još jedanput čujem da su upale u tuđe dobro, prodaću ih odmah, ma ni sto groša ne uzeo! Neće biti moja šteta.

Ne zna niko, pa ni on sam, kad se rodio. U ono doba gdje vam počinjem pričati, računali smo mi, a i on, da će mu biti tako pedeset godina. Popadija jal' je bila godinu-dvije mlađa, jal' nije. Ali obadvoje ljudi temeljiti. Djece nijesu imali, tijem su više računali seosku djecu u svoje. Ko nije imao čarapa, trebao je samo nedjeljom proći pored popove kuće, pa već više ne bi išao bosonog. Ono dobra što su imali, kao što rekoh, nijesu računali u svoje, već u narodno. Narod ga je zasijavao, žnjeo, kosio, plastio, vrhao, vijao. Mićo crkvenjak na pijacu nosio, a pop novce čuvao. — A šta će njima dvoma dobro? Ni kučeta, ni mačeta! Dok su još živi, biće im dosta, a poslije — narodno je i bilo.

Poodavno je već kako pop ne može da mahne kosom, ni da zakopa motikom, ali zato je on ipak uvijek u poslu. On vodi brigu o cijelom selu. Čas je u jednoj, čas u drugoj njivi, sada u školi, poslije u crkvi. Imao je svuda posla, svuda je i stizao, i svuda je trebala njegova pamet.

Kad je kakav teži slučaj u sudnici, odmah trči po popa, i on to od časa namiri, da je svakom pravo.

Kod kuće je živio skromno i po starinski. Popadija ga ljubi u ruku kad pođe u selo ili kad se vrati kući. Sva im je posluga bio Mićo crkvenjak, koji se takođe računao u nešto što pripada crkvi i selu, dakle popu.

Pop je govorio vrlo često besjede u crkvi. Silne, svete i poučljive riječi, da te jeza podiđe. Crkva je služila svaki dan, a nedjeljom je bila uvijek dupkom puna. Prije, još davno, i kad je kakav svetačac, pa i petak, nagura se puna crkva žena, ali pop jedanput, poslije službe u petak, stade pred oltar pa poče govoriti: da je Bog ostavio nedjelju i praznike za crkvu; da se u ostale dane čovjek radeći moli Bogu; da se on za sve moli kad oni moraju raditi; da je bogomrsko ne raditi u petak, jer je to samo turski svetac, i da će on svakoga izbrisati iz protokola krštenih koji odsad ne bude petkom radio.

I vjerujte, ljudi, u našem selu nema, kao u drugima, ama nijedne glave koja svetkuje petak.

A nedjeljom crkva, rekoh vam, puna puncata, pa i polovinu porte pritisnuo narod. A pop još kad hoće što važno da besjedi, poruči kmetu da zovne još ljude kojih će se najviše ticati besjeda. Ako je ko učinio što rđavo, a on ga u crkvi pred cijelim narodom izobliči i pozove na pokajanje. Nije se nikad desilo da mu se ne poslušaju svete riječi. Jedanput uđe neka pomama u ljude da razgrađuju tuđe gradine i da upuštaju stoku. Puca vrljika, a razbijenih glava kao bundeva. Svaki dan sve gore, i kmet već bio poručio Ciganinu da skuje rezu za zatvor i predložio da se kupi katanac, a pop jedne nedjelje stade pred oltar pa otpoče propovijed. Lijepo je, brate, govorio, čisto da se zaplačeš. Kad naposljetku sav pocrvenje, pa poče da dršće, kaže: „Šta je to, braćo, jeste li vi hrišćani? Kakvo je to zlo udarilo, da je gore negoli u Turskoj? Sinoć me — veli — zovu da čitam molitvu Arnautoviću; kad ja tamo, a njemu Srninić prošcem slomio rebro, i to sve oko neke sipljive kobile. Pa šta ćete vi u ovom hramu kad tako radite? Šta sam ja zgriješio Bogu, da mi ne date pod moje stare dane živjeti? Kako ću — veli — poći na nebo, gdje će me sjutra-preksjutra svevišnji pozvati, kako mu smijem stati pred lice i dati računa o svome stadu? Ili vi hoćete da ja zatvorim ovo sveto mjesto, da ga ne gazite bogoprotivnim nogama i da me ne crnite sve gore pred ocem nebeskim! Pošljednji vam put kažem i pozivam da se ostavite pasjaluka i nesrećne rabote. Jesi čuo, ti Rajkoviću, ti Ivankoviću, ti Jovane Bojičiću i ti Nastase Andriću, ama zar vi mislite da ja ne vidim da ste i vas četvorica u ovom božjem domu? Prognaću vas, ako tako ustjerate, starosti mi, odavde, i namjestiću Mića crkvenjaka pred portu s vrljikom, pa da mu prebije golijeni koji se od vas usudi stupiti nogom na ovu svetu zemlju. Prokleću i vas i sve inadžije i ubojice onim putirom ondje, pa onda živi ako možeš. Poslušajte me, pošljednji vam put kažem; vas ste četvorica svemu zlu kolovođe. Jal' se mirite, jal' ćete odsad s Bogom ratovati!"

Dršćemo mi kao prutovi — nije šala one božje riječi, a prijeti kletvom. Osvrće se narod i traži očima njih četvoricu, a oni pokunjili glave, pogledaju se ispod očiju i hoće već da se ljube pred narodom. A poslije službe: cmok! Pozdravljaju se i oni koji se prije ne htješe ni pogledati, i kmet istavi kolac kojim je bio podupro vrata od buvare. — Govori narod o popovim riječima, a svakome puno srce, i lako mu, kao da se okupao.

Tako je on djelovao. Nikad nije prestajao, nikad se umorio. Bogu se molio: „Bože, oprosti mi grijehe i održi me zdrava dokle si mi života poklonio!" I Bog ga je zajedno s pošom obdario zdravljem. Ali kad poša namiri po našem računu tako pedeset i pet godina, počne nešto hudjeti, svako jutro povraća, a poslije nekoliko mjeseci i noge joj počeše otjecati. Ne može više ni hljeba da zamijesi. „Hoće — veli — duša na nos da mi iskoči!" Teretan joj svaki rad, i sve da joj je da leži. Ne tuži se, istina, nikome, ali popu pao nekakav teret na srce, i crne mu misli dolaze u glavu da će izgubiti druga. Zabrinuo se silno i noću često ustaje. Ide sam po dvorištu, a sve prisluškuje kod kapka. Ali poši, kako koja nedjelja, sve gore. Muka, istina, gdješto i popusti, ali noge zatječu sve jače, dohvatilo i gore snagu, i često je hvata nesvjestica. Sve više iznemaže, i jednu noć lijepo da zakovrne. Udariše nekakvi bolovi u krsta i sve se u klupče savija. Sjedi pop kraj postelje i ne odmiče se. Šapće samo molitve, a popadija slabo se i razbira. Ječi samo i moli se Bogu da je primi.

Šta da se radi?

Ujedanput popadija se dohvati za pojas, pa vrisnu i sva pocrvenje. Pop se okameni.

— Pošlji — veli ona — brže po Ikoniju Markovu.

Pop razbudi Mića koji u skok ode baba-Ikonijinoj kući, a sam se opet vrati popadiji.

Bolovi nastupaju sve na mahove i sve češće, ali kad popuste, ona je pri sebi. Stidljivo pogleda popa, a na licu joj se vidi nekakva strašljiva spokojnost. Onda bolovi nanovo učestaše. Dođe i Ikonija, i poša reče popu da iziđe, a sama osta s Ikonijom. Već počinje da sviće prvi dan Duhova. Sio pop na klupicu u avliji, turio sijedu glavu u ruke, pa se ne miče. Onda mu ujedanput sinu nešto kroz glavu. Skoči s klupice i kao da se nasmjehnu, a u isti par ču dreku maloga djeteta iz sobe. On kleče na travu i uze se moliti Bogu.

Još nije pošteno ni svanulo, a već sve selo zna da se u popa našlo žensko dijete. Veseli ljudi i žene, izoblačili se i došli crkvi. Ljube popa u ruku i čestitaju. A on se čisto podmladio. Blagosilja sve redom, a Mići zapovijedio da sve crkvene čarape, tkanice i rublje iznese u portu i razda siromašnome narodu. Velika je služba bila taj dan, divno je pop pjevao. A poslije službe veselje na sve strane.

Puna i krčma, pa sve nazdravljaju popu i njegovu domu. Nađe se i nekakav šaljivčina koji nazdravi „crkvenoj popadiji”, ali Krsta Zamlata isteže šamarom i sastavi ga sa zemljom, a uvrijeđeni narod graknu: „Udri, posvetila ti se!” Sve ide dobro i svi se dobru nadaju. Popadija se oporavlja i već trećeg dana pridigla se u postelji, pa srče mlijeko iz ćase. Pop hoda kao i prije po selu, ali je rasijan i sve se trudi da sakrije radost. A kad je nasamo, često mu se razvuku usta, gleda onu stranu gdje misli da mu je žena i dijete, pa ponavlja „Slava tebi, Gospode!”

Ali jedno veče, kad se vrati iz sela, zastade on pošu u nesvijesti, a Ikonija se sva oznojila kupeći krpama krv ispod kreveta. Popu se odsjekoše noge. Spopadne petrahilj, namače ga na vrat pa stade čitati „molitvu od krovotečenija”. — Sve zalud! Ona otvori još jednom oči. Pokaza svojom žutom rukom na dijete pokraj sebe, dohvati onda popovu ruku i poljubi je; prošapta: „Blagoslovi me... i oprosti!” Poslije joj se, valjda od bola, razvuče lice, trže se jednom i onda kao da se osmjehnu i kao da otvori malo ruku, kad joj Ikonija turi u nju voštanicu.

Kad ašov izvisi gomilu zemlje više popadije, mahnu pop rukom na nas, i mi odosmo njegovoj kući, a on osta sam na grobu. Sjedjeli smo može biti jedno po sahata. Mićo iznio rakije u bardaku, pa služi vinskom čašom. Piju ljudi, a žene othukuju i uzdišu, a u čaši nestaje rakije. Šta je pop radio sam na grobu, to niko ne zna. Tek poslije jedno po sahata vrati se on, i istom stupi na avlijska vrata, a dijete u sobi zapišta. Ne pozdravi se on ni s kim, već, povodeći se, uđe u sobu gdje je dijete bilo. Reče ženama da iziđu, a sam osta neko vrijeme kod djeteta. Čudno da dijete, čim osjeti njegovu bradu na svojem obrazu, zaćuta i zaspa. Gledao ga je on dugo. Onda obrisa oči i uđe u narod. Svi poustajaše.

— Imao bih nešto da progovorim sa starijim ljudima — reče pop.

Žene, jedna po jedna, njega u ruku pa kao guske jedna za drugom na kapiju. I mlađi svijet ode. Ikonija sama osta u sobi s djetetom.

— Braćo — reče pop — vi znate kako me je Bog blagoslovio i kako sam mu platio za moje znane i neznane grijehe.

Svi ćute. Niko se ne usuđuje ni da sjedne. I pop stoji, a bijela mu brada čas pô zaigra.

— Ja — veli — braćo, ostah tako sam samohran sa ovijem crvom. Tako je božja volja, neka mu je slava! Ali dijete valja gledati. Šta ću ja, star i nejak, s njime?

Opet svi ćute i ustavili dah.

— Pticama nebeskim dao je Bog drugu snagu i pute, a čovjeku ostaje pamet i hrišćansko srce.

Opet ćutanje, niko ne zna kako da počne, kako da ga tješi, šta da mu kaže. Pop izdiže glavu i pogleda po svjema:

— Je li ono teško selu?

— Ne daj bože! — graknuše seljaci. — Ne govori tako, ako boga znaš!

Aksentije Smiljanić istače se naprijed:

— Ako je tvoja volja, popo, i tvoj blagoslov, da uzmemo

dobru ženu dadilju, ili da ga damo kakvoj babinjari da ga prihrani dok ne uzmogne samo jesti.

U taj par otvoriše se vrata od kuće, i Ikonija, sva umazana od suza, iznese dijete na rukama.

— Ja — veli — ne dam djeteta od sebe, ako ćete me svu isjeći. Mene je pokojna zaklela da ga čuvam i pazim.

— Da uzmemo Ikoniju! — viknuše seljaci.

— Dobro! — reče pop. — Ali djetetu treba sisa.

Stanoje Gluvić stidljivo iziđe naprijed:

— Da prostiš ti, popo, i vi, braćo, vi svi znate da se moja domaćica prije dva mjeseca pobabila. Dajte meni dijete i Ikoniju, dok je ono još za sise! Paziću ga kao svoje!

— Ako je s tvojim blagoslovom, popo, ja velim tako je dobro — reče kmet.

— Neka je s božjim blagoslovom!

Ikonija se vrati u sobu.

— Još nešto! — reče pop. — Smrtan je čovjek, a neznan mu je čas smrti. Naš je grijeh ako umre pored nas živijeh nekrštena duša. Ja želim da krstimo dijete prije nego ga dam iz kuće.

— Da ga krstimo! — rekoše seljaci.

— Ko će biti kum?

Među seljacima nasta žagor, ali ubrzo iziđe Ninko Vilotić.

— Ako sam ti prav, oče, da se okumimo! Tako narod, hvala mu, mene izabra.

Pop se triput poljubi s njime. Onda poniješe dijete u crkvu i ona se napuni naroda.

Tako se dijete krsti, i nadjenuše mu ime Marija.

Kad ga opet vratiše u kuću, Mićo iznese ponovo rakiju. Prvu čašu dade kumu Ninku. On uze čašu, skide kapu i ustade, a seljaci nehotice svi poustajaše i poskidaše kape. Ninko otpoče:

— Kume moj i oče, srećna da ti je Marija i naše kumstvo. Dabogda svako dobro i radost od nje da dočekaš: da te utješi i podvori pod tvoju starost, da se dičiš i ponosiš njome, kako se narod diči i ponosi tobom, a sve u zdravlju i veselju za dugo i na mnogo!

— Amin, dabogda! — odazvaše se tiho seljaci.

Svi se obrediše rakijom, pa onda nešto prošaputaše među sobom, i Ninko Vilotić prvi uđe u sobu gdje je dijete bilo i turi mu pod glavu dukat. Za njim kmet, za kmetom Aksentije Smiljanić, a za njim svi ostali po redu i starješinstvu, i svaki dariva dijete. Kad se svi izrediše, Ikonija izbroja dva dukata u zlatu i četiri i po u srebru i krajcarama; veza novce u maramu, pa dade popu:

— Na ostavi; ovo je Marijino!

Onda je uze na ruku i ponese je popu da je poljubi, pa s Gluvićem ode njegovoj kući. Pozdraviše se i ostali seljaci s popom, pa odoše, a on osta sam kao suvo drvo, i na srce mu pade tuga.

Dugo se opirao srcu ne hoteći „srditi Boga", ali starost ga je obrvala. On pade licem na krevet, gdje je juče još pokojnica ležala, i gorko zarida. Suze spiraju crne misli, naliju prepuklo srce. Slomljen brod potone, i ništa se više ne vidi. I samo još što san iz polomljene parčadi stvara nejasne slike.

II

Naša škola bila je u jednoj prostoj daščari. U njoj je bila

jedna povelika soba za djecu, jedna mala za učitelja i jedna
kuhinja u kojoj je i familijaz spavao. Glavna soba, upravo
škola, bila je niska, kao i cijela kuća. Vrata od nje gledala su u
školsku avliju, a s lijeve strane bila su još jedna manja, na koja
je učitelj ulazio. U njoj uvijek udara na prašinu i ljudski znoj.
Prozori su bili hartijom podlijepljeni. Na zidu je visila jedna
stara drvena ikona svetoga Save. Bila je sasvim počađila i ispre-
pucala, da se jedva razaznavao svetac. Samo gore, gdje je glava,
cakle se oči, i ma u koji kraj škole da staneš, uvijek gledaju u
tebe. Ozbiljne, crne, prodiru ti u dušu i kao da te nešto pitaju.
Ja znam, kad se desi da sam sâm u školi, spopadne me nekakav
strah i ne smijem da se obazrem na onu stranu. Sve mi se čini
progovoriće nešto, i čas prije gledam da zagrebem napolje.

Učitelj je bio jedan krojač koji je stradao, vrlo miran i
vrijedan čovjek. Cio dan je u školi, a noću šije popovske kape
i šalje u varoš. Jedva da je što više znao od onoga što je djeci
govorio. Pjevao je u crkvi, ali glasa gotovo nikakvog nije imao.
Pop ga je često dotjerivao, ali se za našeg dobrog učitelja slabo
šta lijepilo. Tek on se trudio što je bolje mogao. Ni u što se u
selu nije pačao, svakome je ugađao, a popa se bojao. Upravo se
ni živ nije čuo. Mi smo bili njime zadovoljni: kakav je, takav
je — naš je! Ne bih ga ja ovdje ni pominjao da i on nije imao
udjela u Marijinu othranjivanju. Vidjećete kako!

Lijepo paze Maru u Gluvićevoj kući. Napreduje dijete da ti
je milina pogledati. Žene se nadmeću ponudama i poklonima.
Nije joj bila još ni godina dana, a već je imala čarapa, košulja,
ubrusa i drugih stvari pun kovčeg.

Kad joj se navršila godina i devet mjeseca, a pop, u do-
govoru sa selom, dozida uz kuću još jednu sobu i uze dijete s

Ikonijom sebi. Njima dvjema jednu sobu, a sebi drugu. Tako ga ni žene ne smetaju, koje su svaki čas obilazile Maru, vodile je svojim kućama i dovodile opet popu.

Ona je rasla u kući kod oca do svoje osme godine. Jednog večera sjedi pop, kum Ninko i Stanoje Gluvić u popovoj avliji. Onda poče pop:

— Čuješ, kume, i ti, brat-Stanoje! Dijete, kao što vidite raste, hvala bogu, i napreduje. Još malo pa će sama sebi plesti kose. Ja sam — veli — mnogo mislio i lupao glavu šta da radim jako s njome. Dijete valja da se pomalo uči kućevnom redu i poslu. Šta će — veli — naučiti u mojoj kući gdje nema ni preslice, a kamoli razboja? A i Ikonija je ostarjela, da se jedva drži na nogama. Šta vi — veli — mislite? Da se dogovorimo mi, pa poslije da zapitamo i druge pametne ljude: da vidimo šta će oni reći.

— Ja velim da je opet date meni u kuću — reče Gluvić.

— Jok! — kaže kum Ninko. — Kod tebe je bila skoro dvije godine, a kod mene jednom u nedjelji. Nego dajte vi meni dijete u kuću. U mene je i zadruga veća, a, hvala bogu, pametna su mi čeljad, imaće se i kod mene čemu naučiti.

— Hvala ti, kume! — reče pop. — Tako sam nekako i sam mislio. Sjutra ćemo se razgovarati i s narodom, pa u ime božje nek ide dijete u tvoju kuću i neka počne nauk.

Ali sjutra se promijeni kod crkve sve. Istom pop ispriča i kmetovima i starijim ljudima, svi pristaše, i kum-Ninkova domaćica, vesela, uzela dijete za ruku, a tek učitelj kao iz mrtvih:

— Molim vas, braćo, i vi, gospodin-popo, ako dozvolite da reknem i ja.

Začudiše se ljudi:

— Kaži-de!

— Ja velim, gospodin-popo, i vi, gospodo kmetovi i kumovi, da nije pravo da se dijete kod tolikog svog imanja potuca po tuđim kućama.

Pop pocrvenje kad ču riječ imanje, a kum Ninko razrogači oči i skide lulu s čibuka:

— Zar ti — veli — dronjo, zoveš moju kuću tuđom, i zar će se ovo dijete potucati u mojoj kući?

Učitelj se ujede za jezik:

— Molim, molim, gospodar-Ninko i kume, i vi, gospodin-popo i ostala gospodo! Ja velim, ako dozvolite, da se dijete vaspitava kao varoška djeca, jer ovo, vi vidite i tako, mislim nije rođeno da kopa i ore, a to bi bilo i sramota za ovoliko selo; a vašoj kući čast i poštenje! — tu učitelj skide kapu i pokloni se kum-Ninku. — A ja mislim i kažem da se dijete vaspitava!

— Šta to? — reče Mojsilo Prokić.

— Mislim i kažem da se dijete dade u školu.

— Kakvu školu? Ko je još vidio da žensko čeljade ide u školu?

— E, idite u varoš, gospodar i gazda-Stanoje, pa ćete vidjeti. Tamo idu sva djeca, i muška i ženska, i tako je sad vrijeme došlo da će i po selima početi, pa je gri'ota da dijete zadocni. Nego ja tako mislim i kažem da se dijete vaspitava, i nikako drukčije!

Zgledaše se seljaci.

— Šta veliš, kume? — reče Ninko popu.

— Nijesam — veli pop — nikad na to mislio. Da vidiš, nije luda ova učiteljeva.

— A kako će to ići? — zapita Aksentije Smiljanić učitelja.

— Lijepo, kažem, dijete će u školi kod mene s drugom djecom naučiti čitati i pisati, pa neće pod svoju starost moliti drugoga da joj čita pisma. A dok ona odraste, neće se pisma tako rijetko pisati kao sada, nego će svaki čovjek morati pisati pisma. A, poslije, u školi se uči: zemljopis, sveštena istorija, prva i druga znanja...

— Ne bi bilo rđavo! — reče kmet. — Šta veliš ti, oče, i vi, braćo?

— Pa da ogledamo, a? — reče kum Ninko.

I tako Mara ostade kod oca, a pođe u školu.

Na jedno po godine poslije toga naprasno se razbolje pop, zakovrnu odjedanput, i već mu se čini da neće ni noći živ dočekati, pa zove Ninka, Aksentija Smiljanića, Stanoja Gluvića i kmeta.

— Braćo — veli — tako mi se sve dopada da će skoro kucnuti za me čas. Nego sam vas zovnuo da se dogovorimo za neke stvari.

Kum Ninko hoće da sokoli popa, ali mu se jezik zavezao, i samo guta pljuvačku. Aksentije sa Stanojem pokunjio se, pa se samo primakoše postelji.

— Prije svega, braćo, evo u ovom su kovčegu ovdje narodni novci, a ključ je na trpezi, pod plaštanicom — zna Mićo. Unutra ima hiljadu i sto i jedan dukat.

Oni se zgledaše.

— Iz toga zidajte najprije školu, pa crkvu. Nemojte brukati sebe žive, ni mene mrtva, ni graditi šta mu drago. Ne počinjite dok dobro ne smislite i dok ne bude dosta novaca, da ne budete postidni pred svijetom. To vam je na amanet, pa sad gledajte!

Hoće oni štogod da progovore, ali se zagrcnuli, pa samo kašljuckaju.

Poćuta pop i odmori se, pa onda, ustežući se, nastavi:

— A moje dijete... ostavljam vama na amanet... Bog vam, a duša vam!

Kum Ninko ispruži vrat, hraknu malo, pa reče:

— Gledaćemo ga kao svoje!

Pop nastavi:

— Smrtni smo ljudi, ne primite za zlo, braćo, valja mi se dobro s vama razgovoriti, jer se ne vraća s puta na koji polazim. Ne daj bože smrtna slučaja ili kakve zađevice, šta bi ono, siroče, onda?... Nego, braćo, ja bih vas molio da joj za svaki slučaj odredimo malo imanje od narodnog dobra.

— Kume — veli kum Ninko — nije maleno tvoje imanje, a evo ću i ja dati još...

Pop nestrpljivo mahnu rukom:

— Stanite, ne razumjeste me! Nemam ja svojega imanja, ni daj bože! Sve je vaše i onoga hrama. Mnogo bi njojzi bilo da joj odredite i ovo što ja dosada držah. Šta će ženskom čeljadetu toliko imanja, a bogzna čija će ona biti i u čije će ruke doći! Tek velim toliko da joj odredite, da se ne računa baš siroče i da bi se imala čime prihraniti, da je, ne daj bože, vi koji... Čekajte dok svršim! Tako sam ja sračunao i smislio da joj odredimo, ako je vaša volja, ovo parče zemlje gdje je kuća, i njivu uz nju, zabran sa šarampovom i livadu s virom. To neka je njeno! Je l' vam pravo?

— Kako ti narediš!

— U kovčegu ima u jednom rupcu zavezano šest i po dukata, čime ste je vi darivali kad se rodila. I to je njeno!

— Božje, pa njeno!

— E sad mi je — veli — lakše umrijeti. Spade mi neki teret sa srca.

Ali kad pop skide brigu s vrata; i boljka uminu. Pred noć, istina, pade u vatru, ali ona ne drža dugo, i on tvrdo zaspa. Probudi se u samu zoru i iziđe u avliju. Mara mu poli da se umije, i starac, iako oslabio, ipak stalnim korakom priječe ulicu i uđe u crkvu.

Ali njegova podjela imanja osta. I narod i danas zove onu livadu s virom Marin vir, a zabran sa šarampovom Marin šarampov. Ko ne vjeruje, neka pita samo koga iz mog sela.

Kad se navršiše tri godine, i Mara svrši treći razred, učitelj onda navali na popa i na druge ljude, te je zadrža još jednu godinu dana u školi „na privat". Tako ona pođe učiti i četvrti razred. Već je zovu seljaci da piše pisma njihovim svojtama koji su u vojsci. I popa ona odmenjuje ondje gdje treba pisati, izvaditi kršteno pismo, i takve stvari. A učitelj pored nje izgubi i ono malo naučnog nimbusa, jer Mara svrši sve naučne poslove kao i on. Već se više ne kaju seljaci što su je dali u školu, a pop, kad je pogleda, uzdiže oči k nebu, i kad god je ko hvali a njemu idu suze kao malom djetetu. Sasvim već ostario, obnevidio i postao zaboravan. Znam, kad god mu priđem ruci, da me pita čiji sam.

Tako smo mi računali a učitelj nije imao ništa protiv toga, da je Mara već svršila „vaspitanje" i da sada pohita učiti se kućevnom poslu. Već je pop mislio da povede riječ o tome s narodom, ali se opet desi nešto što promijeni naše račune.

Te noći dođe u našu okružnu varoš vladika. Neću vam pričati šta se tu sprema, ni onu trku i urnebes od popova.

Dosta da znate da je naš pop bio najstariji u cijelom okrugu, te da mu je po tome spadala neka osobita počast i zadatak pri pozdravljanju novoga vladike. Narod odluči da popu za taj dan načini nove haljine, i učitelj je čitave dvije nedjelje šio kapu i dotjerivao što je bolje umio. Kad pop sjede u kola pred našom crkvom, pričekaše ga dvanaest konjanika što su iz našeg sela u narodnoj vojsci, i oni otpratiše popa u varoš, a cijelim putem bacaše puške i pjevaše. Za popom, u drugim kolima, vozio se kum Ninko i Gluvić, za njima još mnogi narod. Vele, kad je naš popa došao u varoš da su lupala zvona i pucale prangije, jer konjanik, što je stojao na raskršću, kad ugleda popa u onoj pompi, pomisli da je vladika, pa obode konja muštuluk.

Bilo kako mu drago, vladika dođe, i naš pop osokoli tuna. Vladika odmah činio ručak. Bilo je puno svijeta, a naš pop, vele, sjedio u začelju. Ko će s nama! Poslije ručka, vele, raziđe se svijet malo-pomalo, samo ostaše popovi kod vladike.

Onda poče vladika jednog po jednog pitati: kako se zove, odakle je, kakva mu je nurija, itd., pa pita i našeg popa. Kaže on sve kako je i hvali se nama — hvala mu! — kao svojom djecom. Onda, vele, reče sveti vladika: — Ti si, oče, od najstarijih ovdje; a boga ti, koliko ti je godina?

— Ja — veli pop — i narod računamo da mi je tako sedamdeset.

— Lijepa starost! — reče vladika. — Dabogda još dugo da poživiš! A boga ti, oče, ne primi za zlo, gdje si ti škole učio?

— Ja sam se — veli pop — učio u moga oca koji je popovao u stara vremena, pa kad ga ubiše Turci, ja ostah siroče i pobjegoh u ovo selo, gdje me poslije vlast zapopi.

— A onako nijesi, da rečeš, kakijeh škola učio?

— Nijesam nikakijeh.

— A znaš li pravilo službe kako valja i „obredoslovije"?

— Ja, oče vladiko, što rekao neki stari pop Stoko: koga sam krstio nije se poturčio, koga sam vjenčao nije se rastavio, a koga sam opojao nije se povampirio.

Pop Mitar povuče našeg popa za mantiju. Vladika se slatko nasmija.

— Lijepo, oče! — vele da je rekao. — Hvala ti! Takvi meni trebaju!

Kad poslije pođoše, a pop Mitar skoči na našeg popa:

— Kako ti da govoriš onako pred njegovim preosveštenstvom?!

— Da kako ću? — reče naš pop. — Onako je sve u dlaku! Još sam zaboravio da mu kažem da sam i jednog Turčina pokrstio, i eno ga, svi ga znate, valjan hrišćanin i jedan po jedan gazda u selu.

Ali vladici zbilja omilio naš pop, jer prve nedjelje poslije toga, istom pop podijeli naforu, a jedne karuce rrrr!, pa stadoše pred crkvu. Skoči jedan što sjedi s kočijašem, pa popa u ruku:

— Hajdete — veli — pozdravio vas gospodin vladika da idete na ručak.

Sjede pop u kola, pa još i Maru uze sa sobom. Gigaju se, brate, ona kola, rekao bi čovjek sad će ispasti, a konji kao hale! Skida narod kape kuda pop prođe, a svakome puno srce. Nije šala, naš pop! Ali i jeste čovjek! Ta priliči mu da je sam vladika!

Kad je pop stigao u varoš, priča Janko Radulović kod koga mi kupujemo so i što mu je kuća do vladičina dvora, da je vladika izišao pred vrata i pomagao popu da siđe s kola, pa mu nije dao ni ruke, nego se s njime, veli, u lice poljubio.

Mara odmah pritrča, pa vladiku u ruku, a on nju u čelo.

— Tvoja? — pita vladika.

— Božja, pa moja! — reče pop.

— Da je živa i zdrava! — reče vladika milujući dijete.

Sjedoše oni za ručak. Posadiše Maru do popa, pa joj vise nožice niz stolicu, a sam sveti otac namešta je. Onda uđe jedan star čovjek i unese činiju s jelom, a Mara skoči pa njega u ruku. Čiča sav pocrvenje.

Kad čiča iziđe, a vladika pomilova Maru pa reče:

— Ovoga čiku, 'ćeri, ne moraš ljubiti u ruku. To je moj kuvar!

— Neka, oče vladiko — reče pop. — Star je čovjek! Tako sam ja nju učio.

— Od tebe se, oče — reče vladika — ima i mator čovjek čemu da nauči. — A kako ti se zove mala?

— Mara.

— Da je blagoslovena!

Poslije ručka mnogo se štošta vladika s popom razgovarao. Zvao ga da ga uzme u konzistoriju, ali pop veli da ne može nikako ostaviti sela, „a zbog mene jednog, veli, ne vrijedi da premještaš konzistorije u selo!”

Vladika se dobrodušno i lako nasmija.

I s Marom je mnogo štošta govorio.

— Koji je ono svetac? — reče on njoj, pa pokaza na jednu ikonu na zidu.

— Car Lazar! — reče Mara.

— Gle! A otkud ti znaš?

— Pročitala sam ono dolje.

— Zar ti umiješ čitati?

— Umijem.

Vladika donese jednu knjigu, pa je dade Mari da čita. Ona otvori u srijedi. Namrgodi svoje očice, pa poče glasno i monotono, kako sva djeca čitaju:

Mače vojsku starac Jug-Bogdane,
U Bogdana silna vojska bila...

— Stani! — reče vladika. — Ko je to Jug Bogdan?

— Nije on živ — reče Mara. — On je poginuo na Kosovu.

— A šta je to Kosovo?

— Kosovo je polje gdje su Srbi izgubili carstvo i gdje je poginuo srpski car Lazar.

Tu njene očice ponovo potražiše sliku Lazarevu.

— Lijepo, sine, vrlo lijepo! — reče vladika. — Uzmi tu knjigu pa čitaj kod kuće!

— Na poklon? — reče Mara iznenađena.

— Na poklon!

Bješe to jedna velika pjesmarica, sva u zlato uvezana.

Pop nagnuo glavu, a od miline sve mu suze kaplju u tanjir.

Poslije je vladika pitao šta je učila, i kad ona odgovori da svršuje četvrti razred, zapita on popa:

— Pa šta misliš sada s njome?

— Mislim, oče vladiko, da je dam u kumovu kuću da se dijete uči radu.

— Šteta bi — veli vladika — bila otrgnuti dijete od škole.

Ovo je — veli — glava kakvih malo ima. Nije se ona rodila da bere kudjelju. Nego ti nju daj dalje u školu.

— Ne ču ti, oče vladiko, svršila je!

— Znam, svršila u selu, a sad je daj dalje u varoš, u Biograd.

Popa štrecnu kao da ga neko nožem udari.

— Zar da se odvojim od svojega djeteta? — A brada mu zadrhta.

— E — reče vladika — ti si svome djetetu najviše dobru rad. Pa ja velim ne treba da staješ njenoj sreći na put.

— Ne dao bog! — reče pop grcajući. — Pa šta da radim? Nauči me!

— Pošlji je u Biograd na nauke.

— A koliko to traje?

— Četiri godine!

Pop preblijedi kao krpa i razrogači oči.

— Šta se to, pobogu, toliko uči?

— Nauke — reče vladika.

— A šta će to njoj?

— Kako šta će, oče? Drukčiji je danas svijet nego što je bio za tvoje mladosti, a još će drukčiji biti kad ona stupi na snagu. Kad svrši škole, može, ako će, biti i učitelj. A poslije, u varoši druga sreća čeka dijete.

Pop zaćuta i dade se u misli. I vladika ćuti. Tako to traja neko vrijeme, onda reče pop:

— Treba li tu štogod trošiti?

— Jedno pet-šest dukata mjesečno.

Popu čisto odlaknu.

— Nema od toga ništa, oče vladiko! Gdje su toliki novci?

— Pa ti — veli — imaš imanja, kako su mi pričali, na hiljadu dukata.

Pop se zabeči:

— Kakvih hiljadu dukata, kakva imanja? Nemam ja ništa. Njoj je, istina, narod nešto odredio, ali ne vrijedi sve ni sto dukata. Nema tu ništa od škole!

Vladika se malo iskašlja.

— Lasno je — veli — za novce, tek ako ti pristaješ. Sve ćemo to lijepo namjestiti. Imam i ja neku crkavicu koju sam za školu odredio, a — veli — ne znam bolje prilike od ove.

— Oče vladiko, starija je tvoja i pametnija od moje. Samo još da vidim šta će selo reći.

A u selu ko smije reći što protiv vladičine volje i riječi? Nijesu se dugo prepirali. Seljaci se šćućuriše, samo ih srce boli, ali što mora biti — mora!

I poslije mjesec dana već se oprema dijete za put.

Silne se pripreme čine.

Dan pred polazak mutljaju se žene iz cijeloga sela po popovoj kući. Tu je kamara sirčeva, kolača od pekmeza i tijesta, lepinja i pogača, lonac s kajmakom, živih i prženih pilića, pastrme i toliko „zaire" da bi Vojin četovođa rahat cijelu četu njome nahranio. Mićo donio iz varoši šaren kovčeg, i u njega trpa Ikonija silne čarape, košulje i ubruse.

Žene posjedaju na klupu pod orah, miluju Maru i plaču, a ona uplašeno ide iz krila u krilo. Ne plače, već zamišljenim očicama gleda u šta mu drago. Čupka rese na košulji i ne govori ništa. Ništa ne jede i ne pije. Čisto dijete došlo van sebe; nekakva mu vatra podišla obraščiće, i kad što progovori, to je kao u nekakvom zanosu.

— Da bog dâ da ovo sve na dobro iziđe! — reče baba Stevana.

Kad se već smrče, raziđoše se žene i ljudi kućama, a ostaviše popa sama. Nije ni on gotovo ništa večerao, a tu noć uze Maru sebi u postelju. Ikonija se ne može od nje da rastane, i kad je mislila da je Mara s popom zaspala, iznese svoj guber i prostre ga pred vrata popove sobe, pa tu leže.

Kad san, koji ne može rastjerati nikakva briga djetinjeg doba, savlada nemirnu dušu Marinu; kad crne trepavice padoše na zapurene obraščiće, a grudi se počeše ravnomjerno dizati, ispravi se pop u postelji. Sobu je osvjetljavalo kandilo koje je gorjelo pred ikonom. Da je u taj par Ikonija provirila, bi pomislila da gleda svetiteljske slike. Nadnijelo se uvelo starčevo lice na pun života lik djetetov, a s bijele brade curi kap po kap i čisto se zapuši na njenim obraščićima. I taman se pop naže da je poljubi, a dijete u snu mahnu rukom, okrete se na drugu stranu i nastavi spavanje. Duboko pop uzdahnu i zavali se u postelju.

Davno je pala rosa, već se i istok rumeni, a pop još ne zaspa. I kad ču gdje pred njegovu kuću staše kola, ustade i iziđe napolje.

Pred kućom kum Ninko popušta štranjge konjima koji se puše u svježem jesenjem jutru. Kočijaš se ispeo na kola, pa nogom poturuje sijeno pod sjedišta. Pop iziđe na kapiju; u selu je još sve bilo mirno, samo gdjegdje što škripne đeram, ili lupne kapak od prozora. Kokoši vade glavu ispod krila, ali još ne skaču sa sjedala.

— Dobro jutro, kume, i blagoslovi! — reče kum Ninko kad ugleda popa. I kočijaš se ispravi u kolima i skide kapu.

Pop ga otpozdravi:

— Dobro si poranio, kume!

— Šta ću? — reče kum Ninko. — Probudih se ranije, pa kad ne mogah zaspati, a ja viknuh dijete da hvata.

— Hodi u kuću! — reče pop. — Mara još spava, a Ikonija nam može ispeći kafu.

Ne rekoh vam da je takav dogovor da kum Ninko vozi Maru u Biograd i ponese vladičino pismo kud treba. Pop ne može od crkve, a i od starosti. A gdje bi njega, starca, pustio narod na put, i kako bi njemu bilo da ostavi dijete u Biogradu, pa da se sam vrati? Bog zna bi li on to mogao ikako i podnijeti.

Tu oni govoriše koje o čemu, a najviše o putu i o Mari. Mnogo pop savjetuje i moli kum-Ninka da pazi na ovo i na ono i da dobro upamti sve, pa da mu poslije priča kad se vrati. Tako oni brigaju brigu, dok Mara spava tvrdim snom. Već se zablista od istoka. Stadoše još dvoja kola pred popovu kuću. Dođoše žene i ljudi iz susjedstva, a i koji su dalje sjedjeli. Još jedno po sahata, i avlija bješe puna ljudi, a pred kućom više od deset kola, a Mara — još spava!

Kum Ninko pogleda u sunce koje se pomoli.

— Osvaja dan — reče — ja velim, u ime boga i s tvojim blagoslovom, kume, da se krećemo.

Ikonija sa crvenim očima utače se:

— Spava još dijete!

To bješe prepona. Ko može stegnuti srce, pa sada probuditi dijete?

Ali kad prođe jedno četvrt sahata i kad se s plasta poče pušiti a sa trave rosa dizati, usta pop pa pođe u kuću. Svi umukoše, niko ni uhom da makne, pop uđe u sobu.

Dugo gleda mirnu i bezbrižnu savjest kako spava. Stade pod ikonu i pomoli se Bogu, pa odvažno priđe krevetu. Metnu djetetu ruku na čelo:

— Maro sine, ustani!

Dijete protrlja oči i otvori ih. Duboko uzdahnu, pa gleda velikim bezazlenim crnim očima u popa:

— Kako sam lijepo sanjala, bábo!

— A šta si sanjala, 'ćeri?

— Sanjala sam kô ja u nekoj velikoj varoši, pa kô neke velike, velike kuće; pa kô ja se vozim na zlatnim kolima; pa se sve ljuljaju kao vladičina!

— Pa sad ćeš, 'ćeri, u ime boga, u Biograd — reče pop i silom razvuče usta. — Tamo ćeš svega vidjeti.

— Biograd!? — reče dijete i promijeni se u licu, a srce mu zalupa.

— Ustani!... Svi te čekamo... — reče pop pa pobježe iz sobe.

Poslije je ušla Ikonija s drugim ženama, i kroz jedno četvrt sahata izvedoše plačući dijete koje se i samo kupalo u suzama.

— A šta balite, vi žene, i cvijelite dijete? Vi ništa drugo i ne znate! — reče Aksentije Smiljanić, i obrisa rukavom suzu.

Mićo iznese Marin kovčeg i turi ga u sijeno pod prednje sjedište. Pop poljubi Maru:

— Pođi s bogom, Maro! Neka ti je on u pomoći!

Onda svi redom počeše ljubiti dijete i najzad je Ninko ponese, kao da su joj dvije godine. Reče joj da se prekrsti, pa je metnu u kola gore. Onda se i sam prekrsti, pa se posadi pored nje i prišapta joj:

— Poljubi bábu još jedanput i kaži: „Blagoslovi me!"

Ona se naže iz kola popu i pruži ruku:

— Blagoslovi me, bábo! — pa nasloni usne na uvelu popovu ruku.

Žene pokriše oči, ljudi čeprkaju palicom po prašini i gledaju na drugu stranu, u plot.

Nasta tišina.

Pop metnu obje ruke na Marinu glavu i uze šaputati.

A kad on diže i ispravi glavu, Ninko viknu kočijašu:

— Ošini!

Konji pođoše. Pop pristade uz kola i zagrli se u hodu s kum-Ninkom, pa reče:

— Čuvaj mi dijete, tako ti života i samosazdanog stvoritelja!

Ninko dohvati dijete rukom ispod miške i privuče ga k sebi, a konji počeše kasati. Mara se okrete ocu i prestravljeno viknu: „Neću u Biograd! Neću!" Ali slab joj bješe glasić. Ne ču to ni pop, ni kum Ninko, ni kočijaš.

Konji sve krupnije kasaju, i ona nasloni glavu na Ninkove prsi, pa neutješno i silno zajeca.

Još malo se vidi kroz oblak od prašine kako se kola kreću.

Već okretoše Zebićevim šorom, a pop i za njim sav narod ne miče se s mjesta i ne odvaja očiju. Kad već kola zamakoše, pop obrisa oči i pogleda po narodu. Mahnu slabo glavom, kao da rekne „zbogom!", i priječe preko puta. Otvori crkvena vrata i ničice pade pred oltar, a čelom dohvati zemlju. Ležao je tako može biti četvrt sahata, a kad se diže i okrete, ugleda punu crkvu naroda.

Kad se Ninko poslije nedjelju dana vrati iz Biograda, nije mogao naodgovarati svijetu. Pričao je mnoga čuda što je vidio u Biogradu, da mu jedva vjerovasmo. Za Maru veli da je najprije s pismom vladičinim išao u jednu školu i predao ga školskom starješini. Ovaj, veli, kad pročita pismo, otišao je s njime i sa Marom kući nekog profesora Vučetića, i tu je Maru predao. Pričao je kako u toj kući ima mnogo koješta, da ni deseto ne znaš čemu je i zašto je, i kako se čovjek može lasno obrukati ako dobro ne pazi. Tako on, veli, i ne gleda, već pljucka ispred sebe. Kad slučajno obrne oči, a na patosu stoji jedna velika pjeskovnica, zamal', veli, što nije u nju pljunuo. Poslije, kaže, sve kod tog profesora, nudili mu da naspe čorbu sebi u tanjir, ali on, veli, kazao: „Neka, hvala, mogu ja i iz činije", te nije htio prljati tanjira. — Znali smo mi već unaprijed da nas on neće osramotiti!

Pop ga je čas pô prekidao: „A Mara?", ili: „A ona šta kaže?", a Ninko namješta što bolje umije. Kaže da je vesela kao ptica, i da je ljudi kod kojih je paze da ne može bolje biti: „Ne slazi, veli, s krila." Da bog dâ! Samo što nešto smeteno priča kako se rastao s njome: „Nije, veli, ni plakala!" Gdje će to biti da dijete ne plače?

Što da vam pričam kako nam je bilo bez nje; što da vam pričam kako je siromah pop čisto zanesen i često hoće ovo a radi ono, misli jedno a govori drugo? Što da vam pripovijedam kako smo bili kao ubijeni i kako je kum Ninko sav pocrvenio kad poslije deset dana dobi pop pismo od Mare, u kome priča: kako joj je samoj, kako je htjela da se uhvati za kum-Ninkova kola kad se on vraćao, kako se sve krije od gospođe za drva i u šupu, pa plače sama, i kako, kaže, hoće da umre. Ne treba ni oko toga da se zadržavam kako je pop navrat-nanos spremio kola za Biograd i s tim pismom otrčao vladici. — Sve to samo bi razvlačilo pripovjetku, i sve to samo bi onaj razumio koji je svoje rođeno morao poslati u tuđinu, ili koji je sam u svojoj mladosti morao ostaviti svoj zavičaj. A ko je to sve preko glave preturio, taj zna kako najzad i tuga malakše; legnu njeni talasi po srcu, i umornu površinu dotiče samo još pismo od miloga, kao lastino krilo mirno ogledalo vode.

Dan za danom, nedjelja za nedjeljom, pa i mjeseci klize neosjetno. Što prođe, izgleda da je maločas bilo, samo u budućnosti vidi vječnost srce koje čeka. Kad je pošljednji mjesec školske godine, ne može čovjek živ da dočeka. Ali nema više tuge. Razvedrila su se lica i nekakva nespokojna radost ozarila i uvelo popovo lice. Udariše vrućine. Ikonija već kreči popovu kuću i sprema se doček za Maru. Jednog dana i kum Ninko sjede na kola, pa u ime boga ode u Biograd, a veseo narod samo jedno poručuje: „Pohitaj, ne zadržavaj se!"

Marina soba kao raj. Prozori zakićeni lipovim granama, pod gredice podvučeni strukovi bosiljka. Na peći svakojaka cvijeća; nova šarenica prostrta po postelji. I samo se još nestrpljivo iščekivaše mio vladalac koji i ne sanjaše o svojoj moći nad našim srcima.

Bože, kad ona dođe!

Pop van sebe od radosti. Ikonija da se uguši od suza, pa ne pušta dijete iz ruku. Žènâ puna kuća, pa se samo vajkaju: „Lele mene, kako je dijete islabilo!"

— A da, vesela drugo, gladno i žedno u tuđem svijetu! — Pa guraj djetetu kolače i druge ponude u ruke i u usta.

A na njoj slaba promjena. Samo što je malo porasla i što je bljeđa došla u licu, te joj crne oči čisto još crnje i još se silnije cakle.

A ona ne zna šta da radi. Prepuno joj srce, pa ne može nigdje da se skrasi! Sjedne na krevetac, drži kolač u ruci i giga nogama. Onda skoči, trči u kuhinju i tjera Ikoniju da joj priča koješta. Poslije trči po avliji, vabi kokoši, gleda kako Mićo izgrće žar iz peći za hljeb, ili kako susjed Đerić pravi strašilo za ptice. Pa onda hajd' Ninkovoj ili Gluvićevoj kući. A oni kao da im je vladika došao: zaviruju je sa svih strana i već ne mogu da je se siti nagledaju.

Tako ona veseli popa i selo. Išla je s popom i vladici. Bila u školi. Pa poslije opet je s djevojčicama na igri ili na radu. Sve se bolje uobljavaju obraščići i sve crveniji dolaze, dok već ne izmače mjesec jul i dok kum Ninko ne zapreže konje da vodi dušu sela iz sela.

Kad po drugi put ode, pođe sve po starom. Nanovo je trebalo čekati godinu dana, i kad se ona navrši, zakla nas lijepo jedno pismo u kome veli: „Slatki babo! Hoće srce da mi pukne, što ti ne mogu doći. Pričao ti je vladika da me je premjestio u jedan pansionat, gdje se govori samo francuski. Cijele godine išla sam u školu, a sad me ni o raspustu neće da puste kući. Vele: moram učiti francuski da stignem druge, itd.". Možete misliti kako nam je bilo! Ali šta ćemo? Popu ne smiješ ni pomenuti da ustane oko vladike, ne bi li je on kako istrgnuo otud i dobavio nama, ma na nedjelju dana. To bi njega, siromaha, samo još jače cvijeljalo, jer on je zacijelo i sam već s vladikom o tome govorio. Pokunjismo se, pa ćutasmo.

Preturismo još godinu dana preko glave. Kad je trebalo da dođe, pop dobi pismo da ove godine o raspustu ide gospođa kod koje je Mara u Beč, pa hoće i nju da povede. Vladičina je volja da dijete, prije nego se sasvim vrati kući, vidi što više svijeta i nauči se čemu se god desi prilika. Popu je kazao: „Strpi se, oče, još godinu dana! Neka dijete prođe svijeta. A poslije, kad ti dođe, nećeš se više od nje odvajati!” Tako opet nastupi vječnost, poslije koje će zar i nama granuti sunce.

Međutim, mijenja se štošta u selu — vrijeme čini svoje! Naš stari učitelj ostavi nas — ode, siromah, na put na koji se ide zatvorenih očiju. Bog da mu dušu prosti! Žao nam ga je bilo. Bio je, siromah, nekako prirastao za selo. Lijepo smo ga sahranili. Poslije raspustismo djecu, a školu zatvorismo.

Sad smo se svi nadali da će nam Mara doći za učitelja. Već je pop s nekoliko starijih ljudi išao zbog toga i vladici, i on im utvrdo obećao. Siromah pokojni učitelj, čisto nam je... baš se čovjek griješi!... htjedoh reći: čisto nam je, Bože, prosti, stajao na putu.

Da vidite jesmo li dočekali čemu smo se nadali.

III

Bješe nedjelja poslije podne. Narod se iskupio kod zapisa. Iznijeli jedan sto iz sudnice, pored njega dugačka klupa i nekoliko tronogih stolica. Zasjeli stariji ljudi i pop, pa razgovaraju o ovom i o onom, a mladež se igra i veseli.

A drumom za naše selo idu jedna kola, i u njima jedan gospodin čovjek. Čudan malo na pogled. Na glavi mu širok slamni šešir s crvenom trakom. Ispod šešira smeđa kosa pada na čelo. Guste obrve gotovo se sastaju, a međ’ njima jedna duboka bora koja se ni onda ne izjednači kad gospodin čovjek zaturi šešir i rupcem briše znoj s čela. Mora biti da se s njom rodio. Čudno ona odskače na mladom licu usred koga sjedi malo kukast nos, a pod njime maleni gusti brčići koje je on na obje strane raščešljao, te su na krajevima rastreseni i širi nego pod samim nozdrvama. Donja mu je usna malo visila, a gornja je malo uzdignuta, te se vide bijeli kao snijeg zubi, malo iskrivljeni kao plot koji je posrnuo. Lice mu je poblijedo, al' ne mršavo, a velike smeđe oči dopola zatvorene, žmire i uvijek gledaju na stranu. Ima mu dvadeset i dvije do tri godine.

Ništa ne govori s kočijašem. Puši cigaru iza cigare. Gleda samo oko sebe i kao da nije veseo. A sa one bore na čelu ne može čovjek ni znati kako mu je, jer uvijek izgleda mrgodan i zlovoljan.

Ide on u naše selo i eno ga gdje uđe. Hajd', hajd', pa pravo u narod. Ustaviše se kola. Gledamo mi ko će to biti.

Gospodin čovjek nespretno skoči s kola, pa tromo i kao da je bogzna kako umoran priđe stolu gdje je i pop sjedio. Ne nazva boga, samo malo klimnu glavom:

— Je li ovdje kmet?

Mi pomislismo da je nov ćata, pa poustajasmo. Kmet skoči:

— Ja sam, gospodine!

Gospodin čovjek izvadi gotovu cigaru, pa turi u usta i naokriške, a sve gledajući kmeta, priđe stolu; zavrati šešir, naže se prema popu i pruži ruku.

— Živ bio, sine! — reče pop.

Al' gospodin dohvati kutiju sa žigicama koja je pred popom stajala, i brzo trže ruku nazad. Ispravi se, pa sa strane baci pogled na popa, još većma začkilji, a bora na čelu kao da još dublje dođe.

Onda se opet lijevim ramenom okrete kmetu:

— Gdje je ovdje škola?

— Tu je, gospodine, odmah do crkve.

— Vodi me! — reče gospodin čovjek.

— Zatvorena je!

— A ti je otvori! Ja sam naimenovan za učitelja u ovom selu. Gle!... Nov učitelj!... Kako to?

Pop se ispravi pa ga stade gledati. I mi se oslobodismo. Posjedasmo opet, praveći i njemu mjesta, al' on ne htjede sjesti, već opet veli kmetu:

— Dela brže, umoran sam. Otvori školu i pošlji mi familijaza.

— Sjedi, čovječe! — reče oslobođen kmet. — Nije sablja za vratom.

Učitelj se nasmija, al' samo lijevim krajem usta, i lijevo oko sasvijem mu se zatvori, a onijem drugijem pogleda najprije kmeta u opanke, pa onda u kapu:

— Neću — veli — hajde me vodi!

— Ama sjedi da piješ štogod! — reče kmet.

— Neću ništa — reče on oštro, a vrh one bore pokazaše se još dvije preko nje — vodi me!

Kmet ode s njime.

— Kakvo je ovo čudo? — reče Ostoja Purešević. — Jal' je nešto preveć mudro, jal' je sasvijem ludo!

Seljaci slegoše ramenima i, sami ne znajući zašto, dadoše se u nekakvu tamnu slutnju.

Drugoga dana izišao učitelj u mehanu. Sjedne sam, namrgodi se, pa ćuti. Poruči štogod da jede, pa opet u školu. Djece nije bilo, jer je već bio jul mjesec, pa zbog ono nekoliko dana do raspusta ne htjesmo sazivati djece.

Popa se kloni, da je čudo. Već je nedjelju dana, a s njime nije još ni riječi progovorio. Kad bi u nedjelju, a pop ga čeka da drži pijevnicu. Jes', al' učitelja nema! Poslije službe digne se pop da vidi da učitelj nije što bolestan. Kad uđe u sobu, a on leži na krevetu koji je načinjen od kuhinjskih vrata pod koja je podmetnuo na četiri kraja po pet-šest cigalja. Na nogama mu pantalone, a gore samo košulja. Bosonog leži i čita nekakvu kupusaru.

— Pomozi bog! — reče pop.

Učitelj zanese objema nogama kao rukunicama, pa ih spusti niz krevet. Turi kažiprst u knjigu, pa je metnu u krilo. Pokloni se malo put popa, pa osta sjedeći na krevetu.

— A kamo se ti, učitelju? — reče pop.

— Evo me!

— Znam! A kamo te u crkvu da pjevaš?

— Nijesam pijan da pjevam!

Pop ustuknu jedan korak, naže se naprijed, pa začkilji i gleda u učitelja.

— Šta me gledaš?

— Ništa! — veli pop. — U crkvi se pjesmom slavi ime božje.

— Pa kad ti se slavi, a ti ga slavi! A mene nemoj dirati! Vidiš da radim!

Pa opet se izvali na krevet i otvori knjigu. Pop se prekrsti, pa natraške iziđe iz sobe.

Odatle ode polako kući. Seljacima ne reče ništa. Sam se dade u neke misli.

Od to doba on učitelja nikad više ni za šta ne zapita, niti je s njime dolazio u dodir. I učitelj, čim vidi popa, a on pogne glavu, namrgodi se još jače, igra se prutićem i prolazi kao mimo tursko groblje.

Ko zna zašto on tako čini? Ko zna šta je pop o njemu mislio?

I tako se učitelj osami. U prste bih vam mogao kazati svaku njegovu riječ, tako je malo govorio. Kad vidje da mu i ono malo, što ovda-onda progovori, niko ne razumije, on se dusne, okrene glavu na drugu stranu i mrgodno ode.

Jedanput ide on polako pored kovačnice. Kovač je nešto teretno radio, sav mokar od znoja, zalijepila mu se košulja za široka leđa, a on stao na vrata od kovačnice pa duva. Naspram tih vrata druga su, te se tako igra vjetar kroz kovačnicu i hladi znojava kovača.

Kad učitelj dođe napored njega, a on se okrete:

— A što si ti, more, stao tu?

— Što sam umoran — reče kovač.

— Znam, a što si stao na promaju?

— A?

— Što si, velim, stao tu, da te tako znojava bije vjetar?

— ’Vako ja kad se oznojim! Stanem na vjetar, pa čisto zabreknem. Pa kad poslije opet uzmem čekić, čini mi se da u njemu nema pet drama, a leđa mi čisto škripe.

Učitelj se nasmija. Onako: jednim krajem usta i jednim okom. Pogleda kovača još jedanput, ne reče mu ništa. Samo se savi u struku i ode dalje.

Drugi put Pavao Đerić vodi volove s praznim kolima. Stoka se nešto uzarumila, pa neće s mjesta, a Pavao se naljuti, pocrvenio u licu kao paprika, viče na volove i dere ajdamakom kud stigne.

A tek učitelj pred njega kao kakav kapetan.

— A što — veli — biješ tu marvu?

— Ja šta ću, kad neće da ide?

— A što je ne hraniš dobro, pa bi išla?

Pavao iskolači oči:

— Zar ne vidiš da je svaki kao puce, apostola mu njegova? Pa da ga ne bijem! — Pa opet: pljus!

— Gori si od te marve! — reče učitelj.

Pavao se ispriječi:

— Nemoj-de mi pristajati na muku, kažem ti, već gledaj svoga posla! Znam ja tebe dobro koji si ti!

Učitelj začkilji očima:

— A koji sam ja?

— Čivutin — reče Pavao. — Ja te ne vidjeh ni da se krstiš, ni da klanjaš. Ne znam samo čivutskoga zakona.

Tu on još ljuće odadre dešnjaka. Volovi ujedanput potrčaše. Pavao se dohvati za stražnju osovinu i sjede na nju, pa poizdaleka, okrenuv se učitelju, viknu: — Upamti-de ti, učitelju, kome si kazao da je marva!

Seljaci su vidjeli, istina, da je ovaj učitelj sasvijem nešto drugo od pređašnjeg, i mislili smo svi da je on učevan čovjek, ali ga nijesmo marili. Naročito ga je to crnilo što ga pop ama ni u usta ne uzima.

Niko se nije s njim družio, osim jednog Jerotija Kovačevića koji ga je zaklanjao i branio. Taj je Jerotije čak i išao njemu. Šta su njih dvojica govorili, to se ne zna. Jedanput dovuče Jerotije amerikanski plug i stade se hvalisati kako ga je učitelj naučio. Al' kad ga zabode u neku krčevinu, a plug puče na dvije pole kao da je od leda. Psuje Jerotije što mu na usta dođe, i kad se on dade da ga uči kojeko ko nije ni orao, ni kopao. Tako i on ostavi učitelja sebi sama i njegovoj glavi.

Od to doba učitelj posta još veća ćutalica i još osamljeniji. Jedno veče pisao je nekom svome drugu:

... Boš posla! U narodu se ne može ništa učiniti. Zauzimajući se za njega, pišući i govoreći, upropastio sam svoju karijeru i spao na to da budem učitelj!... Ovdje su svi moji pokušaji jalovo ispali. Narod je glup i zatucan! Imaju jednog popendu koji je još s dva-tri kapitalista pritisnuo pola sela, a sve blagočastivim namještanjem. On s ovim kapitalistima eksploatiše seljaka — podržava ga sve jače u gluposti — a sam ništa ne radi!... Hoću da presvisnem gledajući ovu nepravdu!...

IV

Već se približavaše Petrovdan. Svaki dan iščekivasmo Marinu poruku za kola. Ali dođe i Petrovdan, a pisma od nje nema. Jedno veče, treći dan po Petrovu dne, vraćaju se ljudi s rada, pa stoje pred sudnicom i govore nešto o pušnicama. Ja sam bio s Radojem Nikolićem u lovu, i kad se vratismo, umiješasmo se i mi u narod. Već se hvata mrak. U daljini opazismo neka kola. Kmet pogleda na onu stranu, začkilji očima i trudi se da dozna ko je. Ujedanput pljesnu rukama:

— Mara!

— Mara! — graknusmo mi, a ćata, što bolje može, popu na muštuluk.

Radoje opali iz dvocijevke. Pop gologlav potrča pred kola koja se ustaviše, raširio ruke i rida, a vjetrić mu se igra bijelom bradom i s ono malo dlaka na glavi.

Mara bješe sama u začelju. Brzo ustade, lijevom rukom

pokupi haljinu, desnom smače šešir s glave, dohvati se za lotre i lako skoči na zemlju.

Pop je uhvati objema rukama za glavu, pa je ljubi u čelo, a nama idu suze. Pozdravlja se ona s nama — kakva je, jedva da je poznaš! A kad kome od nas momaka pruži ruku, a on sav pocrveni. Iskupi se dosta svijeta, pa je kao mladu odvedosmo popovoj kući. Pop od radosti ni govori, ni romori, samo briše oči, i tek postariji ljudi što je po štogod pripitaju, a mlađima se čisto vezao jezik. Nije šala, kao neka gospođa! Pa kakve su joj one haljine, pa kako ide!...

Sutradan ustala ona, stala na vrata pa gleda. Pop je već davno bio u gradini i svaki čas se vraća da vidi je li Mara ustala. Pred zoru je bila laka kiša. Zemlja bješe svuda vlažna, a sa duda spram vrata još nijesu isparile kišne kapljice, pa ga obasjalo jutrenje sunce, te se cakli kao polelej u varoškoj crkvi. Na bukvi klikće djetlić, a sa oraha mu se odziva žunja. Sunce blista, a oblaci se razilaze.

Mara stala na vrata, pa gleda nekim širokim pogledom. Dubok joj je dah, a čudno joj nešto u grudima.

— A što si mi se zamislila, golubice? — reče Ikonija.

Mara još dublje povuče paru:

— Ništa! — reče, a pogled joj uprt u daljinu. — Kako je sve divno, puno života, kako je svjež vazduh!

Ikonija joj zaviri u oči, pa onda pogleda na stranu kuda Marine oči bjehu upravljene.

— Dud? — reče ona.

— Šta?

— Gledaš u dud?

Mara se slabo nasmjehnu:

— U dud i svuda! — Pa zamišljeno nastavi — Čisto sam gladna ovoga vazduha.

— E, pečem ja kafu za tebe — reče Ikonija. — Znam ja, ti si se povarošančila. Voliš ti bijelu kafu!

Uto dođe i pop iz gradine. Njegovo svetiteljsko lice bješe opet uzelo zemaljski oblik, jer ga radost bješe obasjala: usta su mu neprestano razvučena, a na bijelim trepavicama čas pô visi kapljica kojim duša rosi kad joj se mrkne i kad svanjuje.

A kroz letve od čardaka u susjednoj avliji cakli se jedno oko. Taj je čardak Nenada Đerića, a u njega je sin Pavao, momak za ženidbu. Onaj isti kome učitelj reče da je marva.

Sjede pop s Marom za sto pod orahom. Ikonija donese bijelu kafu.

Pop ne skida s nje očiju.

— Šta si radila, sine, otkad si ustala?

Mara uzvi obrvice. Umorno krene očima oko sebe, pa kad ih upre u popa, njemu je kao da ga polijeva nekim životvornim balsamom.

— Gledala sam prirodu — reče ona bezazleno.

Pop proturi prste jedne ruke kroz prste druge ruke, ispruži oba kažiprsta i sastavi im vrhove, pa tako sklopljene ruke položi na sto. Zavrati se malo na klupicu, a glavu nešto iskrivi na desnu stranu i pogleda u nebo.

— Prirodu! — reče on zamišljeno. — Da! Toj sam se misli i sam poklonio! Velika je to knjiga! Ko nju čita, taj se bliži Bogu!

Da, ali pop ne zna od koliko se ruku može čitati ta knjiga.

Dani izmiču. Mara je car sela. Svakome su puna usta. Nada da će nam ona biti kad-tad učitelj zanosila nas je sve. A ona hoda po polju. Zamišljena je — ali joj je jasno lice. Nije to tuga, ni briga, što zanima njenu dušu.

To je ona sentimentalnost, valjda svojstvena njenim godinama i školi koju je učila. Hodeći tako sastajala se i s učiteljem; najprije ga se, vele, plašila, ali poslije se već navikla.

Tako je to išlo mjesec dana. U to doba Mara posta još zamišljenija. Čudnovato se poče ponašati.

Sjedi neki put s nama. Ćereta i priča šta ima po svijetu, pa onda skoči; samo što rekne: — Treba raditi! — pa nas ostavi, a mi blejimo za njom.

Ili dođe poslije podne, kad se pop naslonio na šarenicu, pa ga gleda, nagne se prema njemu, pa se odjedanput trgne, izdigne glavu, uđe u sobu i otvori knjigu.

Ili hoda po polju. Zapjeva slavuj poistiha, pa krepko, milostivno i sitno, veselo kao svatovska pjesma, pa tužno kao opijelo. A ona ga sluša, sluša, i pogled joj luta po zraku. Onda ujedanput tresne nožicom i uzdigne glavu:

— *Luscinia philomela*! Pa šta? — Ili trgne bokvicu iz zemlje, pa zaviruje prstić koji je još kao dijete porezala i koji joj je Ikonija bokvicom previjala. Gleda listiće i misli nešto, pa ga onda čisto srdito baci i sa nekakvim pouzdanjem šapne: — *Plantago lanceolata* — prosta stvar!

Neki put, opet, stoji sama u sobi. Nešto se strašno bori samom sobom. Udare joj suze pa plače, plače, pa opet ujedanput utre oči, dohvati knjigu, tresne o sto, otvori, pa navali čitati.

Sjela jednom pod orah. Plete, a knjigu metnula preda se u krilo; namrgodila očice i čita, ne prestaje. A na otkosu više nje stoji mlad čovjek. Podbočio se na kosište i traži očima popovu kuću. Ili izvadi dvojnice, duva u njih, i njihov jasan pisak tužno pliva zrakom. Nije to poznata pjesma, nije ni igra — ko će ga znati šta je to! Pa je onda tresne o ledinu, isteže prstima ono malo dlačica na usnama i mrko gleda u daščaru gdje je škola. Podilazi mu krv na oči, one su vlažne i lice gori kao u groznici.

A kad mrak pritisne zemlju, neko se šunja pored popova plota. Ne bijeli se na njemu seljačka košulja, ni na putu ostaje široka stopa od opanaka. Nasloni se na vrljike, a iz popove kuće, kao mjesečev zrak, lako se kreće druga slika, u dugim haljinama; korača plotu, i dugo i tiho šapuću. Niko to ne vidi, niti ko opaža na drugoj strani iza ambara crne Pavlove oči kako prosijecaju noćni mrak.

— Ne znam prosto šta da radim! — govori slika iz avlije.

— Ostani! — veli slika sa ulice.

— Odmah si se rasrdio!

— Ne marim za male duše, ja neću ovdje da se s tobom cmakam! Ja hoću rad! Ili me voliš ili ne voliš! Jedno ili drugo! Neću tanjir od dva lica. Ne volim ljude koji što hoće ne mogu, a što mogu neće. Ili — ili... Vidim sve. Bolje se vrati pa čitaj sentimentalne romane i ljubi oca u ruku...

Noć je bila crna kao malo koja njena drúga. Nigdje se ništa ne miče, samo sovuljaga ćuče njenu strašnu pjesmu. Psi podviju rep pa zavijaju, a umoran seljak prene iza sna, prekrsti se: „O tvoju glavu!" pa opet spava.

Na jedan stub od zvonare stajao je naslonjen Pavao Đerić i kao soko gleda u pomrčinu.

U taj par iz školske avlije iziđoše jedna kola, pa gotovo trkom pođoše ulicom.

Pavao opali iz pištolja, a zapaljena se sukija ustavi pred školskom strehom, a u vrapčijem gnijezdu.

Kola pođoše još brže. Iz susjedne avlije ispade s malom puškom starac Matija Đenadić koji je, vele, još pod Milošem ratovao.

— U pomoć! — viknu Pavao potrčavši njemu.

— Šta je?

— Pobježe učitelj!

— Bestraga mu glava! Šta dižeš viku? — reče bunovan Matija. Pavao mu priđe i šanu još nešto.

Matija opali i sam iz pištolja:

—U pomoć, braćo, povede se roblje!

Pop se probudi, pa uplašen potrča prvo u Marinu sobu:

— Ustaj, sine, nekakva buna!

Ali iz Marina kreveta niko se ne odazva.

Pop priđe krevetu i pipaše po njemu da probudi Maru, ali krevet bješe prazan.

On istrča napolje. Već se bješe prikupilo nešto seljaka. Nekakav strah bješe obuzeo popa, da se jedva držaše na nogama.

Aksentije Smiljanić pozna ga u mraku.

— Pobježe! — reče on.

— Ko?

— Učitelj!

Pop dahnu dušom:

— Srećan mu put!

— Šta? — reče Aksentije. — A Mara?

— A?

— I ona s njim!

Pop se zanese, i a da padne nauznak, a seljaci ga prihvatiše.

U taj par Pavao izleti iz avlije s kolima i s konjima!

— Sjedajte! — viknu on. — Sad ćemo ga uhvatiti!

Dvojica-trojica metnuše popa u kola. Posjedaše još njih nekoliko oružanih, a Pavao šiba konje da sve vrca krv.

Za njima pristadoše još nekoliko kola.

Narod se iskupio. Čudno da mlađi ljudi, ma koliko da voljeli Maru, smatraše cijelu stvar za izgubljenu, i da nije starijih ljudi, ne bi možda ni u potjeru išli. Ali stariji bacaju puške, sjedaju na kola i trče izvan sela. Kmet se pomamio.

— Živog ili mrtvog! — dere se on. — Živog ili mrtvog, moja glava carevu plaća!

I učas, kao nekim čudom, svi neodoljivo zaželješe uhvatiti učitelja i oteti mu Maru. Graja se digla, i silno kao orkan kreće se masa Zebićevim šorom. Nekoliko konjanika proletješe kao strijela. I ja se strpah u jedna kola. Iziđosmo iz sela, stizasmo ljude, stizasmo i stizahu nas kola, i cio taj urnebes kretaše se jednim pravcem.

Dođosmo već u prvo selo.

Premetnusmo školu, jer se naš učitelj sa ovim pazio; premetnusmo mehanu; pitasmo uzbunjene seljake: ne vidje li ko šta? — niko nam ništa ne umjede kazati.

— Otišli su preko Jaruge! — viknu gomila, i sve naže, kao jato čvoraka, natrag.

— Ovuda! Ovuda ćemo ga presresti!

Zvrkte kola i pucaju osovine, a odliјeću naplaci i konjske ploče.

Al' da se udari putem na Jarugu, morali smo se vratiti do blizu samog sela. Kad se opet primakosmo, čusmo ponovo puške u našem selu i vidjesmo kako se crveni nebo.

— U selo! U selo! — ču se sa svih strana.

I sve grunu opet Zebićevim šorom. Kroz selo lete ljudi i viču: „Vatra!" „Vatra!", „Izgorje škola!", „Izgorje crkva!" Pa opet puške, lupa i tandrk kotlova i čakalja; a kroz cijelu tu vrevu čuje se sitan glas crkvenog zvona.

Kad stigosmo pred školu, a ona gori uvelike. Crkva, hvala bogu, još zdrava, čitava, samo što vjetar nanosi plamen na nju, i svaki čas čekamo kad će planuti.

Pop, koji je do to doba van sebe ležao u kolima, skoči napolje kao momak od dvadeset godina. U očima mu nešto strašno, da te svega jeza podiđe. Bilo nas je koji smo pomislili da je pomjerio pameću.

— Vodu! — dreknu on.

Rekao bih hiljadu kotlova se sasuše u plamen. Ali on još jače buknu; suknu daleko iza zvonare, a varnice se hvataju za nebo. Šljeme bješe sve u plamenu. Pucaju rogovi i grede, već je tavan dohvatilo; a u školi se svijetli kao u po dana. Ujedanput zagrmje popov glas:

— Ikona! Ikona!

Mi pogledasmo kroz prozor, a sveti Sava gleda onim istim mračnim i ozbiljnim pogledom na nas sve.

Pop poletje na jedan prozor. Dvojica ga dohvatiše za miške, ali se on otrže i uskoči unutra.

U taj par cio jedan kraj šljemena pade pokraj prozora i dohvati kuću i sa te strane, te mu zapriječi povratak. Dim se savi. Narod vrišti i sipa vodu, a sjekira tutnji. Mi više ne vidjesmo popa.

Tada Stanoje Isaković lupi sjekirom u vrata. Ona odletješe i mi ugledasmo popa u plamenu. Drži ikonu i digao je više glave.

Nama živa srca popucaše. Prestravili se, pa zaboravili i da gasimo. A on stoji. Crven ga plamen obasjao, bijela brada prekrila sva prsa, digao ikonu više glave, i kroz onaj tutanj i prasku, čusmo njegov jasan glas, pjesmu i riječi: „...pervje bo prišel jesi, svetitelju Savo"...

Ninko ciknu kao guja kad ugleda popa:

— Spasavajte kuma, ako ćemo svi izginuti! — Onda skoči na jednu vrbu do samog šljemena, pa, kao bjesomučan i ne znajući šta radi, stade lupati sjekirom po jednoj gredi od tavana. Greda s praskom pade posred sobe između dvije skamije, varnice posuktaše, a prolomljen tavan naže se u plamenu i hoće da dohvati patos.

— Dodajte mi dobar kotao pun vode! — deraše se Ninko. Dodaše mu.

On dohvati kotao objeručke. Oprije se nogama o vrbovu granu, a leđima o drugu, pa ga zanjiha i baci na provaljeno mjesto. Vrba puče, a Ninko ljosnu na drugu stranu o zemlju, a kotao izruči svu vodu na provaljeno mjesto. Čvrknu voda, a dim se sklupča. U sobi se ništa više ne viđaše od dima.

Opet kao da se čuje popov glas, ali je zagušen i ne razbiraju se riječi.

Malo poslije raziđe se dim, i mi ga ugledasmo kako preskoči preko grede koja se pušaše na patosu, pa pođe vratima

— Vodu na vrata! Obarajte grede! — čuje se dreka sa svih strana. Čitav oblak od vode sasu se na zid gdje su vrata.

Pop taman da skoči još preko praga, a Burmazović, koji je stajao sa strane i ne videći popa, mače sjekirom po dovratku. Pop preko praga, a plamena greda više vrata tresnu i lupi popa po potiljku. On pade ničice i prsima na zemlju, a ikonu diže više glave. Sasusmo čabar vode na njega i gredu i izvadismo ga ispod nje. U taj par cijela škola s užasnom praskom grunu o zemlju i sve se načini kao veliko ognjište. Odnijesmo popa njegovoj kući. Iz usta i nosa loptila mu je krv, a noge visiše kao mrtve. Još je disao. Namazasmo mu uljem izgorjelo mjesto na leđima, pokvasismo košulju octom, pa mu je navukosmo i položismo ga u krevet. On se nije razbirao. Kmet viknu skupljenom narodu:

— Dobar kočijaš po doktora, a dobar katana po vladiku!

Dvoja-troja kola u najvećem trku poletješe, a Vojin Arnautović zabode svome bijelcu ostruge u trbuh.

Onda se spusti grozna kiša. Iz grdne gomile žeravice, gdje je bila škola, sukne još čas pô plamen, a varnice poletješe nebu, ali pljusak osvajaše. Pred zoru se još samo slabo pušaše, a vladika i doktor stigoše u selo.

Kad oni uđoše u sobu, na našu radost razabra se pop.

Pogleda oko sebe:

— Gdje je ikona?

Mi mu pokazasmo.

— Metnite mi ovdje! — On pokaza rukom na prsi, i mi položismo ikonu.

Vladika priđe na prstima, a oči mu pune suza:

— Kako si, oče?

Pop se trže i obrte oči na onu stranu gdje vladika stajaše.

— Šta te boli? — reče vladika.

Pop s mukom podvuče ruku pod ikonu i metnu je na srce.

— Ovdje!

Doktor priđe, obrtaše ga, jadnika, i ovamo i onamo. Uze ga bosti čiodom po nogama i sve do pojasa, a sve pita:

— Boli li te? Osjećaš li štogod?

Pop slabo odgovara:

— Ne!

— Boli li te ma štogod? — reče doktor.

— Ovdje! — reče pop i metnu ruku opet na srce.

Doktor naredi da ga ostave na miru, da ga niko ne dira ni zanoveta, a vladici napolju reče:

— Ne može ništa biti. Pukla mu je kičma!

On ode, a vladika se vrati u sobu.

— Oče — reče vladika — želiš li štogod?

— Da se ispovjedim! — reče pop.

Vladika se zabezeknu:

— A kakav tebe grijeh mori?

Pop slabo mahnu rukom, kao da mu priđemo. Vladika sjede na stolicu do kreveta, a mi se iskupili unaokolo.

Slabim glasom poče pop:

— Oče vladiko, sjećaš li se kad si me pitao šta sam učio?

— Sjećam.

— Sjećaš li se da mi ti reče da je to dosta za dobra pastira?

— Sjećam!

— Čuj me, oče vladiko, i vi braćo! Ja izgubih dušu što nijesam učio škole. Sa toga izgubih i dijete, a odvede mi ga nekršten čovjek.

— Kako to, oče? — reče vladika.

— Tako, oče vladiko! Ja zatvaram oči, a divno vidim da je drugi svijet nastao. Dođe učevan čovjek s kojim ja nijesam smio ni govoriti. Vidim da mu ne valjaju poslovi što radi, ali gdje ja, prost čovjek, smijem udariti na nauku! Nemoj, oče vladiko, držati više prostih popova kao ja što sam... što sam bio... — Ućuta i ishraknu se, pa jedva čujno nastavi:

— Ni vi, braćo, uzimati popa koji nije učevan. Školu odmah zidajte i djecu učite... Nastaje drugi svijet!

Onda se uhvati za srce, pa isprekidano dodade:

— A njoj... njoj oprostite!... Nije ona kriva... ja sam.

U taj par ču se napolju vrisak i vrata se naglo otvoriše.

Na pragu se pokaza Mara, blijeda kao smrt, ubijena kišom i vremenom, sva mokra, a raspletene joj kose pale niz pleća.

Mi se sklonismo, a kao da nas puška posred srca udari. Ona korači jedanput, pa pade na koljena. Saže glavu, pokri oči rukama, a crna joj kosa rasu se po zemlji.

Pop se uzdrhta, a suze mu udariše. On mrdnu jednim prstom. Mi je prihvatismo i privedosmo krevetu.

— Još bliže! — šanu pop.

Ona na koljenima priđe još bliže, ali ne dizaše glave ni ruku s očiju.

Pop joj metnu ruku na glavu i nešto šaputaše. Poslije joj poturi ruku pod usta. Ona je dohvati objeručke i obli suzama. Osmijeh zaigra na popovu licu. On je dohvati rukom za bradu i izdiže joj lice prema sebi, pa ga gleda:

— Služi ovome! — reče pop, a očima pokaza na svetoga Savu koji mu je ležao na prsima.

Opet željno gleda njeno bolno lice. Smiješi se i čisto ne može sit da je se nagleda:

— Sad mi je sasvim dobro! Sad me ništa više ne boli!

To bješe pošljednja njegova riječ!

Prošlo je od to doba dosad šest godina. Ja sam lutao po svijetu, dok me naš rat ne pozva kući. Pri svršetku dobijem zapovijest da idem u B. Morao sam proći kroz moje selo. Na pošljednjoj stanici dobijem novog komordžiju, nekog Iliju Teovilovića, moga seljaka.

Kažem mu se.

Mnogo smo štošta govorili. Već se primicasmo selu. Onda ja zakopčam bluzu, nabijem šajkaču na oči, zažmurim i odvažno upitam:

— Šta je, boga ti... — htjedoh reći: s Marom, ali me sam jezik povede, te rekoh: — šta je, boga ti, s Pavlom Đerićem?

— E, seljače i gospodine, njega je onu noć, kad škola izgorje, nestalo. Nijesmo dugo znali, dok ne dođe Marko trubač iz vojske i reče da je Pavao otišao u Biograd i stupio u vojsku. Kad juče idosmo u varoš po trebovanje, a naš komisar donese novine pa nam pročita: „Poginuli pri osvajanju šanca na Gorici, 29. decembra 1877, taj i taj, taj i taj, taj i taj", pa onda reče i: Pavao Đerić, poručnik!

— Odakle je? — viknusmo mi svi.

On pročita naše selo.

— Bog da mu dušu prosti!

— A... onaj... vaš učitelj? Čuste li što za njega?

— E kad se onaj božji anđeo odreče njega i vrati pokajan

popu, učitelj, vele, ode u Biograd i oženi se nekakvom što pravi šešire. Ostoja bogoslovac priča da se sada rastavlja sa tom ženom, jer ga ona tuži da je bije i zlostavlja. Neće on, seljače, nikad sreće imati!

Uđosmo već u selo. Uspomene navališe i pritiskoše mi grudi.

— Lakše, Ilija, lakše, još lakše! Zategni uzde.

Hodom prođosmo pored nove, velike, zidane škole. Baš zvonjaše na večernju. Kroz prozor ugledah đačiće: ustali na noge, pa čitaju molitvu. Pred njima stoji jedna ženska. Uprla pogled u svetoga Savu, onoga istog koji je i u staroj školi stajao.

Poznao sam je.

(u maju 1879)

U dobri čas hajduci

Jahao sam sâm s pandurom.

Bio je jedan od onih letnjih dana kad si gotov da tražiš pa da se svađaš s onim što je zimus govorio kako mu je uvek milije i najtoplije leto nego i najblaža zima. Peče zvezda — mozak da provri! Sa žita treperi nešto providno i diže se u zrak. Drva opustila lišće i izgledaju kao bolesnik u vrućici kad ište čašu vode. Stoka izdiše na livadi pod kakvom osamljenom jabukom. Ptice nigde jedne za leka. Upravo mi izgleda cela priroda klonula, obeznanila se, isplazila jezik pa dakće.

U glavi, u mozgu, nekakva pustoš — Sahara. Krivo ti je i teško i što moraš da dišeš. Mislio sam da neću živ stići u selo.

A kad već jedanput dođoh, onda sam — kao ono gurman što neće odmah da zahita lažicom, nego najpre natenahni soli i biberi — i ja dražio svoju glad za odmorom. Hteo sam da mi se ni mišlju na posao ne prekida, te pohitah da svršim što sam imao, sve misleći kako ću se posle spokojno u hladu odmoriti i prospavati noć.

Ko nije nikad ceo dan lipsavao od žege pa noćio u selu, taj ne zna šta je uživanje.

A ja i ne sanjah da mi je suđeno da celu noć neću trenuti.

Da vidite!

Mehana je bila trošna, opala, gadna, niska, prljava kuća, u kojoj ima jedna „soba za gospodu", „izmolovana" tako da te s neobičnom upornošću opominje na mrtvački kovčeg; a udara na ribu i rakiju.

Možete misliti s kakvom sam radošću primio Ugričićevu ponudu da prenoćim kod njega.

On me primi bogzna kako. Tog istog dana baš mu se sinovac vratio iz vojske — odslužio! Velika kuća, ljudi bogati, veseli: baš me lepo počastiše. A od svega mi je najslađe palo gledajući Ugričinu sinovicu. Zdrava, sveža, jedra lepota, sve brekće životom. Krepko staje na zemlju kad hodi, ali na stupaj njene noge ne zatrese se patos ni polica, već joj samo igra meso i grudi. Lako se povija levo i desno, a na leđima, po tankom i zategnutom jelečetu, prave se tamo-amo tanke duguljaste bore kao ono po mleku kad se hvata kajmak.

Večerali smo pod orahom. Ona nas je služila celo veče, ama baš jedne da je progovorila.

Posle me uvedoše u kuću koja ima u sredi jedan odeljak gde gori vatra, a s obe strane po jednu sobicu. Sobica s desne strane bila je određena za me. U njoj jedan krevet od dasaka. Po njemu taze seno, po senu šarenica i dva jastuka. Do kreveta jedan prost stočić, a pokraj prozorčića jedna klupa. Na zidu jedna turska sablja o sasvim otrcanim gajtanima i dva pištolja na kremen. — To ti je sve!

Ne mogu nikako da se naviknem na taj lud običaj da mi ovako čista, krasna cura izuva kaljave i glomazne čizme. Nisam joj ni dao, nego zovnem pandura.

Ona stoji pa gleda u moje čizme, a ja u nju.

E, brate, da mi je da ne ode odmah! Da hoće malko da

sedne — znam da neće! Hajd’ da počnem kakav razgovor! Šta ću?

— Večera l’ ti, Stano? — čuo sam da je zovu Stanija.

— Nisam.

— A što?

— Tako.

— A je l’ ti uvek tako docne večeraš?

— Jă!

— A što?

— Zbog posla.

Hm ! Šta ću sad?

— Ti, valjda, najpre starijim daš da jedu?

— Jă!

— Pa ti posle?

— Jă!

— A vi’š, u nas u varoši i ženska čeljad jedu s nama zajedno.

Ona šakom zaklopi usta i polovinu nosa. Okrete malo glavu na stranu, usta joj se razvukoše, pa sleže ramenima.

— Bolje je u nas, a?

Ona ne spuštaše ruke i opet sleže ramenima.

— Udaj se ti, živ mi, u varoš!

Ona spusti ruke i uhvati za kraj od košulje pa mahaše kao da stresa nešto. Glavu sasvim okrete od mene i kroz smeh, a kao da zidu govori, reče:

— Hoćeš da pereš noge?

— Neću, kakve noge? Idi ti pa večeraj; dosta si se danas namučila.

— Pa zbogom! — reče ona polako, i ne obrćući glave meni, i iziđe opet onako krećući plećima.

Kažem i panduru da ide da spava. Obesim revolver o stubac od kreveta. Skinem se, otvorim kapak od prozora, zapalim cigaru, ugasim sveću i pružim se umoran na krevet.

Tako mi je nekako slatko bilo!

Kroz prozor mi pirka vetrić i oživljava me. Poda mnom miriše seno nekakvom idilskom vonjom. Spolja čujem kako konj gricka seno iz kola i kako pokadšto frkne i zatresu mu se nozdrve. I vrata od vajátâ sve ređe lupaju. Popac cvrči — sve drugo spava!

A ja ne mogu da zaspim!

Nisu me morile nikakve teške misli, i bilo mi je prijatno misliti, mada noć bivaše sve dublja i dublja. Po pameti mi se čas pô prepleće Stanija. Tako mi je milo bilo zamišljati njenu sliku. Ne beše u njoj ništa romantično, baš ni najmanje. Ali me čisto zapljuskuje ono zdravlje, ona snaga, život!

Malo-pomalo slike sve šarenije i nejasnije. Već vidim koči-jaša Trifuna, uzjahao na đeram pa isteže jednu kravlju kožu. Za vratom me nešto milo galiče; okrenem se i vidim Staniju, smeje se, a u ruci drži klas žita. U taj par točak od kola upravo pa meni preko stopala. Ja se trgnem, lupim glavom o krevet, i san mi se ponovo razbi.

Mrzi me da palim sveću, a mislim da je skoro po noći.

Čuh kako se otvoriše vrata od kuće i posle neki šapat. Kroz pukotinu mojih vrata viđaše se da u kuhinji gori vatra.

Malo-pomalo šapat postajaše sve jasniji. Prvo što raz-govetno čuh beše:

— Ta on zacelo spava!

To je bio muški glas. Odmah za njim čujem ženski:

— Jamačno!

Tako mi boga, ona, Stanija!

E, pomislim se, hoću i ja da ustanem pa da idem da sedim s njima. Spavati se ne može te ne može.

I zbilja se digoh. Ogrnem kaput kojim sam se bio pokrio i pođem vratima. Taman da dohvatim za skakavicu, a na pamet mi pade da mogu, može biti, štogod smetati ljudima. — Da vidim ko je! Provirim kroz pukotinu na vratima. — Ozbilja, ona sedi s bratom!

— E, vi'š, sejo, tako sam ti se ja napatio, a i sveta video. E, sad sam i to skinuo s vrata — odslužio sam i u vojsci. Pa sad... onàj... da tebe... onàj... u ime boga udam, pa i sam da se ženim... Jà...

Ona ćuti.

— A znaš šta? Ja, vi'š, ja znam sve!... Ja... ja bih voleo da si mi sama kazala, nego da čujem od sveta. A, posle, vi'š... ti znaš... ja njega mrzim, i... i... onàj... to!

Ona ćuti.

— Ja, vi'š, ja njega znam dobro! Ali neka on to izbije iz glave... to što on misli. Ne dam ja tebe gorem od sebe. Naći ću ja tebi momka... još kakvog!

Ona ustade s panja i prođe pokraj vatre. Ne mogah je više videti. I on mi okrete leđa. Iskašljuje se sve i rastežući i birajući reči, nastavlja:

— Ja sam njemu i poručivao:... „Onàj... Timo! Nemoj-de ti čepati oko moje kuće i... moje sestre! Jer ja... znaš... ja... ovaj... ne znam za šalu!" Jàkako.

Onda čisto ljutito i odsečeno, a glasnije nego dosad, nastavi:

— Šta je on i ko je on? — Švabo!... On je, brate moj, došao iz Švapske... Jà... znam ja to sve!... Pre je imao nekakvih hartija namolovanih, sve ovolišne, kao dlan, pa nosi u varoš Čifutima, ti mu daju novaca za te hartije; al' sad nema ni toga!... Go kô pištolj!... Samo ono malo imanjca!... Pi!... Ko zna otkud mu i za njega novci!... Jă!... Jă!... Ponda, kakve su one hartije!... Znam ja, more, sve!... Jăkako!... Došlo je pre i pismo od švapskog cara našem kapetanu, da, vele, uhvate Timu. Jest, al' moj Tima sve one hartije Čifutima, a Čifuti njemu dukate, a on dukate kapetanu; a kapetan kaže: „Idi ti, živ mi, kući pa se pošteno vladaj! Ti si srpski podanik, a Madžar je što i Turčin — on ne veruje u Boga i Bogorodicu!"... Jăkako!... A šta je to što njemu kapetan kaže? Pondak, kad god dođe u selo, a on pljeska Timu po ramenu, pa kaže: „Kako si, junače?!"... Baš je junak!... On se tuče samo s kojekakvim zgebama, a ne sme da udari na ovakvog đidu!... Aja!... Ja, pre vojske, kad sam se ono opio, a ja psujem njemu mater švapsku, a on ne sme ništa, baš ništa!... Kaže: „A zašto, bolan?" A ja kažem: „Zato, bre!" A on kaže: „Neka, neka, Živko!" A ja kažem: „Hodi, bre, ako smeš! Lako je tući one prdavce, nego hodi ovamo!" A on kaže: „Neću, Živko, neću!" A ja kažem: „Ne smeš, sinko krvavi, hodi da ti padnem s kolena"... Jă!... Jă!... A kad mu je Radojica Miličin kazao da je Švabo, hteo je da ga ubije, pa posle, kažu, počeo da plače kad je učitelj uzeo nešto tamo govoriti kako on nije Švabo, nego baš pravi pravcati Srbin, i počeo psovati naše seljake što ga zovu Švabom... kô sanćim!... A što nosi one obojke, pa ne ume ni kajiše da ukrsti kao mi, nego ide kao bogalj?... Jă!... I mati mu je Švabica, ako nosi konđu... ništa to!... Znam ja... I svetog Mratu najviše Švabe slave... a i on!... Jăkako! Sve se to zna... Pondak, on kosom žanje žito!... A, jes'!... Znam ja da si ti na mobi kod Stojevićevih bila sve uz njega, i to sve selo zna!... Ja tebi kažem... ovaj... neću ni da ga pogledaš!... Ja ću mu opet sutra opsovati mater švapsku, da vidim ja!... Ne sme on ni...

Nešto silno grunu u vrata, i ona odskočiše.

Preko praga uđoše tri čoveka. Jednog sam samo mogao videti: lep, mlad, s tokama na prsima, pušćul ga bije po obrazu, za pojasom oružje, u ruci pištolj.

— Dobro nam veče! — reče osorno onaj čovek.

Devojka vrisnu, a Živko ciknu:

— Zlo će ti biti, ako bog dâ! — I ja samo videh kako jedan ugarak stade mlatiti po vazduhu.

Ne mogah ništa dalje videti, jer ona tri čoveka zatvoriše za sobom vrata, uđoše bliže i prođoše pored pukotine kroz koju sam virio. Samo čuh neku lupu, stenjanje, rvanje, zadavljen glas Stanijin i jedno glasno: „Hajduci!”

Sav sam se bio prestravio. Brzo dokopam revolver i poletim vratima. U taj par čuh s prozora jedno „pst!” Okrenem se.

— Gospodaru, dad’ brže tu pušku Živkovu s čiviluka! Ta ne boj se: ja sam, Tima Trifunov, ne boj se! Dad’ samo brže, evo hajduka! Brže, brže!

Opasnost je bila trenutna. Ja sam brzo promozgao i zaključio da je ovaj čovek onaj Tima, „Švabo”, Stanin dilber! Nisam se bojao dodati mu pištolja. Ta hajduk neće zar od mene tražiti pištolja!

Sad je bio red na mene. Izvadim šipku iz revolvera, a sav ceptim kao prut. Prvi put u veku ja osetih zašto ja vucaram uvek uza se to oružje, i, verujte, gore sam se uplašio od svog revolvera nego od hajduka. Ta kako ja mogu ubiti čoveka!... Naopako!... Voleo bih da...

— Predajte se, bre! — grmnu jedan nov glas sa spoljnih vrata.

Kao da me sunce ogreja! Otvorim i ja moja vrata, stanem na prag, upravim revolver u tavan i stanem se derati:

— Predajte se, predajte se!

Na vratima ugledam čoveka s uprtim pištoljem na gomilu koja se sastojala iz tri hajduka, od kojih jedan držaše Staniju za usta, a druga dvojica stegli Živana za gušu da je sav pomodreo.

Hajduci odmah pustiše njih dvoje. Jedan opali iz pištolja na „izbavioca" na vratima, a drugi preseče jataganom verige. Kotao, koji je o njima visio, pade, preturi se i pogasi vatru. Pukoše još dve puške.

Sad je mrak!

Ja stanem pucati u tavan, samo da se okuražim, a, naravno, dobro se čuvajući da koga ne pogodim.

Unutra nasta komešanje.

Ujedanput jedan čovek — ne vidim ko — ugura, upravo ubaci drugog jednog čoveka u sobu gde sam ja spavao i namače rezu. Jednog, opet, videh da umače na vrata, pa onda opet bi jedan ubačen i reza nametnuta.

Opet rvanje. Bila su sada očevidno samo njih dvojica.

— A ja ću tebe već naučiti kako se hajdukuje!

Vatra opet malo svetlucnu.

— Ne mene, Timo! — viknu Živko, pa se ispruži na zemlju, jer mu za vratom puče pesnica.

U taj par ču se razgovor i vika napolju. U kuću uđe stari Ugrica sa sekirom, a mlađi ukućani šta je koje dokopalo. Jedno od njih nošaše i sveću.

Svi preplašeni; kako koje ulazi, zvera tamo-amo i pita: šta je? šta je? ko je? gde je? itd.

Dotrčaše i susedi, načini se vreva i galama. Puna kuća i dvor ljudi. Sve u jedan mah pita.

A nasred kuhinje, ili bolje da reknem predsoblja, stoji mlad, zdrav, snažan čovek, u šajkači, s fermenom kao što se nosi u ovom kraju. Na nogama široke gaće i obojci.

Dakle to je Tima!

Oko njega vri gomila. On ćuti. Zbunio se.

Živko, sav krvav, češe se iza vrata i bez volje odgovara pitačima; Stanija stoji u uglu, bleda kao krpa, i čisto ne može da dođe sebi.

Eto ti kmeta s nekim krndeljom za pojasom, i ćate s dvocevkom, i učitelja s nogom od stolice.

— Šta je, šta je to? Kakvo je zlo?

Živko se češe po leđima:

— Eto šta je!... Otkud nesrećni Nikodije čak u naše selo, pa na našu kuću? I da ne bi ovoga ovde — on stidljivo pokaza na Timu — ja platih glavom i bogzna šta bi još bilo!

— Pa gde su? Ovamo-te ljudi! Oružje! U poteru! Brže! Drži! — dere se kmet.

— Pobegli su! — rekoše svi.

— Jes', đavolsku mater! — reče Tima. — Pobegao je jedan, a oni su drugi uhvaćeni.

On pokaza rukom na vrata od moje sobe.

— E, moj brajko, oni su pobegli kroz prozor — rekoh ja.

— Jes', đavolsku mater! Eno vašeg pandura pod prozorom!

Svi se začudismo.

— Potecite po oružje! Opkolite kuću! Pazi svaki na se, oni će se braniti! — zapovedaše kmet.

— Dađ' ti samo tu sekiru! — reče Tima. — Eto njihovih pištolja tu po zemlji.

Odista, tri-četiri pištolja ležahu na podu.

Tima pođe da otvori vrata, ali ona poduprta. On diže sekiru u desnu ruku pa opankom lupi o vrata koja odskočiše. U taj par planu iz sobe puška; zrno skide Timi šajkaču i zuknu put tavana.

Svi smo bili zaboravili da je na zidu u sobi visio onaj drugi pištolj Živkov, koji je hajducima dobro došao.

— Napred sad, braćo! — vikaše kmet. — Napred, bre ćato, ti imaš pušku!

Hajduci se još htedoše odupreti, pored ćatine dvocevke, al' kad Tima zamlata sekirom, oni pobacaše jatagane i predaše se.

U zidu su već bili noževima iskopali rupu, i da smo još malo čekali, utekli bi nam.

Vezasmo ih. To beše poznati harambaša Nikodije i još jedan njegov drug.

— Pa dađ' sad i onog trećeg! Andrija! Dađ' toga ovamo! — viknu Tima.

— Kog trećeg?

— Ta onoga što je čuvao stražu — reče Tima. — Vezao sam ga za šljivu pod prozorom, a gospodarev ga pandur čuva... Vaš Andrija! — reče, okrenuv se meni.

— Alal ti vera, Timo! Bre, jesi ti neki Kraljević Marko!

Za sve to vreme Živko stoji zamišljen i ne gleda ni u koga. Onda pogleda Timu, pa opet spusti oči i priđe mu naokriške. Timi okrete lice, ali očiju ne diže:

— Timo brate... nemoj da se ljutiš. Hvala ti kô jednom bratu! Ovaj... znaš... šta?...

Oči mu se navodniše:

— Ovaj... ako ćeš da se pobratimo... i ovaj... da se poljubimo!

Tima ništa ne odgovori, samo obrisa rukavom od košulje usta, i oba se cmoknuše.

Sad svi navališe da hvale Timu i da mu se čude, a Živko razduvava žeravicu da puhorom zaspe Timi ranicu na glavi.

— E, sad da častiš, Timo — reče ćata. — Sad ćeš dobiti onih dvesta dukata što si uhvatio Nikodija.

Timu nešto štrecnu kad ču to. Brzo pogleda na Staniju, onda pocrvene do ušiju i tako se zbuni, da pođe pravce na vrata da beži.

— Stani! Kuda ćeš? — viknu Živko koji je dotle razduvavao žeravicu i ne ču ćatinih reči. — Zar ti misliš tako da odeš iz moje kuće?

Već sviće. Hajduke povezaše još bolje, pa ih odvedoše u buvaru. Rakija se nemilice lije, a Živko i Tima ugrejali se, pa se neprestano grle.

— Znao sam ja, more, tebe... jăkako!... Ne znaš ti!... Al’ si jaki, pos’ ti tvoj, kô jedna zemlja!

A Stanija?

Kao dete kad se isplače za igračkom, pa je onda dobije. Obrazi se zajapurili, vlažni kao breskva kad na nju padne rosa, oči se svetle pa se čisto oblizuju.

O Velikoj Gospođi video sam na vašaru Timu sa Živkom i Staniju s majkom. U Stanije beše konđa na glavi. Čuh kako Tima reče Živkovoj majci „neno!"

Nađem i sreskog kapetana. Setim se i upitam ga:

— Ama, je l', boga ti: ko je ovaj Tima i kakav je to čovek?

— Mirna jedna i poštena duša — odgovori kapetan. — On je iz preka rodom, pa je tamo služio u vojsci, dok mu neki mađarski oficir ne opsova sveca rackog. Tima oficira kundakom u prsi, pa bež' u Srbiju!

Hoće sumrak, a kolo se sve srdačnije razigrava. U Time tozluke i kaiši na opancima, prepleteni kao u Živka. Zapleće nogama i cupka.

Svet se vrzma, gura i dere. Digla se prašina da te udavi. Čvari se pečenje, prašte puške, lome se čaše, gudi prdaljka na gajdama, mirišu liciderski kolači, a nakićen Živko pod šatrom hvali svoga zeta:

— Ovaj će đido za golu sablju uhvatiti... Jăkako!... Nije se rodio onaj koji će se s njim u koštac uhvatiti. Nema tu... nego... pravi Srbenda!... Jăkako...

(1880)

Na bunaru

Kako vetar popuhuje, tako se s brazda, kao neke bele aveti, kreću golemi pramenovi magle; nose se stranom na koju vetar duše, pa posle se, u sitnim beličastim kristalićima, kao oboci, vešaju tebi o bradu i brkove, i konju o dlaku. — To je ono što ja kažem: ako nisu muve, a ono je inje! Noge se mrznu, a oči suze. Već ni rakija ne može da zagreje srca, i ti se nestrpljivo osvrćeš, nećeš li gde ugledati kuću i domaćina koji voli gosta.

Ja, bogami, znam kuda ću. — Ja idem kod Matije Đenadića. Ono mu je kuća što pred njom o šljivi ubogovetno visi čutura s prepečenicom! Ko god prođe, nek srkne! — tako voli Matija. A kad mu dođeš u kuću, na rukama će da te nose...

More, čisto me mrzi da pričam, to treba videti. Kakva je to kuća, starinska zadruga — čitava vojska! Dođi samo uveče, a da ti se nadaju, pa će te presresti jedna snaha na samom putu, s lučem u ruci. Druga stoji u šljiviku, treća je pred stajom, četvrta odbija pse, peta u kuhinji, šesta u sobi kuda te vode — čitavi svatovi! I sve je u njih veselo, sve skromno, sve zadovoljno. A ne dao ti bog da se pobiješ s kime iz njihove kuće, jer od njih ima šestoro u samoj vojsci, a jedan je baš pravi vojnik, stajaćak, pod zastavom u Beogradu.

Niti njima treba moba — šta će im moba kod tolikih ruku?

Lepo kod njih oru tri pluga bez prestanka; a kad trgovci pođu lučiti svinje, dobro zabrekne ćemer u Matije.

Ovog njihovog Arsena znam još kad je bio kevilj. Izvadi dvojnice iza pojasa, pa sve ćurliče pokraj Burmazovićeve kuće. A u Burmaza je kći — kći i po! Da projašeš, što kažu, pored nje, pa da ona prevali onim pustim očima, očas ti mrkne svest, i jedva se držiš na konju.

Ama se Arsen naviknu na njene oči i ne plaši ih se. Zaturio nogu na vrljiku, laktom se odupro o drugu, a na šaku naslonio obraz, pa govori s njome:

— Stid me baš da pomenem bábi, a đedi ne bih smeo ama baš nikako! Baš da znam da te nikad ni uzeti neću!

Anoka se ne zastide, kô što bi trebalo. Lukavo pogleda ispod oka, navi se malo na stranu i, prikrivajući ljutinu, reče:

— Pa dobro, i nemoj! Ja ću se udati za Vilipa Maričića!

— Koji? Zar ti misliš da ću ja tebe dati ikome drugome! Be, ni kost s koskom mu ostala ne bi, ko bi te samo prstom prihvatio!

Anoka razmaženo tresne nogom o zemlju, ispupči prsi, začkilji i zavrti glavu:

— E? A ti bi, valjda, hteo da ja sede pletem? Vi'š, molim te!

Ali Arsen to više ne čuje. On se udavi pod njenim vratom, pa je dohvatio za ruku i privlači vrljikama i sebi. Ona se poprilično zateže, ali prilazi bliže i bliže; i poduzima je tajanstvena vatra kad joj se muška ruka savi oko pâsa.

Dobra devojka, da je Burmazović nije strašno razmazio. Al' šta je znao raditi? O koleri mu pogibe tolika čeljadija, da je posle Anoku držao kao malo vode na dlanu. Ne valja to maziti dete i popuštati mu, pa da je jedno u svetu. Ama nikako!

To veče dođe Arsen sasvim zamišljen kući. Što mu nije običaj — prvo svrati u kačaru, pa mosurom dobro poteže iz jedne dvojke; a nije on inače nikad pio. Sede posle na panj i osta sam u mraku, pa gleda život u dvoru. Na otvorena kuhinjska vrata bukti vatra crvenim plamenom i liže gvozdenjak i verige na kojima on visi. Arsena samog poče podilaziti nekakva vatra; i bi mu vrućina, i on se čuđaše kako je to: da ga čak iz kuhinje zagreva onaj plamen! A kraj vatre po dvoru čas po čas prolaze crne ljudske slike i psi. Iz ara dopire topot od konja, pred kačarom se isprežu volovi s kojima se ovaj čas vratio Nenad iz varoši. Poneka se kokoš otisne s duda, i lepršajući se ponovo se gnezdi među svoje druge. Pokoja reč jasno zazvoni kroz večernju tišinu. Jedan se miš usudio već da otpočne grickanje baš ispod panja na kome je Arsen sedeo.

Njemu se poče vrteti u glavi. Spočetka ču kako mu srce bije ispod leve sise, i od toga kao da se nešto uplaši. Pa onda se ujedanput stade smejati, bezrazložno, suludo — ni zna zašto, ni krošto! Posle, opet, udari u plač — ni to ne zna zašto! Samo što mu se i kroz smeh i kroz plač u nejasnoj slici pokazuje Anoka, i tako ga čudno čupa za srce, da mu se čini sad će umreti. On se nasloni na bure iz koga je maločas pio i poče umirati, ali tako slatko, da mu se čini kao da ga grli Anoka i kao da ga nosi besan kulaš Ostojićev. Tako je svakome ko se prvi put opije.

Malo je on tu spavao, a Velinka upade s lučem u ruci da traži nešto u kačari. Trže se kad ugleda Arsena na panju, kraj bureta, s mosurom u ruci. Plašljivo priđe k njemu i dotakne mu se ramena:

— Zlatane!

Arsen otvori zakrvavljene oči.

— Ti si pijan, veselniče!

Arsenu kao da se objasni njegovo stanje. On čisto radosno reče:

— Pijan!

— A što to, dobrosrećniče?

— E, ja hoću da ubijem Vilipa Maričića!

On mahnu mosurom više glave, lupi njime o zemlju, slomi ga i uze se smejati.

I Velinki se dade na smeh:

— A što, zlatane? Šta ti je učinio Vilip?

— E, a hoće da uzme Anoku!

— Pa? Neka uzme!

— E, al' ja ne dam!

On poskoči malo napred i htede se dići, ali leđima beše sasvim prijatno susedstvo od bureta, i ona se uporno vratiše u svoj prvašnji položaj uz bure.

Velinka se zavrati od smeha:

— A što, zlatane? Hoćeš ti da je uzmeš?

— Ja šta radi!

Al' kad to reče, on se zbuni, obrte se kaci, stade plakati i kroz plač govoriti:

— E, a kako se bata oženio? Hoću i ja... jes'!

On htede da udari u potvrdu sebe po kolenu, ali pesnica, bez njegova pitanja i odobrenja, lupi o panj. Za kaznu on je turi u zube i ujede je.

Velinka se sve slađe smejaše:

— Kuku mene, siroto dete! Pa uzećeš je ti, zlatane, ne boj se! Ja ću večeras govoriti bábi, a bábo će bàbi, a bàba će već s đedom i narediti stvar kako treba. — Hajd' da te odvedem u vajat da te, bolan, đed ne vidi takvoga! Hodi da spavaš! Ne boj se — isprosićemo mi tebi devojku... baš ako ćeš i Anoku!

— Hoću ja, bogami!

I snaha iznad kuće provede pijana devera po mraku do vajata. Pokri ga ponjavom i ode u kuhinju da priča jetrvama šta se zbilo.

Ali se nijedna ne obeseli tome glasu. Smejaše se, istina, ali im smeh ne ide od srca.

— Nije ona za našu kuću!

— Jedna namiguša!

— More to, al' maznica, da te bog sačuva!

— Sve bi nas zavadila!

Matija je Đenadić čovek sasvim star. Na čelu mu se vidi belega od rane koju je dobio u Hajduk-Veljkovu šancu. Osim njegove čeljadije, i celo ga selo zove đedom. Žena mu je davno u zbegu umrla. Od starijeg brata ostala mu je snaha koja s njime sada deli starešinstvo — Radojka joj ime. Ona za sofrom sedi desno od đede, i u kući se ništa važnije ne dešava dok ona ne da svoj glas, ili bar dok je đeda ne zapita. Ona potpuno razume svoj položaj i ne zloupotrebljava ga. Npr., đeda zapita:

— Šta veliš, snaho, za Maričićev zabran? Da uzmemo?

— Kako ti narediš, brâto, ti si muška glava!

Ona ljubi đedu u ruku, a sve drugo, što inače nije običaj u našem selu, i žensko i muško, ljubi nju u ruku.

Posle Matije i Radojke još je član kućevnog saveta najstariji sin đedin, Blagoje, otac Arsenov. Osim njih troga niko se ni za šta u kući ne pita, nego sve lepo sluša i pokorava se. Ako je Matija odneo porez, Radojka otišla crkvi, a Blagoje da polaže stoci — u kući je kao u školi odakle je izišao učitelj. Sve je složno, veselo, i ljupko, i svako gleda tom prilikom da se dobro išali i ismeje. Kako se, pak, koje od njih troga pojavi na vrata, odmah nastaje red, ozbiljnost i poslušnost. Njih troje se pogdešto hotimično sklone da se deca provesele i ljudi serbez napuše duhana.

Đeda je bio... bio... kako ću vam kazati? Znate: star čovek — gotovo dete! Prsne nekih puta za najmanju sitnicu, grdi, psuje, praska, pa bogme hoće i da udari. A nekad, opet, mekan kao pamuk, traži samo da miluje decu, daje im po deset para i ni za šta se rasplače.

Npr., kaže:

— Eto, ja ostah kao suvo drvo u planini! Pa udri ridaj.

Mladost — ludost, starost — slabost!

Sutradan po pijanstvu Arsenovu dođe Blagoje Radojci sasvim ozbiljna lica:

— Strina! Ovaj naš Arsen, prosti me, zamilovao onu Burmazovićevu vižlju!

— Arsen?... To onaj što smo ga letos zamomčili?

— Taj!

— Veliš, onu Burmazovićevu vižlju?

— Jä!

— Anoku?

— Nju!

— Nije ona za našu kuću!

— Nije, i ja velim! Ali on, prosti me, zaneo se baš zorli. Priča mi Velinka da je sinoć nešto ružno činio.

— A šta?

— Nemoj ti, molim te, pričati đedi!

— Ne daj bože!

— Ama Velinka veli: opio se, pa psovao i pretio da hoće da ubije Vilipa Maričića; jer on, znaš... obilazi tamo.

— Nuto-de!

Baba se zamisli. Najzad odgovori:

— Ja ću već pomenuti đedi; da vidim šta će on reći!

— Nemoj ti, molim te, pominjati što za ono!

— Bog s tobom!

Kad Radojka posle sve ispriča đedi, on se zamisli, zamisli. Najposle mrdnu obrvama:

— Znaš, snaho, sve je tako! Ama ja sam slušao od starih ljudi da ne valja deci kvariti takva posla. U nas je, hvala bogu, velika kuća. Ne verujem te nas neće biti osamdeset duša.

— Ima, bogami, i više!

— Ima, hvala bogu! Pa da ako se ona jedina povede za drugom decom!

— Daj bože!

Na nekoliko dana posle toga kazala je Anoka jednoj svojoj drugarici: „Znala sam ja da sve mora biti po mojoj volji! Nema, more, ovakve devojke ni do devetog sela!” Onda izvadi iz nedara kutijicu s ogledalcetom i stade kovrdžiti zolufe.

Nesreća je to što ona, i kad uđe u kuću Đenadićevu, osta maznica, kao što je i u oca bila.

Ona zna sve najbolje!

Uvek mora biti na njenu!

Neće da radi što joj se kaže. Kaže: „Nisam ja to ni u oca radila! Što da ja mesim hleb za carevu vojsku? Meni i mom Arsi dosta jedan!"

Ženskadija ne sme nijedno ništa da proslovi. Muževima se gdešto i potuže, ali Radojki i đedi ko sme što pomenuti?

Dugo su trpele i krile svoju nevolju. Radile su sve za nju i po njenoj volji. U njenu držanju bilo je nečega zapovedničkoga, tiranskoga, kao da si je morao poslušati. Možda je to bila i njezina lepota što je tako silno vlastvovala nad ženama. Njene jetrve ogovarale su je između sebe, a zaklanjale i branile pred starijima i tuđincima. I bogzna do koje bi mere one izdržale bez roptanja, da Anoka, i ne sastavivši punih šest meseci u njihovoj kući, ne uze sve više i više besneti. Ružno je čak i pričati o nekim stvarima; npr., šta je kazala kad su je zvali da sadi kupus, ili kad je koja zamoli da joj pričuva dete. Poče naposletku tražiti da se drukčije i bolje i odeva. Arsen, siromah, kaže joj: da đeda i Radojka kupuju svu robu i da on ne sme ni pomenuti đedi da njojzi samo kupi nov srmali-jelek; ali ona odgovori da za đedu nije ni pošla i da će ona ići svome ocu i iskati da joj on kupi, jer joj je muž dronja i ne sme joj uzeti ni šivatke dok ne pita onoga starkelju. Arsen se našao na muci. Da mu je samo da ga ne pogledâ onim očima, a on bi njoj sudio. I ponegda turi ruku pod pojas, zaglaba čibučić, a batinu uzme preko srede; ali čim ona pogleda i digne nos, a on se uparadi kao da stoji pred vladikom.

Tako ona sve više i više besni i baš hotimično ide uz nos. Pusti pse u kuhinju, pa povade sve meso iz lonca. Ne pazi kad zavrće slavinu na buretu. Hleb joj pregori, da se cela peć mora baciti svinjama. Oblači stajaću robu radnim danom. Ni glave ne obrće da vidi šta rade deca, i zbog nje je Jovankino dete i upalo u krečanu. Nijedne jetrve nije ostavila da joj ne izdene ime. Radojku zove džerima, a đedu jevtika. Svaki dan sve veće čudo i pokor, a kad joj ko štogod pomene, ona odmah preti da će da se vrati ocu. Ženama već dogrdi, i kad Anoka jednom, kad je trebalo da bude redara, ode na vašar, one se skupiše u tajnu sednicu.

— Ja ne znam, drûge, šta smo mi bogu zgrešile da ovo patimo!

— Ni ja, bogami.

— Bogme je ovo napast i nevolja!

— Jedan nam Bog samo može pomoći!

— Ovo ovako ne može ostati. Aja!

— Da kažemo bȁbi, a ona će đedi!

— Pa kaži ti, Selena!

— A što ja?

— Pa je l' ti kazala da si joj ukrala belenzuku?

— E, a zar tebi nije kazala da ti je muž divlji pop?

— Pa kazala je i Mirjani da se dovela iz gladi!

— I Velinki da je rodila kopile!

I teško bi se žene i opet odvažile da kažu, da Radojka sve to već izodavno i ne sluša i ne gleda, i da nije sam Arsen sutradan, kad je ona svoj nov novcat jelek isekla na drvljaniku, otišao đedi na tužbu.

Arsen je tih čovek. Od detinjstva naučio samo slušati. Ni drva on ne ume prodati dok mu kod kuće ne kažu: koliko da ište i pošto da dâ.

Đeda, kad Arsen uđe kod njega, seđaše sam u sobi. Kako ništa drugo ne može raditi — on komi grah.

Arsen skide kapu i priđe ruci.

Đeda se nešto namrštio. Ne diže glave, ne dade mu ruke, samo suvoparno promrmlja:

— Ži' bio!

— Đedo, molim ti se, ja... nije vadje... obraz pod noge!

Đeda ga namršteno pogleda.

— Ja — nastavi Arsen — nije vajde... nemoj što da se ljutiš!

Đeda sasvim izdiže glavu, srdito oturi od sebe saćuricu s grahom i na bezuba usta ljutito istrese:

— Znam ja to sve! A kakav si ti, more, čovek? Zar si se ti našao s onom... onom...

Malko ućuta.

— Onom... jednom... Zar ti da mi rasturiš kuću?

Arsen, tunjez, skameni se kad ču da đeda sve zna. Glas ga izdade:

— Molim ti se, đedo, ja ne znam šta ću! Oprosti mi!

On pođe ruci.

Đeda trže ruku:

— Odlazi, nemoj mi poganiti rúkê! Zar si ti muško?

Arsen okrete glavu zidu i zakloni oči rukavom od gunja:

— Radi, vala, od mene i od nje šta hoćeš! Mene ubij, a nju oteraj! Da ti je bogom prosto! Nemoj me samo oturati od sebe, živoga ti boga!

Đedi zadrhta malo brada.

On htede da prikrije svoju uzbuđenost. Gospodstveno se usturi, diže glavu u tavan i nakrivi je malo:

— Vidiš, sinko, sam si je izabrao! Jesam li ti ja kazao ni dela, ni nemoj?

— Nisi, ne daj bože! Svemu sam sâm kriv.

Đedi ponovo polete brada nosu. On se ponovo ukruti da izgleda važan:

— Pa sad ja da ispravljam što si ti ukvario!

— Bog, pa ti!

— E, ama ja evo ne znam kako.

Da je bila Radojka, ona bi opazila kako se oko nabranih đedinih očiju pokaza nekakva detinjsko-lukava samopouzdanost.

— Kako te Bog uči! — reče Arsen.

— A... ti... nju... onako... je li ona tebi baš mrska?

Arsen se zbuni. Hteo bi oćutati, al' đeda sasvim uporno gleda pravce u oči.

— Namćor je!

— Znam, znam! Ama ja pitam: mariš li ti za nju?

Arsen opet ćuti. Hteo bi da izbegne odgovor, al' i đeda sasvim uporno gleda u oči i ćuti.

— Mora biti — reče Arsen — da je Burmaz zdravo mazio! Znaš, jedinica mu je!

Đeda kao da izgubi strpljenje:

— Čuješ, ti, more, šta ja tebe pitam?... Pitam ja tebe: kaži ti meni, miluješ li ti Anoku? To ti meni kaži!

Arsen podiže glavu, turi nos u šaku, stade vrteti ramenima levo i desno, i kroz stid a sasvim protegnuto odgovori:

— Ja ne znam!

— E, a ti treba da znaš, jer ću ja po tome da sudim, da ti posle ne bude krivo i da ne rekneš ovaj i onaj!

— Jok ja!

— Dobro! A sad idi dok se ja razmislim!

Na đedi, ko ume da čita, mogao bi odmah poznati da je

on već sasvim odlučio šta da radi i da je zadovoljan svojim planom.

To veče, kad sedoše za večeru, poređaše se ljudi po starešin-stvu, kao i obično. Osim Radojke, žene nije bilo nijedne. One jedu za sebe. Samo što po dve-tri služe ljude.

Baš je bio Anokin red.

Dok druge dve unose i iznose jelo i naslužuju piće, ona se naslonila leđima na vrata i čačka nos.

Đeda ama baš da je pogleda. Svi ćute. U Radojke bije li srce — bije! A Anoka ništa i ne sanja!

Pošto se večera, ljudi se počeše krstiti i čekaju na đedu, pa da ustaju.

Đeda oturi ispred sebe komad hleba, lažicu i viljušku, a nož turi u cagrije. Nasloni se na laktove, pogleda unaokolo po svima, pa stade na Anoki.

Nju nešto štrecnu. Otpusti ruke niza se. Ispravi se i pođe napolje.

— Čekaj-de ti, kćeri! — viknu đeda neobično jasnim glasom.

Svi se trgoše.

Tim istim glasom nastavi đeda:

— Ti, sinko... s tobom, čujem... tebi je sasvim nepravo u mojoj kući i kod mog naroda!

Ko je još video da ženska glava što odgovara? I Anoka ćuti, ali stegla rukom svoju rođenu butinu, i nokti upadaju u meso.

Đeda opet istim glasom i mirnim licem nastavlja:

— Ja neću to, dok sam ja živ! Ne dam ja da je moja kuća ma

za koje moje dete robija... Čujem da ti ove žene (on bradom pokaza put kuhinje)... da ti se ove žene natresaju i pakoste! Al' ja sam ovde gospodar!

Anoka vide nešto zlobno na đedinom zbrčkanom licu. I pored mržnje, ona prvi put oseti nekakvu bojazan.

— Tebe sve nešto zadirkuju. Sve bi htele da ti za njih sve rintaš i radiš. Kao da si ti došla iz neke gole kuće!

On se načini tako nespretno ljubazan i nežan, da se Anoki poče kosa dizati na glavi.

— Al' ja to ne dam! Ja sam star i nemoćan, i teško mi je samom dijanisati u tolikom narodu. I evo neću više, ja sad...

Lice mu se izbeči, a usne mu počeše drhtati. On poče strašno i promuklo vikati:

— Svima vama — slušaj i ti, Radojka, i ti, Blagoje, i svi ostali! — svima vama i vašim ženama zapovedam da u svemu slušate ovu ovde — rukom koja cepti kao prut pokaza na Anoku — i neću ništa da mi radi u kući, da ne uprlja gospodske ruke. Ni vina da natoči! I ubio ga bog koji je i za šta ne posluša, ili je i najmanje u čem uvredi!

On skoči. Siromah starac! Veličanstven, pa ipak smešan i žalostan. Dršće kao pihtije kad iziđe napolje.

Svi se prekrstiše. Ustadoše. Ćutećki prođoše pored Anoke, a sve naokriške, bojeći se da je se koje ne dotakne.

Strašan i užasan bes razdiraše Anoku.

Kao pomamna ulete ženama u kuhinju:

— Jeste li čule, *vi*?

Žene, pa da ne čuju!

— Ja hoću sad da mi se prostre pod lipom. Hoću đedino šiljte, Radojkin uzglavak, Blagojev guber; i hoću ti, Petrija, što ti je brat na robiji, da uzmeš podupiraču, pa da rasteraš kokoške s lipe i da svu noć stojiš više mene. A ko ne posluša — „ubio ga bog!" Ej, bre, jeste li čule?

Bože moj! Baš je čovek neki put gori od živinčeta.

Niko ne reče ni reči. U sve je ušao neki strah, a povrh svega đedine reči: „Ubio ga bog!"

Arsen pobegao čak na gumno. Turio glavu među krstine, pa šmiče. Zalud mu je — nije san guber, pa kad hoćeš da ga navučeš na glavu.

I namestiše Anoki da spava.

Jes', al' nije tako lasno zaspati, kao što je mislila!

Što nikad nije bilo, to ona sad oseti samoću! Pa još bez krova nad glavom, na besnom konju bez uzde, na lađi koju ljulja vetar, a krmanoša nema. Na nju kidiše besno i njeno rođeno srce, a nema ko da ga odbije. Svet se prevrnuo i ona stoji strmoglavce.

Al' pasjaluk ne popušta:

— Šta dremaš, rđo, kad ja zapovedam? Zar hoćeš da te bog ubije?

Mesec izgrejao na podne. Sve je umrlo, al' ubrzo oživi, a na Anokino se srce sve više svija i gnezdi nešto mrtvo.

Ovako ne može ostati — al' šta da radi?

Da se vrati ocu — šta da mu kaže? „Đeda zapovedio da me slušaju!" — Aja, kud će ocu? A noć sve više osvaja, i najzad i ona će proći, blesnuće dan i sunce ogrejati, a ona, nesrećnica, kud ima pogledati? — Da besni još više — kud će više? Da se miri — kako? Zar da se ponizi? Aja!

Misli se isprekrštaju kao žice na šarenici, izaperu se, isplâču; umor savlada strasti, i ljubav, i mržnju, i glad, i žeđ. Kad se na kapke od očiju navališe čitava brda, a oni se ipak ne mogu da sklope — tada joj bi tako teško, nesnosno i dugo, da bi da joj je, pošto-poto, jednim mahom da prevrne svet, da turi glavu pod vodenični kamen, pa da zaspi, ma i mrtvim snom!

Ali snu ne zapoveda đeda, niti se on boji njegove kletve!

Anoka se diže. Pogleda tamnu sliku Petrije više sebe.

Naprasno joj se nešto prevrte u grudima. Sasvim iznenadno, a beskrajno silno, neka hrišćanska žica zazuja u njenim grudima:

— Petrija! Idi spavaj!

Petrija ništa ne reče. Baci podupirač i pođe.

— Petrija!

Petrija pretrnu i stade kao ukopana.

O, bože, gle nove slasti! Kakve su misli, kuda se to nose?

— Petrija, sestro, oprosti mi!

Žensko srce odvugnu, zadrhta i rasplinu se:

— Anoka, dušo, da ti je bogom prosto!

— Petrija, sestro...

Ona je dohvati za ruku, posadi je pored sebe, zagrli je, i obe se zaplakaše.

Kako slatko jecaju — kao sisančad!

Sve ćuti, ništa se pod nagim bogom ne čuje; samo se njih dve zagrlile, jecaju i ljube se. Anoka nju gde stigne, Petrija nju u vrat i u čelo. I mesec kao da je nadigao one njegove obrve.

— Petrija, srce moje, ja ću da umrem! Ti ćeš me, sestro, ukopati! Metni mi dosta bosioka. Zagrizi i jednu jabuku, pa turi u sanduk! Niko me više ne voli do tebe!

— Ćuti, ludo moja, kako te ne voli? Svi te vole!

— Jok, jok, znam ja!

— Kako znaš, radosti moja, kad ti s nama nisi dosad ni govorila? Ja bih pre umrla nego što bih dala da ti neko rekne okorne reči!

Opet obe jecaju i zagrle se.

— A đeda?

— Đeda je, dušo, star i dobar. Idi ti samo njemu, sama tako, pa da vidiš!

— Dobro, idem!... Zbogom, srce moje, ako umrem...

Petrija joj metnu ruku na usta.

Anoka skide ruku i savi je sebi oko vrata:

— Ako umrem, nemoj me po zlu pominjati! A sad idi, molim te!

— Neću ja tebe ostaviti dok sam živa!

— Ali ja te molim, kao što se Bog moli!

— A ti kuda ćeš?

— Pusti me! Tako mi je slatko! Pusti me, tako ti bog pomogao, tako ti tvoga deteta, pusti me! Ne znaš kako mi je!

Petrija se skloni za vajat da motri kuda će Anoka. Ali noć još caruje, te ne može videti kako Anoka ode kod vrata od đedine sobe i sede na prag.

Ni đeda nije svu noć trenuo.

Prvi petli zapevaše, prvi vesnici novoga dana i života. Anoki se nikad dosad nije njihova pesma učinila tako lepa.

Đeda se diže, oturi guber, prekrsti se, podavi noge poda se, pa osta sam u mraku, sedeći na krevetu i preturajući svakojake misli.

Drugi petli zapevaše.

Đeda usta i pođe na bunar.

Na pragu, a tek kroz rasvitak, opazi ljudsku sliku.

— Ko si ti tu?

— Ja sam, đedo, Anoka! Hoću da umrem! Oprosti mi, ako možeš!

Đeda pretrnu i zaljulja se:

— Dijete, grehota ti je od Boga! Vidiš ovaj perčin? Ni u ovce nije belji!

Anoka uhvati peš od gunja kojim se đeda beše ogrnuo i poljubi ga:

— Ja sam ti grdno zgrešila, ja sam ti kuću zamesila. Oprosti mi, ako znaš za ime božje!

Ništa lakše nego starca rasplakati. Njemu grunuše suze. Oberučke je dohvati za glavu i poljubi:

— Hodi ovamo!

Ona uđe za njim u sobu.

— Sedi tu!

Ona sede na klupicu, đeda na krevet.

— Dede malo komi taj grah!

Ona komi grah.

Đeda zadovoljno gleda kako ona komi.

Oboje ćute, ništa ne govore, samo srce čini svoje i dan osvaja.

— Hajd’ sad ovamo!

Ona pođe za njim u konjušnicu i položi kako joj on kazivaše svima konjima. Niti se ona što boji, baš ni Blagojevog brnje što hoće i nogom i zubima.

— Hajd’ sad ovamo!

Opet je odvede do svinjca. Ona razbi devet bundeva i baci svinjama.

Čeljad se isprobuđivala, poustajala, pa bojažljivo i s razrogačenim očima pristaju za njima dvoma, ali se dobro čuvaju da ih oni ne opaze. Arsen se tako uprepastio i zbunio, da se popeo na orah, sakrio se u lišće, pa gleda neviđeno čudo.

Đeda se podmladio. Čisto pocupkuje kad ide.

— Hajd' na bunar!

Dođoše na bunar.

— Vadi!

Anoka izvadi kofu.

— Sipaj!

Anoka zahiće vrgom i đeda celu kofu ispljuska po licu i po glavi.

— Obriši me!

Anoka rasplete kosu i stade ga sušiti. Lasno je vodu obrisati, ali su slabe oči u starca, i suze kaplju bez prestanka.

Đeda ugleda nekoliko njih u dvoru:

— Hajd' ovamo, vi! Što se ne umivate? Vi'š, Anoka čeka da poliva!

Detinjsko neko dostojanstvo carstvovaše na njegovu licu.

— Svi, svi! Svima će ona, sirota, politi! A da ona nekom, rekne: „Polij mi!", bilo bi trista čuda!

S bojažljivošću prilaze ljudi i žene bunaru, i kao kakva gospoda, svaki, pošto se umije, kaže Anoki: „Hvala!"

Arsenu se razvedri pred očima. Priđe i sam bunaru, raskorači se, naže se napred, a ruke podmetnu:

— Dede!

Ona poče polivati.

Arsen na devetom nebu!

— Ama, kako to polivaš? Sve po zaponcima!

— Neće, neće! — Ona mu levom zadiže rukave, a desnom naginje vrg.

— E, živa bila!

Petrija trči od jedne jetrve drugoj i sva umazana od suza šapće nešto, mlata rukama i lupa se po prsima.

Đeda sve navijajući se uđe u svoju sobu. Otvori kovčeg i izvadi jedan đerdan od nekakvih starih orlaša. Turi đerdan i jedan ubruščić u nedra i dođe ponovo bunaru.

Svi se behu umili, a svima je Anoka polivala.

Sve se obuklo u neku tajnu svečanost i svakom zuji u ušima nešto nalik na: „Glas gospodenj na vodah". I samo da negde zatrešti prangija, sve bi se uzelo krstiti.

Đeda s bezazlenim dostojanstvom pogleda po svima. Siromah, siromah starac!

— A njoj niko da polije?

Svi potrčaše kofi.

— Sad, pošto ja kažem. Sad volim i sam polivati. Dede, sine, umivaj se!

Ne zna se da l' njemu više dršću ruke, il' Anoki srce.

Obrisa je svojim ubrusom.

Obesi joj đerdan o vrat:

— Sve ona, sirota! Al' ja vam kažem, pazite što sam vam i sinoć kazao: „Ko je i u čem uvredi, bog ga ubio!"

***

Ljudi! Istina je da se i nebo nekih puta čisto osmeškuje i

raduje. Dvonožac ga gleda, širi ruke, te mu zvezda peče pod levu sisu i duša se kao nevidljiv tamjan penje i vezuje za nebesko kube. — Jes' bogami!

(na Novu godinu 1881.)

Verter

Banja i rat imaju nešto zajedničko: za rat se, naime, čine spreme godinama, a i za banju. U ratu se troši bez računa i istresa se državna kasa nemilice, za banju se takođe potpisuju menice lako kao ljubavna pisma. I u ratu i u banji živi se na parče, i svako gleda da ono malo života — do smrti ili do povratka iz banje — utuče na najrasipljiviji način. Najzad, po svršenom poslu pravi se s prijateljem, odnosno sa ženom, ugovor mira, i posle se pristupa smanjivanju plate činovnicima i toalete ženi.

Još ima nešto u banji što veoma naliči na rat — to je šarenilo. Vidite, npr., onog profesora Nedića! — Da niste došli u banju, ne biste verovali da ima u svetu takvih ljudi. Čak i u špagu od prsluka naći ćete mu kakav *Dodatak Augzburškim novinama* ili depešu *Političke korespondencije*.

Pa poštar Košutić, koji se pre zvao Popović, ali mu je sam g. ministar na njegovu molbu dozvolio da svoje dotadašnje prezime zameni „svojim familijarnim imenom Košutić", iako on nije imao nikakve familije i bogzna da li on sam zna gde se rodio. Taj Košutić tako je lepo i bezazleno znao da priča puno ludih priča o kurjacima; o preobučenim carevima koji udaraju svojim ministrima šamare, a kojekakvim protuvama daju zobnice, „zobnice, moj gospodine!", s dukatima i postavljaju ih za velike dostojnike; o nekakom velikom topu u kome sviraju dvadeset, „dvadeset i više Cigana"; o kasama koje, kad probaš da obiješ, zvone, deru se i viču za pomoć. Nije ni sebe zaboravljao u svojim pričama: npr., kako se pere svako jutro hladnom vodom, „a u zimu snegom", jede mnogo paprike i bibera, ustaje rano, i mnogo koješta što je tako sitno kao šljunak kojim su posute aleje u parku.

On se družio, ili upravo nametao za prijatelja poručniku Vasiljeviću, neobično lepom i stasitom čoveku, koji neprestano uvrće brčić i voli da ga sablja sapleće, te je nikad ne pridržava rukom nego je u hodu zakoračuje desnom nogom, te tako dobija izgled nemarnog ritera. Strašno mu je milo kad mu ko kaže da je đavo ili obešenjak, i trudi se da zasluži te epitete, služeći se bljutavim izrazima, npr., „grozno glup", „gadan da bljuješ", itd. Voli da govori i o junačkim stvarima i mnogo drži na svoju, kao što on govoraše, „oficirsku čast", ali voli da ga dirneš u oko, nego da mu protivrečiš. Naročito u „čisto vojničke stvari", ne trpi da se meša „laik". Tako, npr., profesor Nedić stade jednom mlatati rukama i s takvim oduševljenjem govoriti o pruskim oficirima, da je sasvim uprskao mladu udovicu koja se s poručnikom držaše ispod ruke. Poručnik isturi grudi:

— Gospodine, dajte mi pruski bataljon, pa ćete videti šta ću učiniti?

— E, gospodine — istrča se brzopleti profesor — a što vi ne načinite pruski bataljon? Nije bataljon pravio oficire, već oficiri...

— Gospodine — upade mu dostojanstveno u reč poručnik

— ja smatram za bezobrazluk da se čovek meša u govor koji ne razume.

— Znam, al' ja se nisam mešao, vi ste se...

Al' poručnik već ode dalje stazom s udovicom. Okrenuo oči od nje, začkiljio s pouzdanošću i pravednom srdnjom psuje: „Stoka, stoka bez repa!"

A udovica se tako pripija uz njega i već bi htela tvrditi da ta stoka i rep nosi kad eto tako očigledno nasrće na ljude stručnjake.

Onaj, opet, onde, u slamnom šeširu, s belim platnenim „engleskim" cipelama, to je apotekar Katanić — strašan obešenjak i veliki intrigant. On i poručnik imaju nešto zajedničko — punu svest o svome ja, s tom samo razlikom što apotekar ne veruje ni samoj svojoj pameti mnogo, a bistar je, zbilja, kao suza, a poručnik, opet, drži da je sav svet „glup kao čizma", a svoju je karijeru počeo od češagije. Za obojicu se, pak, cela banja interesovala. Poručnik je bio lep i bezobrazan, apotekar pikantan i lukav. Znao je svačije tajne, i nekih puta, kad značajno žmirne, čisto mu na čelu piše: „Znam čija je ono lepeza", ili: „Video sam kad si je očepio." On igra šaha, ali samo jednim okom gleda u figure, a drugim na udovicu što se čas pô zavraća od smeha i pokriva usta lepezom, jer je poručnik obasiplje neslanim dosetkama.

Kao god što vele da vašar ne može biti bez kiše i Cigana, tako ni banja se ne da zamisliti bez kartaša. Njih se ne tiče ni samo kupatilo, a kamoli partije, parkovi, muzika, dame. Oni se samo navrat-nanos okupaju, pa se posle svi zajedno znoje, obično u zasebnoj sobi, a kao što se to veli, „uz trideset i dve". Njihove žene idu same po parku, huču i jadaju se svakome koga samo uhvate. Kraj njih je bilo puno beznačajnih ličnosti za koje, ako zapitaš ko su, odgovori ti se: „I on se ovde kupa", „Čini mi se da je iz Čačka", „Mislim da je neki činovnik iz kontrole", itd.

Jedan pak, gost ove banje junak je ove pripovetke. Činovnik, čovek od trideset godina, imenom Janko. Obla, bleda lica koje izgledaše sasvim beznačajno, samo što u očima kao da se čitaše neka naivnost i čežnja. To se viđa na ljudima sasvim mladim koji još nisu pokvareni „svetskim lukavstvom", koji još škripe zubima kad slušaju za „suze rajine", i lupaju pesnicom o sto kad se peva štogod gde sevaju jatagani — jednom reči: to beše čovek sa širokim grudima i tesnim cipelama. Tim čudnovatije izgledahu njegove oči od dvadeset, pored brkova od trideset godina. Tome će zar biti uzrok njegovo vaspitanje i život od kolevke. Odrastao u bogatoj familiji, odgajen nežno kao devojka i u celom životu tako služen srećom, da nikad nije čitao *Hamleta*, ni večeravao luka i hleba. Dok je bio kod kuće, imao je dobre učitelje koji su mu i u gramatičkim analizama davali poučljive primere, npr., „dobar đak dobija pohvalu"; a kad je pošao na put, dobio je pismo od oca, u kom su u sedamnaest tačaka bila razložena sva pravila pametnog i dobrog vladanja. Prêko „na naukama" bio je do pre pet godina, baveći se upravo ničim, ili, kao što se to onda zvalo, „kameralnim naukama". Strasno je čitao Viktora Igoa i oduševljeno govorio o njemu, a u sebi čeznuo za romanskim junaštvom! Beše već zagazio u doba mužanstva, ne srknuvši iz čaše ljubavi, osim što od jedne sitnice iz njegova detinjstva počesto natezaše da načini, po svima propisima Lemkeovim, idilsku ljubav. Pa ipak on u srcu osećaše tu ljubavnu prazninu, i kako mladi ljudi što god čitaju aplikuju na se, to se i on jednom bavljaše mišlju da obuče gvozdene cipele, pa da ide po svetu tražiti svoj ideal, kao što je to u nekakvoj knjizi za nekoga čitao. Baveći se tako samim sobom, možda više nego što bi trebalo, on se, kao što on to zvaše, „izrađivao", to jest sve radio, ili hteo raditi, po nekom principu. Srećom, iz francuskih romana zaboravio je brakolomstvo, a zapamtio čast i slavu. A ima li u ovome koga tako silnog kao što je Francuz! Otuda je on poštovao svoju reč već do detinjarluka; otuda skidao kapu zastavi gde god ju je video; otuda ga je za vreme bokeljskog ustanka jedva u Novom Sadu stigla potera koju je otac za njim poslao, a bez koje bi on izvesno otišao u Boku. Najzad, sa toga „izrađivanja" sebe samoga dolazi i ona neobična prevrtljivost raspoloženja: čas veseo do raskalašnosti, čas tužan i sumoran kao da sav svet gori, a sve s kakve sitnice: npr., što je načelnikovica poslala pandura da istera prosjake iz avlije, ili takvo što.

Gotovo se ni s kim i ne druži. Sreta se, istina, s gostima jutrom i večerom kod izvora, skida im kapu, kaže ili pita koliko je sahata, i pripaljuje cigaru — al' više ništa. Obično beži pod onu lipu u brdu do koje nema ni staze i gde ga niko ne može smetati; ali i tu ga nađe jednog večera profesor Nedić i stade mu vatreno pričati o situaciji velikih sila i o himeri evropskog ekvilibra. Janko da iskoči iz kože, ali načelna učtivost ne da mu da brutalno odbije profesora. On se stade uvijati:

— Da, da, gospodine, pravo kažete! Nek radi Englez šta hoće, Rus je tu, a Turčina nećemo mnogo ni pitati... Vreme je večeri!

I s tim rečima, koje se nimalo ne odnosiše na govor g.

Nedića, uputi se u gostionicu gde se hranila veća polovina gostiju.

Pred gostionicom već seđahu i stajahu gladni gosti. Niko nije ništa radio, samo se advokat Nestor igrao novim kartama i vadio je na zahtevanje čas četiri keca, čas četiri žandarma. Nebo se crvenelo na zapadu, a sunce izgledaše nekako sumorno, veliko i ravnodušno, kao obrazi u onoga bandiste što će posle večere svirati u klarinet. Na širokom drumu leži za šaku debela prašina, i po njoj čisto sanjive brazde od kolovoza. Uz maleno brdašce penjahu se jedna kola s arnjevima, i na njima zveketaše mačka i papuča koja s katranicom visaše o srčanici. Umorni gosti radoznalo pogledaše na nove putnike, i čisto celo društvo oživе. Radoznalost i ništavi razgovori, intrige, kartanje i ljubavne scene, to je glavni damar svakog kupatila na svetu. Neka dođe samo jedan nov, odmah raspituju za njim. Ako je ma od kakvog položaja u društvu, već će se najdalje za dvadeset četiri sahata znati ko je, šta je, odakle je, je li ženjen, koliko mu je godina i plate, karta li se itd. I tek ako mu je i spoljašnjost i položaj bez ikakvog značaja, on će se i posle dvadeset i četiri sahata zvati „onaj s rasečenom usnom", ili „ona s kučetom". Nije, dakle, čudo što sva publika, mada beše obznanjeno da večera čeka, osta napolju da vidi novog putnika.

Četvoronoške ispod arnjeva izvuče se jedan čovek visok, suvonjav, malo svedenih obrva, gotovo namrgođen, u dobu od može biti trideset i pet godina. Mesto na jarmac, stupi nogom na ždrepčanik, posrnu napred, odbi se rukom do konjskih sapi i sasvim nespretno skoči na zemlju.

— Drž' se! — progovori Košutić tako da ga je samo najbliža okolina mogla čuti. Stade se onda slatko ceriti i obazirati hoće li još ko pristati uz njega. Ali radoznalost carstvovaše na licima sviju, a njegova dosetka propade.

Gospodin koji je iz kola iskočio, pruži svoju ruku s crnom rukavicom pod arnjeve, i na tu rukavicu naveza se druga iz kola, žuta i malena. Gospodin izdiže malo poviše ruku i ukruti je. Za žutom rukavicom pomoli se cela ruka, pa onda jedno pleće, i ubrzo iskoči ceo jedan božji stvor, u vidu ženske.

Ja ne znam kako bih je opisao. Možeš je vazdan gledati, i opet, da te ko upita, ne bi mu znao kazati kakva joj je glava, kakav nos, kakvi obrazi. Samo oči! One crne, poluotvorene oči što uvek izgledaju da su sanjive nekim nebeskim snom čežnje. Samo ih pogledaš, a pred tobom izniču kao iz zemlje šarkije, jatagani, besni konjici što nose u druge krajeve lepe devojke na krilu junakovu, mandolinate, handžari, dueli i sva ona čuda što se pričaju u južnim pripovetkama. Ako si momak i gazija, čisto ti krivo što je prošlo ritersko doba, te nisi pristao ni da pašeš mač, ni da se kaluđeriš. Za takve se oči išlo na muke, za njih se lila krv, gubila čast i otadžbina izdavala.

Ova ženska toliku je pažnju na se obratila, da malo ko vide i jednu devojčicu, tako od sedam do osam godina, koja takođe iziđe iz kola.

Čak i ženski gledaoci toliko se behu zablenuli, da im se na licu ne vide ni traga zavisti.

Poručnik Vasiljević ne može otrpeti da čak u prisustvu udovičinu ne obnaroduje svoje divljenje koje se zavilo rečima:

— Pa one oči! Čista arapska krv!

Udovica je začkiljila očima. Katanić se lukavo nasmeši, a Košutić već poče pričati o nekoj ženskoj zbog koje su se tri momka ubila, i to jedan iz „levorvera", jedan nožem, a jedan se udavio.

Janko, pak, kad ugleda tu žensku, preblede i pretrnu. Srce mu zalupa i u grlu ga stade golicati, pa onda daviti. On se brzo povuče za jedan stub od gostionice, odakle nabrzo umače. Uđe u svoju sobu, zaključa vrata, sede na krevet, zažmuri i još i ruku metne preko očiju, i onda:

Ugleda je malenu, tolišnu, nije joj bilo ni pet-šest godina. Oko glave zamotala beo šalić, te joj lice iz njega viri kao iz kakvog okvira. To beše ona zbog koje je on tako često kao student u velikoj varoši u sumraku turao ruku na oči i predavao se mislima punim čežnje kojoj tako isto nema osnova ni kraja ni konca, kao ni onoj melanholičnoj ariji koja mu iz vergla dopire u odlomcima kroz otvoren prozor, iskidan lupom kola i metežom velike varoši. To beše ona kojoj je on negda „poklonio" parčence zemlje, ograđeno iverčicama, koje su oni oboje zvali „livadom", i u njemu ubodenu grančicu vrbe što su oni zvali „grmom". To je ona pred kojom se on negda hvalio kako je s tikvama Ive Vukićevića preplivao Savu — a to baš nije bilo — i kako je na besnom ujakovu konju preskočio plot — a to je još manje bilo. Pred njom se on jednom razmetaše kako će, kad poraste veći, otići u vojsku i seći Turke kao onu tatulu u vrtu. Ona se sumnjivo nasmeja: — A šta ćeš raditi ako te udari puška ili sablja? — Ništa! — Ali će te boleti? — Pa ako! — Pa ćeš plakati! — Zar ja? — On izvadi svoju britvicu, zabode veliku stranu sebi u butinu i koračaše ispred nje s uzdignutom glavom. Kad ona ugleda krv po njegovim beličastim pantalonama, vrisnu i obeznani se, a on u ekstazi produži svoje hodanje kraj nje, dok najzad i sam ne klonu i ne pade pored nje. Od to doba ona mu je sve bezuslovno verovala i sasvim mu se predala tako da ju je jedanput, bez ičijeg pitanja, odveo čak u komendiju. Tada mu je već bilo trinaest godina. Kako li je se ona tada s pouzdanjem stavila pod njegovu zaštitu i gurala se za njim kroz gomilu druge dečurlije pred ulaskom! Ali kad se ona sasvim ponosno namesti pored njega na klupu, i oboje se predadoše ovom najvišem uživanju — tada njegov otac, sav zapuren, utrča i usred predstave odvede ih oboje kući, držeći nju za ruku, a njega za uvo. Čitavu nedelju dana posle toga ona ga je pipala za uvo pitajući: „Boli li te?" I, gle čuda, sad mu se učini da ga ono još tišti!

Posle se seti onoga beznačajnog cmakanja i čisto se i sad stiđaše reči kojima ju je uveravao da je voli i da će je uzeti, i njenih, kojima se obećavaše da će „poći za njega"; i svoga „dnevnika" u kome je stajalo: toga i toga dana „poslala me nana da kupim hleba", posle: „oterali kočijaša Nikolu, zdravo sam plakao", a na takvom jednom listu stajalo je: „ja se dogovorio s Marijom da se uzmemo". Posle mu dođe na um rastanak i oproštaj koji je za njega bio lak, jer je išao u svet, u veliku varoš gde će se moći slobodno kupati i pušiti, a posle koga je plakao, a i sad bi se zaplakao kad se seti kako je ona grcala i jecala, kako se krila za drva i kako mu je dala na put parče pandišpanja, ali da ga ne pojede, nego „da ga čuva" — eno ga još u njegovoj botaničkoj kutiji s ostalim detinjskim znamenitostima: jednim zrnom ćilibara, jednim tabanom od puške, prvom njegovom britvom itd. Sad — preskoči nekoliko godina svoga života i ponovo je ugleda već kao devojku od sedamnaest godina, kad pogledi dobijaju značaj, ruke se počnu stiskivati, a poljupci su pravi vezikatori za ugrejano srce. Tada je, kao na predstavi mađioničara, blesnulo i opet iščezlo njezino lice, jer se on odmah sutradan morade vratiti s ocem u Beograd, odakle je samo na jedan dan došao radi svadbe svome bratu od tetke. I samo na toj svadbi, u onome svetu kraj muzike koja trešti i kola koje se savija kao put uz brdo, samo je tu mogao videti, pozdraviti se i progovoriti ozbilja četiri reči: „Sećate li me se?", na što ona ništa nije odgovorila, samo je pocrvenela i svoje velike trepavice spustila na jagodice, a oči na ružu koju je na prsi bila pridenula. Posle su se te oči sasvim oprostile s ružom na prsima i tražile njega, i samo njega u celoj onoj tišini. Posle toga je on otišao, i ništa se više nije desilo. Ali šta će mu više. To je dosta da sâm iz sebe, kao ono pauk, isprede čitav jedan sladak, iako paučinast, horizont; dosta da ga u časovima slatkih nada prati slutnja da će s njome kad-tad nastaviti svoju detinjsku ljubav u mužanskom obliku. I eto sada sav se stresa kad pomisli da se ona malopre skinula s kola, da je svi ubezeknuto glede, da joj oči još sjaje onim detinjskim ognjem koji kao plameni mač tone u grudi i gubi se u mesu srca. Njega čisto plašaše, a svakako neizmerno uznemiravaše pomisao da je ona tu, možda u prvoj sobi do njega, da može s njom govoriti, da ima prava rukovati se, da će se sutra svakako sastati s njome u šetalištu i da će se poznati s njenim mužem, jer „onaj čovek tek ne može biti niko drugi do njen muž!" I od toga se tako uplaši i zbuni, da najpre poče gledati po svojim stvarima i misliti da beži zorom, a posle poče smišljati kako će se pred njom ponašati. Čak upali sveću, stade pred maleno ogledalo na stolu i pokušavaše da se ravnodušno i učtivo smeši.

Već se davno ugasio život u gostionici, i po hodnicima, i

po sobama, a on čas pô paljaše i gašaše sveću, mučeći se da razvedri ili razagna misli. Ali zaspati mu se nikako ne dade. Već nastaje ona isplâkanost u mislima, i već mu počinje bivati ravno sve do mora, ali san nikako da ga obori. Stade skakati mislima s jednog kraja na drugi. Mišljaše na mater, u zelenoj šamiji, kako mesi pitu. Na Jovu šarkijaša kako je zažmurio, dignuo glavu, razvalio vilice i peva neku pesmu u kojoj ima reči: „A moj dragi" — pa onda nekoliko reči kojih se ne mogaše setiti, pa „kleti". Dugo ga mučiše te reči. Onda na silu odvede misli na Stevana Aničina, kako se davi u Savi i prevrće očima; na slomljenu vetrenjaču pod kapijom iza koje Ivan pandur vrlo vešto istresa onu zaključanu kutiju u koju se spuštaju krajcare za sirotinju. Posle mu pade na pamet kako je jedanput išao preko krečane i taman što je prešao dasku, a ona se opuči i pade, i strašno ga stade mučiti misao: šta bi bilo da se daska ranije opučila, i kako bi se sav ispekao, pa može biti i umro?

Sve zalud! I kad se san prikrade, Marija tako furiozno zdere onaj veo pod kojim se sklapaju oči, ispružaju noge i zeva, da Janko sasvim ljutito ne htede „baš ništa više misliti". Seti se onda kako je čitao u nekoj knjizi da kad se čoveku razbije san, treba da broji, i on, da bi rasterao misli, poče tako svesno brojati, kao da je Gavanov kaznačej; te kad god nabroji stotinu, on ispruži jedan prst, i tako mu se nekako činilo da baš mora tačno paziti koliko je nabrojao. Al' kad već dođe do blizu tisuće, a san se, kao neki težak, mekan i ravnomeran pokrivač poče prostirati po njemu, i kao da pođe od nogu pa naviše. Janko još samo oseti kako mu se nešto raskriva u mozgu, i zaspa.

Kad se probudi, već je bilo davno svanulo. Ispred prozora ču se smeh i koraci. Janka nešto štrecnu. On se seti sinoćnice i kao da zadrhta, ali tada mu se ujedanput prevrte nešto u mislima. Stade se čitavo čuditi šta mu je. „Gle sad!" tako on sebi, a kao nekome drugome govoraše: „Šta je kao bajagi! Jesam li ja kriv kome štogod? Šta je s tom ženom? Bog sa mnom bio! Koga se ja bojim?"

I onda se stade brzo oblačiti, hoteći se samome sebi načiniti ravnodušan. Stade čak i zviždukati, i kad bi gotov i iziđe napolje, srce mu ponovo i ujedanput silno zalupa kao odularen konjic koji se sve više zaigrava, što ga više mitiš i ruku mu pružaš. Jer tek što stade na vrata od hodnika i pogleda u park, a ona stoji s mužem i s onom devojčicom. Pred njima su kola, i muž zameće nogu na jarmac; i još ga Janko i ne sagleda dobro, a on već ispod arnjeva mahaše ženi i onoj devojčici rukom. Kola odoše. Njih dve stajaše same na putu. Janko othuknu, i kao da mu se nešto svali s duše.

On se pribra. „Što mora biti — mora!" i pođe njima dvema.

Muka je ponavljati poznanstvo uopšte, a kamoli ovakvo. Kad se s nekim nisi dugo video, a nisi s njime nikakav osobit prijatelj, ti si u zabuni šta da mu kažeš, kako da mu pokažeš da se interesuješ za njega. Pa i to teško ide. Otuda ona poslovica: „Kad si došao? Kad ćeš da se vratiš? Daj mi cigaru duvana!" Da kako je obnavljati ovakvo poznanstvo?! Ljubiti se s nekim detetom pre toliko godina, pa ga sada videti kao ženu; sećati se onih poljubaca i pridavati im sadašnji značaj — to je, ako ništa drugo, a ono bar da se čovek pošteno zbuni. — Samo daj da se otpočne šta mu drago!

Janko razvuče lice na ono obligatno smešenje, skide nespretno kapu i pruži ruku:

— Dobro došli, gospođo!

Al' gospođa se najpre trže, pocrvene do ušiju, brzo stište Jankovu ruku i sasvim iznenađena otpozdravi ga s nekom vatrenom iskrenošću.

Janko opet odahnu.

— Video sam vas još sinoć kad ste došli.

— Pa, zaboga, što se niste javili?

— E, pa tako!... Mislio sam... kako da vam kažem?... Putovali ste, pa umorni ste; i, posle, gospodin... Nisam poznat sa gospodinom... onim...

On pruži ruku u pravcu kojim su kola otišla.

— Mojim mužem? — Gospođa opet pocrvene. — Pa ja bih vas upoznala!

— Tako?... Ta da!

— A... šta sam hteo da kažem?... Da! Jeste bili kadgod ovde?

— Nisam!

— Pa ne znate ni vodu, ni kupatilo?

— Znam, bila sam jutros rano sa Cujom.

Gospođa pomilova žensko dete:

— Moja zaova!

— A, tako!

Janko, kao da to mora biti, pomilova i sam dete koje se stidljivo smešaše.

Opet ućutaše. Janku se učini sasvim nezgodno stajati s njima dvema nasred staze. — Poručnik Vasiljević s poštarom prođe mimo njih. Drsko gledaše ženi u lice, onda lako i, kao što se to kaže, „obešenjački” mignu na Janka, pa ode dalje.

Janko se ponovo izgubi. Izvadi sahat.

— Devet!

I ona izvadi sahat.

Ala joj je malen prst koji je bila ispružila pri otvaranju sahata.

— Hoćete li da šetate ili da idete kući?... To jest... molim...

On tresnu malo glavom kao čovek koji se na nešto odluči.

— Jesam li vam na smetnji?

— Bože moj — reče gospođa prostodušno — a što ste nam na smetnji? Ako ćete, hajdemo zajedno! Vi ste ovde poznati. Pokažite nam mesto. — Hajde, Cujo!

Dete kao dete zazjavaše ovde-onde. Sagibaše se te ubiraše cvetiće. Pođoše glavnom širokom alejom, i razgovor posta već odrešeniji. Janko se već poče u sebi čuditi što se upravo toliko bojao ovoga sastanka. Sad govoraše sasvim slobodno. Pokaza joj česmu s jednom i česmu s drugom vodom. Upoznavaše je s gostima. Pričaše joj o doktoru koga zovu opodeldok; pokaza joj ruskog korespondenta sa staklenim okom, uveravajući je da sama ne bi nikad opazila: „Ništa, ništa se ne primećava.” Sretoše i Sretena kamenjara, koji je po tome slavan što pije na dan četrdeset čaša vode i u hladnom basenu sedi svaki dan sahat i po. I u tom razgovoru on se osećaše tako lako i prijatno kao čovek koji se jedanput bućnuo u hladnu vodu, pa sad oseća unutrašnju toplotu.

Sunce već poče pripicati. S aleje vođaše jedna uzana stazica desno, i tamo se u šipragu i hladovini viđaše jedna klupica. Gospođa skide maramu kojom se beše ogrnula i dade je detetu:

— Cujo, idi baci ovu maramu na krevet, pa dođi opet!

Mi ćemo te čekati ovde! — Ona rukom pokaza na klupicu u šipragu.

Njih dvoje, oboje ćuteći, dođoše do klupe. Ona sede na sredinu, Janko na sam krajičak.

On se osećaše da bi imao *nešto* da kaže, mnogo da joj govori, ali mu se činjaše da su mu usta olovom zalivena, i da povrh svega stoji strašan pečat na kome su slova: čast, porodica...

Brzo i odvažno odagna te misli, napravi i zapali cigaru i poče opet sasvim obične razgovore o banji, o bolestima, o varoši, pa onda ponovo i poduže zaćutivaše. Čas pô mu padaše na pamet kojekakve anegdotice i smešne pripovetke koje bi ga izvukle iz neprilike ćutanja, ali on ipak ćutaše bojeći se da time ne prekine ovo, njemu ma kako nezgodno, ipak prijatno stanje hotimične zategnutosti, iza koga se krilo nešto nalik na prikriveno poverenje i slatke izjave. I ma koliko da se on pravce bojao da i najmanjim čime pokuša da stane na nogu staroga, detinjskoga poznanstva, isto tako čuvaše se da digne pred sobom most na koji ne mišljaše nikad ići.

I tako sedeći pored nje i osećajući neko slatko galičanje on se već držaše za mučenika časti i poštenja, i to mu laskaše, i on hvaljaše sebe sebi.

Ali baš to navalično čuvanje da joj se ne približi, to očajno uveravanje sebe sama da je ona tuđa žena, i da on može biti samo zlikovac, baš to zatezaše sve gore i gore njegov položaj prema njojzi, to činjaše da se on sve više zbunjivaše, to ga dovođaše gotovo do očajanja.

On uporno tražaše predmet za razgovor, ali ga ne nađe.

Stanje postade nesnosno. Poručnik prođe još jednom pored njih, i Katanić, i poštar, i svi gledaju nju, i smeše se lukavo na njega; govore nešto polako, a prutićem se puckaju po pantalonama.

— Ma šta! Ma šta! — mišljaše Janko — samo da se govori!

I onda se primače njoj, sede sasvim komotno na klupu. Kao da skide neki obruč koji ga stezaše i preko grudi i pod grlom. Zavrati se malo. Zenu čak i — oslobodi se ponovo:

— Ovo baš pripiče! Ja leti zdravo volim lake haljine — sasvim lake. Ali ko će poneti u banju sav komfort?

U taj par Vasiljević se sam vrati stazom i opet oštro posmatraše ženu. Janko se čisto očajno boraše da istraje kako je započeo. I on oštro gledaše Vasiljevića, čineći se pri tome ravnodušan. „Samo slobodno!", i opet nastavi:

— A zdravija je zima — verujte! Istina, malo se čovek izlaže opasnosti da nazebe, ali ovako... ovo je da bog sačuva.

On obrisa rupcem znoj s čela.

— Jeste li doručkovali? Da... naravno... najpre ste hteli da pijete vodu.

Gospođa razumede ovaj Jankov govor. I sama se brzo obrete, i kao da se obradova ovome tonu:

— Nisam, nisam još, naravno. Hoćemo li?

Uto dođe i Cuja.

— Hajdete! — reče gospođa. — Hajdete i vi s nama. Mleka imam, uzela sam dosta misleći da će i Mladen doručkovati. Ali on popi samo crnu kafu. Hajdemo-te!

— Ne branim — reče Janko s puno pouzdane ravnodušnosti. — Znam izvesno da će vaša kafa biti bolja nego u mehani... — Ove poslednje reči činjahu mu se da su smešne, on se smejaše „ha, ha, ha!"

I tako pođoše. Oboje osećaše da su našli, iako nezgodan,

ipak jedini mogućan *modus vivendi*. Janko se toliko pouzdano ponašaše, da se čisto i u licu promenio. Hodaše pored nje ravnodušno, šireći noge i gegajući se, što inače nije njegov običaj.

A unutra se osećaše tako pouzdan i tako zadovoljan, kao gladan čovek koji se, mesto ostriga, râka i palačinaka dokopao jagnjeće plećke. „Samo tako", mišljaše on, „pa se ni moj, ni njezin mir neće poremetiti!"

Siromah! On ne zna da je čovečje srce Indijanac. Delaš, obaveštavaš, govoriš mu iz dana u dan i već ga vidiš da diže ruke k nebu, posti, krsti se, metaniše i pominje ime Hristovo; ali razdrlji košulju, pa ćeš mu na grudima o vrpci naći idola od porcelana. Zgrčio se, turio kolena pod bradu, pa kao da se zadovoljno i lukavo smeši jednom samrtniku.

Janko je s njima zajedno doručkovao, posle ih ostavio da se odmore, i opet pred ručak po njih došao. Pogodio hranu u mehani, odredio jedan sto u uglu na kome da se „postavi za tri persone". I doveo ih na ručak.

Kad su oni ušli, sva se mehana ućuta. Gospođa se pokloni gostima za najbližim dvama stolovima, pa sede, okrenuvši se leđima prozoru a licem unutrašnjosti mehane. Svi mirno i ne mičući se gledaše. Samo Vasiljević, s neobičnom drskošću, namigujući na apotekara, diže svoj tanjir i premesti ga na drugi kraj stola, tužeći se da ga onde peče sunce. Tako beše licem okrenut gospođi.

Janko opazi ovo i odjedanput srdačno i silno stade mrzeti poručnika.

Tek kad se zapuši supa i zazvečaše lažice, društvo otpoče

onaj potmuli nejasan govor, i muškarci počeše brisati salvetom brkove, te tom prilikom bacati oči na onaj sto.

Naravno da je Janku spočetka bilo nelagodno. Nije umeo da se namesti na stolici. Supu sve mu se čini da i suviše srče. Vino kad pije, čini mu se da zdravo klokoće; — al' kad se želudac napuni, kafa zapuši i zamirisa duvan, celo društvo kao raskopča jake i othuknu. Razgovor posta najpre življi, padaše i pokoja dosetka, i poneka pesnica lupi o sto; posle se mnogima zaokrugliše oči i društvo se sve više razlabavljaše. Pažnja i interes popusti, već slabo ko da još seva očima na sto gde je Janko. Samo što Vasiljević još pogleda onamo, priča o svojemu konju kako jednom nije hteo da naiđe na bure, a on ga ostrugama svega iskrvavio i sabljom isekao po vratu i sapima. Momci podigoše na nekoliko stolova čaršave, pa na njih metnuše karte, krede, „piksle" i tablice. Kartaši posedaše, ostali poustajaše. I Janko s gospođom i Cujom ustade i ode.

— Hajd'mo-te kod nas da pijete kafu!

Kako da ne pođe?

Ali tada se beše već oslobodio, da mal' ne skide i kaput kad je ušao u sobu, nameštenu kao sve sobe u našim banjama: dvama krevetima, jednim stolom uz prozor i jednim čivilukom; a prozor zastrven debelom strukom, te se sunce zalud muči da ubaci i jedan zračić. I gospođa i dete behu već sasvim obikli na društvo s Jankom. Pristaviše „mašinu" za kafu, ćeretaše, popiše, pa Janko ode u svoju sobu, a one ostadoše u svojoj.

Tako prolaziše dani. Mirno, tiho, odmereno, galičljivo-prijatno, pa ipak, kao što Janko mišljaše, „ozbiljno". On posta već i prema sebi toliki glumac, da svoj odlazak k njima i neprestano bavljenje uz Mariju objašnjavaše običnim druženjem i simpatijom, i tada ga ništa ne bi moglo o tome razuveriti. U to doba čitaše roman jednog ruskog majstora, u kome se ovaj svojim anatomskim perom smejaše običnoj zabludi idealista da se mlad čovek i mlada ženska, koji nisu ni rod ni pomozbog, mogu voleti kao brat i sestra. Janko baci knjigu i dvaput pljunu, kao gnušajući se, ali u srcu kao da oseti neku prazninu. Zalud ispruži nogu, isturi grudi i lupi šakom po njima — iznutra kao uprkos da zazvoni: „Ala da ti je da bar jednom nasloniš glavu na grudi!" On leže na krevet i dade se u misli koje se truđaše da odagna, ali ih ipak, kao ispod ruke, potpuštaše. Dvaput mu padaše na um da spakuje stvari pa da beži iz kupatila, ali se varaše da to može uvek učiniti, i da bar s tim ne mora hitati.

Ta sitnica u tome romanu sasvim ga uznemiri. Kao da baš od toga dana posta sasvim sumoran, i kao da ga ta sitnica neodoljivo gonjaše da prečisti račun s tom „ženskom". I taj račun, koji se „morao prečistiti", ostavljaše on s dana na dan, a sve bivaše s njom i uz nju, sve mišljaše na nju i posta sasvim sumoran, neveseo, presta čak i jesti i predade se, kao što on mišljaše, „dubokoj studiji o životu", a u samoj stvari sasvim plitkoj ljubavi.

Sve je to Marija dobro opazila, a još bolje apotekar i poručnik.

Marija ga jednom ne pozva posle ručka na kafu. Janko ne htede ni posle večere otići. Taj dan oseti neku lakoću u grudima i on tapšaše sam sebi: „Tako, tako treba! Čudna mi čuda ostaviti se tuđe žene! Nisam li ja jednom čitav mesec dana ostavio duvan?"

Ali već sutradan on ode ne samo posle ručka, nego i na doručak, i posle ručka, i posle večere, i što je najgore, seđaše ceo dan s njome i uz nju, a ni reči ne progovori. A i od ovoga je čak bilo nešto gore, a to je: što i ona ne progovori ni reči i što je takođe neobično malo jela.

Toga dana uveče Janko se sasvim dockan i sasvim zamišljen vrati kući. Uđe u svoju sobu, upali sveću, obuče se i iziđe napolje. Ču kako iz kafane dopiru nejasne promukle zdravice i kako zveče čaše, i uputi se tamo. Vrata od kafane, koja gledahu u „mali park", behu širom otvorena. Janko uđe na vrata, a ne opazi da pod orahom napolju u mraku stoje dve ljudske slike u suknjama.

U kafani za stolom u uglu seđaše brigadir Veljko, advokat Nestor i upravnik kupatila, i igrahu karata. U drugom uglu bubnjaše i sviraše Cigani. Na sredini, za velikim stolom, beše jedno desetak mladih ljudi, kao što se to veli, s čašama u ruci, a u samoj stvari, s vinom u glavi. U gornjem čelu toga društva seđaše poručnik Vasiljević, a u donjem apotekar Katanić.

Janko otpljunu kad ugleda od vina nagrđeno lice ovih ljudi, a naročito kad mu se pogled sukobi s podmigljivim i bezobraznim očima poručnikovim, ali on ipak uđe. Beše to nekakvo očajanje koje ga unutra gonjaše.

Poručnik, kako ga ugleda, skoči sa stolice:

— A, dobro veče, krdžalijo! A gde ti je... onaj... onaj... ona tvoja dulčineja?

Reč dulčineja čuo je on od urednika *Svetlosti*, i ta mu se „francuska" reč tako dopala, da ju je svaki čas upotrebljavao, obično pak u frazi: „što rekao Francuz: dulčineja".

Janko preblede i zanese se kao osetljiva dama kad vidi žabu.

Htede vikati, nagrditi poručnika, udariti ga bocom i stolicom, pa ipak stajaše na ulazu kao bezjak i ćutaše.

— Ta šta si se tu ukipio? — deraše se poručnik. — Ovamo! Živela tvoja dulčineja!

On u levoj ruci diže čašu, dođe Janku, uhvati ga desnom rukom i povuče unutra, turajući mu čašu pod nos.

Janko iskorači desnom nogom napred, dohvati poručnika za prsi i gurnu ga svom snagom od sebe:

— Odlazi! — dreknu on, a glas mu se sklupča i zapti u grlu.

Vasiljević tresnu o sto na kome se prevrtoše nekoliko stakladi.

Katanić se umeša s lukavim dostojanstvom:

— Gospodo! Mahnite se ćorava posla! — i zadrža Vasiljevića koji ponovo polete na Janka.

— Sad ću ga... sad ću ga!... Na moju oficirsku čast!... — deraše se Vasiljević i pružaše ruke put Janka.

Janko prekrsti ruke i sasvim mirno i prezrivo reče:

— Gospodine! Ja neću s vama da se ovuda rvem. Ali ako mi u najkraćem roku ne date satisfakcije, kao što to rade ljudi od časti, ja ću vas morati u parku bičem istući!

Onda podiže glas:

— Razumete li?

— Oho! Ovamo, ovamo, bre!

Poručnik isuka sablju.

Janko brzo skide s čiviluka brigadirovu sablju. Zasuka malo desni rukav i diže sablju više glave.

Brigadir Veljko poklopi svoje karte na sto i metnu ruku na njih:

— Meni još pet — reče polako svome društvu. Onda se samo licem okrete „duelantima" i viknu:

— Gospodine poručniče!

— Izvol'te, gospodin-major! — odgovori Vasiljević i spusti ruku i sablju.

— Ovamo sablju!

Vasiljević uhvati svoju sablju za oštricu, a balčak pruži brigadiru.

— U haps! — reče brigadir i pokaza rukom na jednu pobočnu sobu.

— Razumem! — reče Vasiljević i s jednim vrlo nekoordinovanim „levokrugom" uđe na vrata koja su mu pokazana.

Brigadir balčakom lupi o sto, ne dižući ruke s karata.

Momak dođe.

— Neka se zaključa ova soba, a ključ neka se meni donese. Nâ, ostavi ovu sablju... Plaćate li? — Igrači pomešaše karte. Brigadir zgrnu pare i ponovo, kao čovek koji je izdangubio, stade žurno mešati karte, a preko ramena govoriti Janku:

— Ja ne znam, gospodine, šta ste vi tu došli samo da kvarite društvo! Pa, posle, uzeli ste moju sablju, kao da je to... šta je bolji?... kao da je to opštinska stvar... koštaju obe tri dinara!

Janko turi sablju u korice i pođe nešto spleteno da se izvinjava. Katanić ga poverljivo povuče na stranu:

— Ostavite se, nije potrebno! Idite bolje kući! Vi ste, vidi se, vrlo pošten i osetljiv čovek!

Janko bi ga čisto zagrlio. U ovoj neprilici gle kako mu se prijateljski javlja čovek gotovo nepoznat! On već htede da suzama brani svoju nevinost.

— Mahnite se, mahnite se! — reče Katanić, uze ga ispod ruke i oba izađoše napolje.

I tom prilikom Janko ne vide ono dvoje što stojahu u zasenku, ali Katanićevu oku ni to ne izmače. On podiže glas kad već behu u parku:

— Meni vas je žao što vam se ova neprilika desila. Vi slabo poznajete svet... ne primite za zlo!... i zamišljate u svakome svoje srce i svoje obrazovanje. A to je gledište vrlo pogrešno i nepraktično... nemojte se srditi! To je...

Janko mu stište ruku:

— Hvala vam, gospodine. Vi ste pripomogli da ga ne udavim. Želim da vam stogubo i u boljoj prilici vratim!

Opet mu stište ruku.

„Smetenjače! Kakvu uslugu?" — mišljaše Katanić i obradova se kad ga već dovede do vrata i kad se jednom oslobodi njegova stiskivanja ruke.

Vraćajući se nazad u mehanu, on stade nemarno pevušiti i zaobiđe čak oko oraha, ali pod njim više nikog ne beše.

„Bez sumnje je ona s detetom!" — mišljaše Katanić. — „No! Sad će se valjda uveriti da je..." — On htede reći „smetenjak", ali onda stade redom misliti kako je stvar tekla i izbrisa reč *smetenjak* iz toga razgovora sa samim sobom.

U mehani zastade celo društvo koje se već više i ne sećaše na aferu i beše još sasvim dobre volje. Joca Mijić zavratio glavu, peva pesmu „Lepa naša domovino!" na glas „Onamo, onamo!" i tuži se što niko ne ume da mu sekunduje. Steva praktikant zamače prst u vino, te njime piše po stolu svoje ime. Profesor Nedić prevodi nekakvu besedu nekog člana engleskog parlamenta. A advokat Nestor tuži se kako mu se „odbila karta”.

Katanić ne nađe za potrebno da se oprašta, već se ćutećki s vrata okrete i ode u svoju sobu.

Sutradan ovako su stajale stvari:

Na brigadiru Veljku nije se opažalo nikakve promene, osim što je malo oštrije nego obično psovao momka što mu nije doneo debelu govedinu. Ovo pak nije se moralo niukoliko dovoditi u svezu sa sinoćnom aferom, jer je brigadir imao tri uzroka biti neraspoložen: prvo, što je meso bilo odista mršavo; drugo, što je on bio kao i obično zdravo gladan; a treće, što ga je advokat Nestor jako sinoć „uštinuo”.

Na poručniku Vasiljeviću opažalo se, opet, to što je danas u šetalištu sasvim opustio sablju, te šara po pesku, a obično ju je pridevao na lančić, te mu zapleće noge, i što je bičem lupao po lišću na kestenovima. U govoru je bio sasvim odrešen, slobodan kao i uvek, i činio se toliko ravnodušan, kao da sinoć nije prevrnuo ni šolju s kafom. Tek u kupatilu, kad se nekako našao u krugu sinoćnjega društva, govorio je najpre o duelima uopšte; posle je prešao na svoj sudar s Jankom, i tu je sasvim velikodušan bio: „Badava!... Dirnuo sam ga malo gde ga boli! Pi! Tako se to neki put otme čoveku pri čaši vina! Siromah! Da, da! Pomislite, on... Pa mene zove! Dakle, ja sam pozvan — biram oružje i prvi pucam! Vežem ga za dud, imam prava, pozvat sam... pa napunim top... naravno, ja biram oružje!... i...” — on lupi dlanom po vodi i zviznu.

Katanić se na to tako gromoglasno zasmeja, da se svi okretoše. Ali on se tresijaše i sve glasnije smejaše. Šmurnu se i pod vodu, ali i više njegove glave izbijaše veliki klobukovi.

Kad se ispravi, obrisa dlanovima oči i, slatko se smejući, reče poručniku:

— No, taj zacelo ne bi lasno prošao! Tome biste vi pokazali s kim hoće da se dueliše! — Pa onda nanovo prsnu u smeh i isprekidano nastavi:

— Naravno, vi ste pozvani... izaberete top... ha, ha!... pa njega za dud! ha, ha!... Siromah, ni parčeta od njega ne bi ostalo! Ha, ha, ha!...

Poručnika ne samo da ne uvredi ovaj smeh, nego se i sam stade smejati. Najzad se opet namršti:

— E, ali sad je sve prošlo! Ja sam još čekao do osam sahata pismen poziv, kao što je to red. Ali on ne pozva! — Tu poručnik sleže ramenima.

— A to je red? — reče Katanić s pritvornim i glupim interesom.

— Naravno da je red! To traži i moja oficirska čast.

Katanić čisto zbunjeno sleže ramenima.

Košutić je dokopao priliku da priča o nekim „amerikanskim” duelima gde se, čini mi se, protivnik poji rastopljenim olovom, guta pilule od dinamita, i na sve se to još ravnodušno smeši i najpre čačka zube.

Janko, pak, nalazio se u tako žalosnom stanju, da nije znao kud da se okrene. Strašno osećanje stida i poniženja, koje se ne da izgladiti nikakvim taktom ni heroizmom. Pitao je sam sebe: koji ga je đavo nosio da ulazi unutra kad je video pijane ljude? Posle se kinjio što je tako primio srcu reč „dulčineja”, i naposletku sav se znojio od stida i jeda kad se sećaše kako je, kao kakvo derište, izvukao sablju brigadirovu i doveo sebe u „glup, gluuup, najgluplji položaj na svetu!” Što je najgore i najcrnje, to je što sad ne zna šta da radi. Da ga zove ponovo na duel — koješta! Da se bije s njime kao kakva propalica u parku, te da načini još veći skandal — „pi!” On se pljesnu rukom po čelu. — „Svako čudo za tri dana!” Ali daj preživi ta tri dana!

A Marija toga jutra beše tužno milostivna. Velike oči behu joj još jače prekrivene trepavicama. Kad se nađe u parku s Jankom, ne reče mu ni „dobro jutro!”, ali ga tako značajno stište za ruku i tako milostivno pogleda, da je on iz toga više pročitao, nego što ima u celom Majerovom *Leksikonu*. Očigledno beše u tome ono slatko sporazumljenje koga se on toliko kao bajagi bojao. On ćutećki hodaše pored nje, a grudi mu brektaše pod nekim osećanjem koje se u neku ruku prelivaše u beskrajan, tih, sladak bol. „Sve zna”, mišljaše on u sebi, i u jedan mah, ne htevši i ne misleći ništa, a okrenuvši glavu od nje, progovori:

— Vi sve znate!

— Sve! — reče ona, takođe ne obrćući glave.

I oboje gledaše u travku, parče šljunka, ili crvotočinu; ali kroz te stvarčice, kao kroz okular mikroskopa, širi se veliki, nepoznat, primamljiv svet, preliven čudesnim i božanstvenim začinom.

Ceo dan ne progovoriše reči, ni za ručkom, ni za večerom, i kao da bežaše jedno od drugoga, a ipak se svaki čas kao nehotično sukobljavahu. Posle večere odoše odmah svako u svoju sobu, i oboje osetiše potrebu da dugo, dugo još, pošto je sav svet spavao i hrkao, gledaju u od oblaka progrušano nebo i da se razgovaraju po zvezdama. U to gluho doba Janko, s nekim tajnim osećanjem od koga je drhtao, otvori širom vrata od svoje sobe, leže nesvučen na krevet i pokri lice rukom. Sve je tiho kao u groblju. Ujedared on ču da nešto šušti, a grešna misao odvede ga na Mariju. Ali, je li to san u koji se bojaše pogledati otvorenim okom? Šuštanje pređe u njegovu sobu, i kad on diže bojažljivo ruku s očiju, ugleda nju više sebe, u beloj haljini, nagla se nad njim i sluša mu dah. Valjda ne zna da li on spava. Tada jedva čujno prošaputa:

— Što si tužan?

On htede skočiti s kreveta, raskinuti jaku što ga tako strašno davljaše, stisnuti je u naručje, pa tako valjda umreti, ali ga snaga ne posluša. Ne mrdnu ni prstom, ni okom ne trenu, i na jedvite jade takođe prošaputa:

— Volim te!

Ali tada mu već pomrče svest, i on više i ne vide kako ona ostavi njegovu sobu.

Baš tada pređe pored njegove sobe poručnik, stupajući krepko i otresito, tako da mu ostruge u ovoj tišini zvoniše čisto kao praporci. On pevukaše neku pesmicu od ne baš sasvim solidnog značaja. I on ostavi vrata od svoje sobe otvorena i polako se skidaše, zviždućući. Kad bi gotov, napisa ovakvo pisamce:

Gospodine! Vaša se žena vrlo lepo ponaša ovde. Neki g. Janko ne izbiva od nje ni danju ni noću.

Jedan vaš prijatelj

Onda pročita pismo još jednom, podvuče reči „ni noću", zatvori ga u koverat i zapečati ga polovinom dinara. Adresova na muža Marijinog i zadenu ga za kapu da ga ne zaboravi predati. Onda zevnu, prevrte se na krevet i zahrka mirno, spokojno i slatko, kao čovek koji je učinio dobro delo i hrišćansku dužnost.

A Janku čudno beše te noći. Tako se osećao jednom još kao dete, kad celu noć ne sklopi oka, nestrpljivo čekajući kad će svanuti dan Vrbice da obuče nove haljine. Samo što u ovom prijatnom osećanju beše nečega, kao što rekoh, bonoga, i on se s neobičnom voljom zadržavaše baš na tome. Svaki čas mu se činjaše da čuje opet ono tiho šuštanje. Čisto obamre, i po prsima kao da mu puše neki mirišljavi vetrić koji ga tako zanosi, kao ono kad čovek na ljuljašci zažmuri. Ponekad raširi ruke: hteo bi nešto zagrliti u naručje — pa tek kad vidi da je sve prazno i tiho oko njega, onda ga još jače obuzme osećanje ćudljive sreće koja mu se, kako mišljaše, već više ne izmače. Njen balzamičan dah još kao da mu omotava ugrejano čelo ispod koga je tako bojažljivo iskliznulo ono „volim te!" Sad, sad da je opet da dođe, kako bi joj on znao kazati zašto je tužan — „zato... zato...", ali on ni u mislima ne dovrši rečenicu, već se prostire pred njom, celiva joj vrh cipele, pa posle sakriva čelo i oči u njenu dugu kosu, rastapa se u ništa pod njenim tužnim milostivnim pogledom. Sad mu se čini da joj je naslonio glavu na rame, pa se zalud muči šta da joj kaže, kakvim rečima da prospe pred nju ono varivo u srcu svome, prema kome je usijana lava ledeni aparat; jer, naravno, niko pre i niko posle njega nije mogao ljubiti, „ovako ljubiti". „Jer šta ja imam od svega ovoga!" mišljaše on. „Tuđu ženu!" I sa toga se sve ovo začinjavaše nekom nejasnom mišlju slatke smrti u kojoj kao da je neizbežan vrh njegove ljubavi.

Tek u samu zoru, kad otpočeše škripati vrata na sobama i sanjivi momci i devojke promicati hodnicima, usta on s kreveta i zatvori vrata i prozore. Život koji se buđaše napolju utišavaše onaj život u njemu. Kao da mu smetaše mišljenju ono tabanje pored njegovih vrata, te prodrema malo, pola u snu pola na javi, sa Marijinom slikom koja se tako koketno prikradaše k njemu i opet bežaše od njega čim što napolju lupne.

Kad ustade i napolje iziđe, brzo i strašljivo prođe pored vrata od njene sobe i čisto se radovaše što je ne vide. Na ulasku u kuću istrča pred njega sobarica sudije Perinovića, koja je i Mariju posluživala, i predade mu jednu ceduljicu. Cedulja ne beše u koverti, ne nošaše nikakve adrese, a unutra stajaše: „Vi ste još spavali kad su po mene i Cuju došla kola Mladenove tetke iz sela koje je ovde preko brda. Baviću se koji dan." Potpisa ne beše.

Janko se u prvi mah obradova ovome, ali već oko podne spopade ga strašna čama i osećanje beskonačnosti.

Nigde da nađe mira! Leškari na krevetu, turi ruku preko očiju pa sanja, sanja. Onda ujedanput skoči, pa po sto puta prođe sobu tamo i amo. Posle opet legne na krevet, pa se daje u misli kako ona ulazi kao senka, šapće mu. Zamišlja kako bi mu bilo da ga pomiluje rukom po usijanom čelu, kako bi se on onda topio, kako joj ne bi ništa govorio, samo bi uzeo kraj njene haljine, pa bi ga ljubio... aja, ne bi ga ljubio... naslonio bi ga sebi na obraz... njenu bi ruku naslonio na obraz... samo bi je malo dodirnuo usnama. Ako bi ga ona poljubila, on bi... šta bi on radio?... On bi kazao hvala, hvala!... Ne! Ne bi ništa kazao... umro bi, da, umro bi — to je najlepše!

Ali i to se već dosadi, spopade ga nestrpljenje. Pred veče

pođe putem kojim je ona otišla i iđaše napred, a sve mu se činjaše: sad će je sresti; i čim čuje da otud zvrkte kola, već smišljaše kako će kazati da je sasvim slučajno pošao ovuda da šeta, a nije upravo ni znao da je to taj put. A da će se ona vratiti večeras, sad odmah — to mu je govorilo srce njegovo, i stoga iđaše sve dalje napred, i sve slobodnije, jer se sve više osamljivaše. Ali ujedanput se trže, kao da stade na guju, jer pod jednom vinjagom ugleda profesora Nedića s nekom knjigom i crvenom pisaljkom u ruci. Nema kud nazad, pozdravi se s njime, obrisa znoj s čela i primi ponudu da i sam sedne pod vinjagu.

— Pazite samo šta ovaj kaže — reče profesor i poče čitati neku dugačku rečenicu iz knjige koju držaše u ruci. Janko je čuo samo s početka jedno: „als", na kraju „worden ist", i u sredi dvaput „höhere Regionen". Iz učtivosti izjavi dopadanje i zamoli da razgleda knjigu.

— Baš bih vas molio, ako imate što za čitanje? — reče on Nediću, a ujedno se obradova ideji da će kakvom prijatnom lektirom moći rasterati čamu.

— Drage volje, drage volje! — reče profesor. — Ja imam ovde *Abhandlungen über die moderne Politik* od Levenštajna, nekoliko Geteovih stvari — znate, i taj je bio veliki mislilac; pa onda imam: *Ueber das Wesen der Gedankenlehre* od Sonenštajna, pa onda, onda... od Sauertajga...

— Molim vas štogod od Getea! — prekide ga Janko.

— Drage volje, molim! Hoćete li da se vratimo, pa da vam odmah dam?

Janko pristade, ali se kradimice svaki čas obrtaše, sve misleći da će ga stići njena kola.

On u svojim mislima i ne ču kako mu Nedić celim

putem deklamovašte stihove iz *Fausta* i pretresaše poredom ono nekoliko krnjataka što je pročitao iz Getea.

— Ovde imam i *Vertera: Patnje mladoga Vertera* — ako hoćete to?

— Čitao sam nekad — reče Janko — ali davno. Mogu baš to uzeti!

— Dakako! — Koliko se mladih ljudi ubilo zbog toga! Haj, haj! Kao muve! Pročitaju *Vertera,* pa pištolj u čelo!

Janko, koji se kao kroz maglu sećaše Verterove sudbine, pri ovim rečima Nedićevim čisto oseti nešto hladno na čelu.

„To će taman pristati za mene", mišljaše on i gotovo s nestrpljenjem čekaše da dođu kući i da uzme knjigu.

U toj se knjizi priča kako je neki sanjalo, po imenu Verter, došao u neki kraj gde je sve tiho i mirno, idilski, i tu poznao jednu devojku koja se zvala Lota, a bila zaručena sa nekim Albertom. Verter se odmah zaljubi u nju, i već ne zna od ljubavi kud udara. Albert, koji je za vreme poznanstva Verterova s Lotom bio negde na putu, vrati se i venča s Lotom. Verter, da bi razagnao svoje jade, primi se nekakve službe i ode odatle; ali nabrzo se vrati, i njegova se ljubav prema Loti još jače razbukti. Jednom, kad joj muž nije bio kod kuće, spopadne je ljubiti, ali već posle toga nije mu ostalo ništa drugo nego da se ubije. On ozbilja napiše, kao što se to obično radi, mnogo pisama, pogori svoje hartije, napuni pištolj, potegne i ubije se.

Janko samo malo povečera, pa se naklopi čitati. Oh, kako je to beskrajna slast deliti s nekim sudbinu! Već na prvim stranama Janko vide da je i on sam Verter, i, pri svakoj sceni u knjizi, tražaše kakvu sličnu sitnicu iz svoga života. Verterova jadikovanja za samo ga srce ujedahu, i on mu u pameti stiskaše ruku koja je već davno na nebu s Lotom zajedno. Sve, sve mu se dopadaše, i u svemu on viđaše sebe. On se slaže s Verterom da mu ne trebaju knjige, jer je srce i bez toga uzburkano; samo mu treba tiha, mirna pesma koja se peva deci uz kolevku. I njemu je, kao i Verteru, najmiliji onaj pisac u kome on nalazi svoj svet i gde je sve nalik na život čitaočev. A u Verteru je sve tako nalik na Janka. Nalik ono bežanje od sveta a traženje Marije, nalik je ono osećanje koje ga prožima od glave do pete kad se, kao što veli Verter, njegov prst nehotično takne njezinoga, ili kad im se noge sretnu pod stolom. „Ja trgnem nogu nazad, a tajna neka sila vuče me opet napred — meni mrkne svest!" Sve tako, ama u dlaku! I njemu je Marija nešto sveto, i u njenom prisustvu ćuti svaka požuda! Ljuti se na Verterovog prijatelja što mu savetuje da se prođe Lote: „Lasno je to kazati!" Pa kako je dobra Lota koja pušta Vertera da se pokatkad isplače na njenoj ruci! — I on će to pokušati kod Marije, to je zaista uzvišeno a nevino zadovoljstvo. Verter čita Loti svoj prevod Osijana, a Janko? — On će Mariji dati *Vertera* da čita. „Nek vidi moje jade!" I što se više primicaše kraju knjige, tim se sve više zbratimljavaše s Verterom, i najzad, kad Verter uzima pištolje, i Janko pogleda svoj revolver na zidu, koji mu izgledaše kao nekakav signal, i iza njega kao da vidi bono i bledo Verterovo lice koje kao da mu značajno klima glavom: „Tako, tako, bratac, mi jadni sirotani! Ljubimo, ali tuđe žene; pošteni smo, pa zato treba da umremo! Hodi!"

„Zdravo, zdravo mi budi, pobratime — poklicavaše Janko u sebi — skoro ćemo se videti!"

I upravo ne tražeći nikakva dalja razloga, on se oprijatelji sa smrću. I onaj nerazumljivi trenutak, u kome se prestaje živeti, tako prijaše njegovoj sanjalačkoj prirodi, da ga gotovo s nestrpljenjem čekaše. Slatko mu bi kad pomišljaše kako će ona možda na njegovo, već jednom kao mramor hladno čelo pritisnuti svoj ugrejan poljubac. „Tada, tad ću biti najsrećniji!” A da li će on to osećati? „Dakako! Šta kaže Verter?” On ponovo pročita ona mesta sebične filozofije, gde se bez ikakve rezerve patnicima obećava nagrada „tamo gore”.

Čitanje se produžilo i sutra do podne, a posle podne Janko već poče po propisu uređivati svoje stvari, pisati pisma i među njima jedno sasvim veliko, u vidu dnevnika, a namenjeno Mariji. Naročito uživaše u svojoj „mirnoći”, a mirnoćom on zvaše glumačko navlačenje osmejka ili mrština na svoje lice, iako se unutra u duši uvijao kao crv.

I u celom tom svom delanju on nijedanput ne pokuša da dâ sebi računa zašto on to sve čini. Zašto je on tako nesrećan, i šta sve mora čovek imati, pa da se ne mora ubijati? Beše li i ovo posledica njegovoga vaspitanja, ili neke urođene prenadraženosti? Na to se ne da lasno odgovoriti. Što se njega samoga tiče, on, kad je pokušavao da to sve sebi objasni, odmah je posustao i zaklanjao se za bolešljivog Vertera i za veliko ime Geteovo. Tako rade i matori ljudi koji se u mladosti nisu napatili!

Od prvog sastanka Marijina s Jankom, Katanić ga ne beše ispustio iz očiju. Pratio mu je svaki korak; znao je i za najmanju sitnicu. Ništa mu se nije otelo — njihove šetnje, razgovori, pa čak ni pismo poručnikovo na Marijinog muža, ni Marijina cedulja na Janka, ni samo čitanje *Vertera*. Jedno je samo što on nije znao, upravo nije verovao pričanju poručnikovu — da je Marija noću ulazila u sobu Jankovu.

Mogućno je da je Katanića mnogo štošta kretalo da tako pazi na Janka; dva su, pak, uzroka poznata i nama: prvo, što beše od prirode radoznao, ako se, to jest, može nazvati prostom radoznalošću ono interesovanje za potanku istoriju sviju i svakoga, i uživanje u saznavanju najskrivenijih misli u čoveku koga posmatraš. Možda se time zadovoljavaše njegovo urođeno vlastoljublje, jer se i na taj način u neku ruku vlada svojom okolinom. Eto, npr., u kupatilu ne beše nikoga ko nije čisto zazirao od Katanića, i niko ko ga poznaje ne bi se začudio kad bi mu Katanić u razgovoru, uz reč pomenuo za kakvu duboku tajnu. S druge pak strane, Katanić je bio vajkadanji prijatelj Mladena, Marijinog muža, u čijoj je kući odrastao poslužujući još kao đak. Mladenov ga je otac dao, po svršenoj nižoj gimnaziji, u apoteku, pomagao mu da ode na kurs i jamčio za njega kad je otvorio apoteku na svoju ruku. Otud se on osećaše vezan za Mladenovu kuću i Mladenovu rodbinu. Za Mladena lično i po tome što se njihove naravi podudaraše, iako se obično kaže da se ne mogu voleti dve sasvim jednake duše. Uostalom, one i behu jednake samo u jednoj polovini svojoj, a to u ozbiljnosti i u odvratnosti prema svemu što je nosilo tip izjava prijateljstva ili ljubavi. Inače, kad bi se, kao što se to poneki put radi, poredile ćudi s životinjskim osobinama, Katanić bi morao biti mačka, a Mladen lav — ipak, dakle, oboje *felis*. Katanića ste već unekoliko poznali. Ako mu oduzmete malene lukave oči, pa ih zamenite osrednjim, uvek otvorenim; ako ironične brazde s oba kraja usana dignete i turite ih među obrve — onda imate Mladena! Najzad su mogli jedno drugo voleti i stoga što im se interesi nikad i ni u čemu ne ukrštaše. Kad je Mladen otišao sa službom u

Beograd, i njihovi se odnosi prekidoše, jer nijedan ne beše voljan pismima krpiti lično raskinute veze; ali veza koja se još u detinjstvu zatekla nije popustila u snazi. Kad se Mladen ženio, poslao je i Kataniću štampan poziv na svadbu i na njemu je još dopisao perom: „Nikako drukčije da ne učiniš nego da dođeš!" Katanić mu na dan svadbe čestita samo žicom, i to beše sve. Pa i posle svadbe njihova korespondencija ne ožive — pisali su samo po kakvom poslu. Tako, npr., kad je Mladen kupio kuću, tražio je od Katanića dvesta dukata na zajam za tri godine. Katanić uzajmi toliko od Stojana Bardagdžije i posla Mladenu s ovakvim pismom: „Evo ti šaljem novce! Ne trebaju mi pre dok i sam ne kupim kuću." Te novce vratio mu je docnije Mladen sa nežnošću koja ne priličaše njegovoj naravi — u kesici koju je njegova žena izvezla za nepoznatog prijatelja svojega muža. Katanić, opet, sa svoje strane, zamota kesicu u finu hartiju, turi je u jednu apotekarsku kutijicu i zatvori u ono odeljenje verthajmovače koje se zove „trezor". A obojica bi se oni nasmejali nekome drugome koji bi tako radio. Ono veče kad je Mladen došao sa ženom i sa sestricom u kupatilo, Katanić ga je, naravno, odmah video, ali ne mogaše odmah prići, jer po svojoj opreznoj, mačjoj prirodi hteo je najpre da se sam sa sobom dogovori kakav će položaj da uzme prema Mladenovoj ženi. Ujutru pred zoru probudi ga jaka glavobolja, tako da je jedva u deset mogao ustati i izići napolje; ali Mladen već beše otputovao; a s njegovom ženom šetaše se Janko po parku. Katanić je umeo biti Jevropljanin i znao je kako mu se valjalo javiti Mladenovoj ženi, ali ga od toga zadrža ili njegova narav, jača od Jevrope, ili neka lukava slutnja da će, ovako povučen, moći bolje paziti na ljubavnu igru koja, kao što mu se na prvi pogled učini, beše neizbežna, a kojoj bi zasad bilo nerazložno stati na put. Ali već posle četiri dana on se uplaši od onoga što njegovo bistro oko naziraše kroz zbunjeno lice Jankovo i još sanjivije oči Marijine. Tada on napisa Mladenu dugačko pismo, najduže koje je ikad napisao, u kome mu nagovesti kako se zbog glavobolje nije mogao još ono veče javljati Mladenu i njegovoj ženi, a sutra, opet, beše pozno. Tu dalje, kao uz reč, a sasvim zatrpano u druge sitnice, stajaše i to: kako svaki dan viđa njegovu ženu, zdravu i veselu, „s gospodinom Jankom, koga ti izvesno poznaješ". Naposletku je dodao još i ovo: „Jako bih se radovao kad bi ti došao *što pre*, da se vidimo i malo porazgovaramo, i da me predstaviš tvojoj ženi. Tom prilikom imao bih ti saopštiti jedan vrlo važan plan, o jednom preduzeću koje bismo mogli oba učiniti." Pod ovim „preduzećem" on je zamišljao kupovinu vina, ili ma kakvu laž koju će već spremiti dok Mladen dođe, a glavno mu beše da Mladen vidi Janka i da se zna naći. Mladen, kad je pročitao ovo pismo, nije upravo ni obratio pažnje na toga Janka, misleći da će to biti kakav prijatelj njegove kuće, kome Katanić ne znađaše pravog imena. Jedno mu se samo čudno činjaše: ne reč o „preduzeću", već preko mere dugačko pismo Katanićevo. Otkud to? Ali već posle po sahata on ode u kancelariju, zatrpa se poslom i sasvim zaboravi na Katanićevo pismo s Jankom i preduzećem, pored koga nije ni opazio podvučene reči „što pre".

Trećeg dana posle onog poručnikova pisma i posle odlaska Marijina u selo, uveče, kad je Janko najživlje uređivao svoja pisma i premišljao „kakvom paklenom spravom da razori svoje bedno srce", šetao se Katanić s poručnikom kroz glavnu aleju. Poručnik pobedilački pričaše kako ga Marija od dva-tri dana oštrije gleda: „Dobar znak, fiksira me!" i uveravaše da je on u stanju zadobiti ljubav svake ženske na svetu: „Mlad sam, nisam ružan", a u sebi mišljaše: „Nisi valjda ćorav, vidiš kako sam lep! Oficir sam, a sve ženske luduju za oficirima, pa još konjički!" Katanić bi drugom prilikom uživao u ovakvom pričanju i još bi izazivao poručnika da tovrlja i dalje, ali sada beše isuviše zamišljen i ozbiljan. On se brzo odvoji od njega i pođe u svoju sobu, smišljajući kakvim načinom da ponovo pozove Mladena da dođe, „jer je već krajnje vreme!" Da mu kaže istinu — „to bi ga ubilo, a stvar se još daje popraviti". Ali šta da radi, kako da počne? Već ga izdadoše sve kombinacije, kad ga umalo ne pregaziše jedna kola iz kojih iskoči — Mladen!

Da ga je ko dobro uočio onoga dana kad je doveo Mariju u kupatilo, opazio bi da je sada još mršaviji i bleđi, a obrve kao da su mu gušće i jače pale na oči.

Katanić stade kao ukopan, pljesnu se najpre po čelu, pa onda dlanom o dlan; i onda se zagrli s Mladenom.

Mladen se plašljivo osvrnu:

— Moja žena!

— Otišla je nekoj tvojoj rodbini ovde u selo.

Mladen plati kočijašu. Uzede Katanića ispod ruke i ništa ne govoreći povede ga prvom stazom koja od gostionice vođaše u park. Nikoga ne beše na pogled. Mladen izvadi poručnikovo pismo iz špaga i ćuteći pruži ga Kataniću. Katanić i ne zaviri dobro u pismo, a već mu ga vrati:

— Znam!

Mladen ga uprepašćeno pogleda. Katanić se načini ravn-odušan:

— Laže taj pas! Znam ja ko je to! Pokazaću ga i tebi. Istina, nešto ima i u stvari — Katanić se ujede za jezik — to jest, nema ništa... nešto ima... izgleda, to jest, kao da ima... ali ništa, ništa rđavo!

U taj par behu naspram česme. U blizini seđaše zamišljen Janko, sa otvorenom knjigom u ruci.

— To je on! — reče Katanić i pokaza Janka Mladenu.

Baš u taj par Janko ostavi knjigu na klupu i priđe česmi da natoči čašu vode.

Unaokolo nikoga ne beše. Katanić se pažljivo osvrte. Dokopa knjigu s klupe, turi je sebi pod kaput, pa pođe dalje ne osvrćući se i živo govoreći i gestikulišući.

Kad se odmakoše podaleko, Mladen pogleda Kataniću pod kaput gde je knjiga stajala i začuđeno zapita:

— A što to?

— Nâ, pa noćas razgledaj! Ko zna? Može ti trebati!

Mladen, ne znajući zašto, gotovo pobožno uze knjigu, pa je turi sebi pod kaput.

Ćuteći idoše dalje. Kad već zađoše u šumu, Mladen sede na jedan panj, turi glavu međ' ruke i uzbuđeno, a jedva čujno, progovori:

— Dakle, sve je svršeno!... Propalo!

Katanić čisto zadrhta:

— Bog s tobom! Šta ti je?

— Nemoj ništa kriti! Ne verujem ničemu drugom, ali na tvom licu vidim da je sve sušta istina.

Katanić bi samog sebe ćušio. Hteo bi nešto govoriti, tešiti

ga, ali ne znađaše kako. Stvar odista ne beše za očajanje. On ovako mišljaše: Sve zavisi od Mladena! Marija sad nije ničija. Ko od njih dvojice bude bolji, Mladen ili Janko, onome će se i prikloniti. Žena je što i dete. Ko mu da bolju igračku, onoga više voli. „Da sam ja", mišljaše on, „njezin muž, ja bih već znao kako bih počeo!"

A suton se poče poistiha i čisto bojažljivo spuštati. Vazduh kao da se procedi kroz nešto, stade mirisati i ispravljati klonulo lišće. Komarci pođoše u pljačku držeći se pravca prema gostionici, odakle se začuše zvuci neuređene muzike. Mladen izdiže glavu.

U njegovu pogledu beše nešto bankrotsko, u Katanićevu, opet, toliko nežnosti da ih zbilja ne bi mogao poznati ni onaj koji je s njima svaki dan. Ova dva, po svome ophođenju, inače kao kost suva čoveka izgledahu u ovaj par kao dva goluba. Jedan sa slomljenim krilom, klonuo; jedan zdrav, s punom gušom, voljan da ga zahrani. Katanić ne beše više on; na licu, u držanju, u govoru, u pogledu, ne beše više ni traga one lukave opreznosti, one povučenosti i zatvorenosti s kojom kao da se beše rodio.

On dohvati Mladena za ruku i uzbuđeno progovori:

— Mladene, tako ti boga, budi čovek! Evo ti se kunem svim na svetu da sam pazio na svaki korak i da ništa nisam video što bi ti kaljalo obraza i doma. Trebao si, istina, ranije doći, ali to pismo Vasiljevićevo sušta je laž. Tako mi boga! Evo oba moja oka ako tu ima truni istine! Uši da odsečem ako nije sve presna laž!

Mladen čisto ožive. Pogled mu se razbistri. Katanić, okuražen, nastavi:

— Stvar je u ovome... Vidiš: tvoja žena, ona je u neku ruku sanjalica, pa naišla na čoveka sanjala. Verujem da oni oboje, isključno po tome što su im prirode slične, simpatišu jedno drugome, ali kakva je to nesreća? Vidiš: ovaj slepac čita *Vertera* i bogzna koliko ga on ceni, samo zato što odgovara njegovoj prirodi koja traži neprestano da gori i bukti! Ali, nesrećnik, nije on kriv što mu se dala prilika da baš u ovome pravcu hrani tu svoju prirodu. Nije on zato nepošten. Treba mu samo otvoriti oči, to jest, i njoj i njemu, i turiti ga na drugo ognjište, samo da opet može biti u groznici, pa će se on sam proći tvoje žene, a i ona njega. Poniziti verterizam u njegovim očima, a dići što drugo, pa eto ti i izlaska! Zainteresovati ga za politiku, prijateljstvo, otadžbinu, što mu drago, već naći će se šta! Razumeš me?

Mladen je za vreme celog ovog razgovora blenuo samo u Katanića, i mada mu misli biše na sasvim drugoj strani, mada ni reči ne razumede, ipak se osećaše umiren, jer iz Katanićevih očiju i odsečnog glasa sijaše odsudna pouzdanost i oduševljena mirnoća.

Kad se vratiše, mrak beše uvelike pritisnuo kupatilo, i njegov park, njegove kuće, česme, kupatila — sve to izgledaše crno i veliko. I Mladenu se činjaše da je to vraška pećina, sklonište zlih duhova. Podiđe ga nekakav strah i jeza, i on se obradova kad stigoše gostionici gde blešte sveće i vesela lica bezbrižnih gostiju.

Sedoše u jedan krajičak u parku pred mehanom i ćutećki večeraše. Pa posle odmah odoše u Katanićevu sobu. Tu Katanić ponovo razvrže svoje nazore, poglede, mišljenja i verovanja. Utom Mladen izvadi ukradenu Geteovu knjigu, pa je pruži Kataniću.

— A s ovim šta ću?

— Kako šta ćeš? — reče Katanić izdignuvši obrve. — Razgledaj noćas, mogućno ćeš naći štošta što će ti trebati! Nisi nikad čitao *Vertera*?

— Čitao sam.

— Pa zar ti, koji poznaješ svoju ženu, a čuo si šta sam ti pričao za Janka, zar ti ne vidiš tu sličnost s Verterom? Ovaj smetenjak bar isti je Verter, i ja ne verujem te nije još i toliko lud da bi se i ubiti mogao.

Mladen pođe zamišljeno prevrtati knjigu, ali mu odmah padoše u oči silna mesta, gotovo na svakoj strani, ispodvlačena pisaljkom. On poče pažljivije čitati. Da li je ta mesta podvlačio sam Janko, da li gospodar knjige, profesor Nedić, to ne znam, ali Mladen, naravno, mišljaše samo na Janka. I iz tih ispodvlačenih mesta on sastavi sebi potpunu sliku Jankovu, i već mu se činjaše da ga poznaje odvajkada. Ne znajući zašto, on na jednoj hartijici poče praviti kojekakve primedbice na Vertera i uvek bi ih najpre saopštio Kataniću: „Pazi, molim te!" pa bi onda pročitao s usiljenom deklamacijom kakvu benastu Verterovu lamentaciju na svet, na ljude, na nebo i boga, i sve što vidimo i ne vidimo. Katanić sa zadovoljstvom slušaše Mladenove zajedljive primedbe u kojima on nazva jedanput Getea čak i budalom.

— E, vidiš sada! Sad znaš toga Janka, a znaš svoju ženu. *Vertera* si pročitao — sad treba krojiti plan.

— Znam — reče Mladen, a upravo i ne sanjaše kakav bi

to morao biti plan. Kako već beše umoran, on opet pruži Kataniću knjigu:

— A ovo?

— Vratićemo mu. Zar on, misliš, zna da ju je onda držao u ruci?

— Čuješ — reče Mladen — nije lepo od nas...

— Šta nije lepo?

— Pa to! — on pokaza očima na knjigu. — Špijunisali smo čoveka u neku ruku.

— Hajde, molim te! — reče Katanić. — Lezi pa spavaj! Još ćeš i ti početi plakati kao Verter.

Mladen, da ne bi bio Verter, nasmeja se i poslušno se izvali na krevet.

Sutradan, oko devet sahata izjutra, vrati se Marija s Cujom iz sela. Mladen beše s Katanićem u njegovoj sobi. Kad ugleda ženu kroz prozor, on obamre. Nekoliko puta duboko povuče vazduha, pa smušeno pođe napolje.

— Čekaj! — reče mu Katanić. — Stani da se dogovorimo!

— Znam ja već sve!

— Ama stani, priberi se!

— Ne boj se ništa, već ću se pribrati.

On opet pođe vratima. Katanić ga zadrža:

— Ono pismo poručnikovo pokazaćeš joj. Onako, naravno, uzgred, u smehu, ili...

— Dobro, dobro!

Mladen se otrže i iziđe. Katanić pođe uzbuđeno hodati gore-dole po sobi.

Sastanak Mladenov sa svojom ženom bio je mnogo lakši nego što bi čovek mislio. Uzbuđenje je bilo s obe strane podjednako, a pri tom tako jako, da jedno drugo ne mogaše posmatrati hladnim okom koje jedino može suditi. Mladen je išao s tugom za izgubljenim rajem, Marija s nemirnom savešću. Sastanak beše ipak toliko krepak, da u odsudnom trenutku izgubi svu snagu i očajanje, s jedne, i grižu savesti, s druge strane. On nađe nju istu onaku kakvu je i doveo — otvorenu, iskrenu, veselu, vedra čela, s očiglednom radošću, a ona njega isto onako velikog, blagog, s nekom gotovo očinskom nežnošću. Slatko obmanjivanje sebe sama razli se povrh ovoga sastanka i prekrili sve crne misli kojima ionako izlaska ne beše. Tâ očajanje i nemirna savest ne stanuju lasno u grudima ljudskim. Čovek ih bije čim stigne, a najsilnije samoobmanom.

Mladen držaše da je nemogućno, „apsolutno nemogućno"; Marija advokatski mišljaše: „Pa šta sam ja, kao bajagi, učinila?" i čisto je čikala fakta koja su se i u njoj i napolju nagomilavala.

Počeše sasvim obične razgovore. Pitaše se za zdravlje, za put, kuću i tako koješta. I bogzna da li se na ovome ne bi svršila cela istorija, da oboje čisto plašljivo ne pogledaše kroz prozor da li se otkud neće pomoliti „taj Janko".

Mariji bi najmilije bilo da se ovoga časa putuje. Sunđerom vesele zaboravnosti brisaše ona živo svaku scenu iz svoga života i odnosa prema Janku, i u slatkom osećanju časnog života postajaše sve bleđa i hladnija vatra koja je dan pre sagorevaše. U tim mislima ona se iskreno i nežno savijaše oko Mladena koji s punim srcem milovaše njenu meku kosu. Već beše došlo sve na staru meru, kad sunce stade biti pravce u teme.

Pođoše na ručak. Uđoše u gostionicu. Za onim stolom već seđaše zamišljen Janko.

Marija onom silnom snagom urođenom našim lepim polovinama, veselo i otvoreno predstavi svome mužu zbunjenog Janka, „moga prijatelja iz detinjstva, koji mi je ovde u svemu bio na ruci”.

Preko Mladenova lica prhnu samo jedan oblačak neprijatnog iznenađenja, ali on se ubrzo pribra, stište dobro ruku ovog „prijatelja svoje žene” i, misleći na poručnikovo pismo, izjavi mu zahvalnost: „koji ste bili tako dobri da ste... koji ste imali dobrotu... naravno, kako je ona sama ovde bila”...

Janko se zaplete. Rukom, kao da se brani od pčela odbijaše zahvalnost:

— O, molim, molim, ja mislim i svaki drugi... naspram dame... Mi se već odavno poznajemo!

On se usili da opravda ovo „staro poznanstvo”:

— Znate kad sam vas ono vodio u komendiju?

— Pa ste posle izvukli... — reče Marija, pokazujući lepezom kako se bije.

Oboje govoriše neprirodno veselim i razdraženo nemarnim tonom. Mladen jasno, naročito po pokretima lepeze, vide neprirodnu koketeriju u svoje žene. Janko mu izgledaše sav zelen. Sve o čemu je samo sumnjao, sad mu se pokaza suštom istinom. Pa ipak mu Janko izgledaše više za sažaljenje nego za mrzost. Svakako, pak, valja ga pobediti, pa ma kako bilo. Tu mu pade na pamet Verter, i zamalo što, bez ikakvog povoda, ne poče vikati na Vertera i Getea i celu nemačku romantiku. I bogzna ne bi li se on i upustio u deklamovanje, da Katanić ne priđe stolu.

Mladen odmah skoči. Predstavi ga svojoj ženi i ponudi ga da s njima zajedno ruča. Katanić se, kao ono mačka što se uvek dočeka na noge, obešenjački praktično nađe u ovome društvu. Zaturi odmah razgovor, i, posle pola sahata, njegove anegdote tako osvojiše, da i Mladen, i Marija, i Janko, pa i Cuja, brisaše suze koje im od smeha udaraše. Mladen sasvim zaboravi svoju brigu, tim pre što gledaše raspoloženog Katanića, jer on ne opazi da mu šala ne ide od srca i da mu se anegdote čas pô mogu primeniti na Mariju i Janka.

U takvom razgovoru zateče ih već i večernje. Katanić predloži da se prohodaju, pa posle kupaju. Svi pristadoše. U tome stiže i veče.

Po večeri Mladen pozva i Katanića i Janka na vino i kafu.

Neko vreme, pošto razgovor posta odrešeniji, Mladen se poče sasvim nevešto vrteti oko teme romana. Čas pô bi hteo da navede razgovor na Getea, pa da se osveti i Janku i Verteru, ali mu se boja nikako ne primaše.

Katanić se već poče jediti i ugrizivati za usne. Najzad ga izdade strpljenje. On ispovrti iz špaga Getea i tresnu ga o sto, tužeći se da ga žulji u kaputu.

Janko, iznenađen, dokopa knjigu:

— A gle!

— Šta?

— Knjiga!

— Pa da!

— Ta znam, ali moja!

— Vaša?

— Ta da!

— Gle!

— Znam, pa otkud vam?

— To sam danas kupio od onoga malog perečara.

— Perečara? Obešenjak, ukrao mi!

— Kaže, našao je!

— Našao? Verujte!

Mladen se obradova.

— Šta je to?

— Gete — reče Janko. Pa tu je *Wahlverwandtschaften, Werther...*

— No, želeo bih znati ko to još može čitati!

— Molim vas — reče Janko, čisto uvređen — a zašto?

— Bog s vama, kako zašto! Jeste li čitali?

— Čitao sam.

— Ono bolesno nagvaždanje što se zove Verter?

— Nesrećan mladić!

— Smetenjak! — reče Mladen živo. — Smetenjak! Pravi proizvod nemačke poezije. Gete video Rusovljevu *Novu Eloizu,* pa i on napisao *Vertera.* I pomislite što je najčudnovatije: za tim šmokljanom Verterom ludovalo je nekad celo nemačko društvo. Sad, molim vas, uzmite samo: ugleda on nekakvu Margaritu da seče deci hlebac...

— Lotu! — popravi ga Janko.

— Lotu, da seče deci hlebac — i ni pet ni devet, nego se odmah zaljubi! I još zna da ona ima svoga poštenog mladoženju koji će je uzeti, Vinklera, kako li se ono zove?...

— Alberta — reče opet Janko koga u srce diraše ove reči.

— Da, Alberta, i to njemu ništa ne smeta da opet trčkara k njojzi i da misli još da je voli, a ovamo bi hteo da je otme od tog Morica... kako rekoste?... da, Alberta, njenog poštenog mladoženje. I što je najsmešnije: ta Greta... Lota, Lota, jest, Lota!... ta Lota tako isto zaljubi se u Vertera koji nema nijednog uslova za ljubljenje, osim što slini kad gleda u mesec. Pa šta mi je to sad?

Janko htede nešto odgovoriti, ali lutka kojom se on igraše beše već razbijena.

Mladen ne čekaše da mu se da povoda da nastavi:

— I vidite što me najviše jedi da su naši ljudi majmuni: sve što vide u drugoga — dobro, rđavo, to im se dopada. Nadali dreku: „Gete, Gete!", a ovamo, anališite ga s koje hoćete strane, on je najjači u toj bolesnoj fantaziji. Pomislite samo na Fausta! Faust je...

Mladen ne znađaše šta da kaže. Pokaja se što je skočio s Vertera na Fausta, kad ga se Faust ionako ništa ne tiče. On proguta pljuvačku, pa nastavi:

— Faust je to isto što i Verter. Mislim, naravno, ne po predmetu. I vi mislite da Verter može imati kakve vrednosti! Šta hoće on? Da ne radi ništa, da se lunja ovamo-onamo, „idilski", da pravi deci kuće od karata i da trebi boraniju! Odrastao, mlad, zdrav čovek — pa kao bogalj! Pa onda još sam sebe na silu boga pravi nesrećnim. I pomislite, ako se ne varam, njemu se čak prikrada želja da umre onaj čestiti i pošteni muž Lotin. I on sad misli da je voli, i da bi je samo on mogao usrećiti, valjda time što slini pred njom! Pa da bi krunisao tu svoju ljubav, meće ruku na sebe i piše njojzi — njojzi, volim vas! — njojzi on piše pismo pred smrt i opet se prenemaže kako se ubija iz pištolja koji je ona dodala njegovom momku. I to je sad ljubav, i to je čovek! Pa i celo je društvo bolesno i ludo; i njen otac, i taj Gustav... Albert... svejedno kako mu je ime, taj

njen zaručnik, posle i muž, trpi da se on dovlači u kuću. To je
— neka viša taktika. Bre, ne bio to kakav zdrav Šumadinac —
on bi njega na brzu ruku izlečio. Pa, verujte, ni na pamet mu
ne bi palo da se prenemaže.

Janko se očajno usiljavaše da brani svoga nesuđenog pobratima, ali mu se jezik zaveza. Sve što bi on hteo reći, kad bi ga
jezik služio, bilo bi: „Ali srcu se ne zapoveda!" Time mišljaše
da bi pobio Mladena. Ali i bez toga Mladen nastavi:

— Ili, valjda, treba ga izviniti što ga je ljubav obrvala?
Dabogme! Lopova — što je siromah, ubojicu — „što mu je
takva krv", izdajicu — što je plašljiv, otimača žena — što je
zaljubljen. Pa onda nam nije niko kriv, ali ostajemo bez časti
i ponosa!

Mladen bivaše sve življi i življi, i čas pô dolivaše sebi vina
u čašu. U svoju ženu ne smede pogledati. Da bi izgladio
svoj oduševljeni razgovor, koji svakako nemaše ovde mesta ni
smisla, on, šaleći se, dodade: — Ovo vino mene baš ugreja —
pa opuči dalje:

— Ta zar je to tema gde se izliva poetski talenat? Gde je ona
plemenita, čista, zdrava ljubav? — On steže pesnicu i udari o
sto. — Kamo mati, žena, deca, kuraž, otadžbina, čast?...

Oči mu zasvetleše:

— Zar može išta biti lepo što je beščasno? Zar može biti
ljubavi bez žrtve? Zar je za sažaljenje ovakav čovek? Pi! Pi! Ja
ga se gnušam! A i Lota ga se morala gnušati, ako nije bila...
nije bila...

On pljunu.

Katanić oštro posmatraše Mladena koji, da li zagrejan
vinom, da li unutrašnjim žarom, izgledaše čitav mali atlet.

Janko seđaše najpre potišten, a posle uzbuđen. Njegov jučerašnji idol, Verter, posta odjedanput obično june. On se čisto čuđaše kako se to odjedanput sve u njemu obrte; ali prevrat beše snažan. Zlato beše lažno — on ga baci!

Marija s nekom pobožnošću gledaše svoga muža. Cuja je dremljivo čačkala nos.

— Daj-de još vina! — reče Mladen smejući se. — Što nisam neki čovek od pera da bar kažem našem svetu da se ne hrani splačinama. Ovakve su stvari ubitačne za mlada čoveka. Ne raditi ništa! Pravdati svoju lenost nekom višom filozofijom, kaljati kućni prag, razoravati mirnu i savesnu ljubav jedne ženske, turati ugarak u kuću poštenih ljudi a još svojih prijatelja — i to sve pravdati nekim višim, plemenitim osećanjem koje čak treba da se zove ljubav! To je lopovluk, izdajstvo! Pa onda napao lamentovati i tužiti se na svet koji neće da se preokrene stoga što je tako njegova razmažena volja! To može činiti samo onakav smetenjak kao što je Verter, a naći pristalica samo u svojih zemljaka koji su ludovali za njim.

Kataniću se učini da je dosta. Tim pre što se bojaše da će najzad i Marija i Janko opaziti krajnji cilj ovoga razgovora. Jedan mu se odeljak Mladenove besede osobito dopadaše, a to je ono kako bi kakav Šumadinac lečio takvoga prijatelja svoje žene, kao što je Verter. „Ovo, istina, nije romantično", mišljaše Katanić, „ali je jače od celog razgovora." Da bi završio, on nasluži svima vina, pa diže čašu:

— E, ti si večeras razvio ceo govornički dar. Najzgodnije će biti da još po jednu popijemo. Hajd' bar za pokoj duše tome — kako ga ti nazva? — šmokljanu!

Dosetka ne beše nikakva, ali celo društvo, pa i Mladen, rado pristaše da se usiljeno smeju i da iskape natočenu čašu.

Katanić zametnu razgovor o poeziji uopšte. Njegov ljubimac beše Njegoš.

— Vidite zdrave poezije!

On poče mestimice deklamovati *Gorski vijenac.*

— To je zdravo! Zdrava je *Marseljeza,* zdrav je *Don Kihot!* A to! — on lupi šakom po *Verteru.* — To je samo sentimentalan pivarski trbuh... Děte još ovu, pa da idemo!

Međutim je vino činilo svoje. Osim Cuje, koja je već spavala, i Marije, koja je nešto daleko sanjala, na svima se opažaše lak, veseo, vinski duh.

— Čekajte, sedite! Bogzna kada ćemo se opet videti — reče Mladen. — Milo mi je, veseo sam što sam međ' svojim prijateljima. Eto, otkad se samo s tobom nisam video; pa sad sam stekao još jednog prijatelja! Nadam se, gospodine Janko, da se nećemo zaboraviti. Ja sam vaš dužnik — treba da vam vratim ljubav za ljubav. Spasajte se!

Janko se uvijaše:

— Molim vas! Ja sam drage volje, i štaviše! Na spasenije!

— A, hvatam vas za reč — reče Mladen spuštajući čašu na sto i brišući brkove — hvatam vas za reč. Prijatelj kuće nije nikad izlišan. Ja vas molim samo da mi i dalje ostanete što ste mi dosad bili. Eto, ja već sad tražim, molim vas za uslugu. Sutra putujem, Katanić takođe — na vama opet ostaje Marija; molim vas, nemojte je ostavljati.

Prsi Marijine počeše silno odskakati. Janku se preli u srcu, kao u čaši koju mu Mladen nasluži. On malo ne pade u nesvest, malo što ne briznu u plač kad dokopa pruženu Mladenovu ruku:

— Ja sam vaš, vaš; sasvim vaš! Raspolažite sa mnom kako vam je volja! I ako bi vam trebalo, što kažu, i krvi ispod grla... ja...

Kataniću beše već tužno.

„Našto više?" — mišljaše on. „Komedija je već odigrana."

On stade pružati ruku svima redom. I gotovo povuče Janka za sobom napolje.

Kad njih dvojica iziđoše, Cuja je već uveliko spavala. Mladen otvori prozor da iziđe dim od duvana, i pirnu u sveću da se ne kupe komarci.

Oboje ćutaše. Marija se nasloni na prozor i gledaše napolje.

Mladen joj priđe.

Dole u parku crneše se drva, gore blistaše zvezde.

Mladen joj nasloni ruku na rame:

— Kuda gledaš?

Marija obrisa suzu:

— Tamo! Vidiš onu zvezdu? Ja je dosad nikad nisam videla! To je nova zvezda!

Mladen poznade Marsa koji bleštaše svom svojom crvenom svetlošću i treptaše čisto namigujući na ovo dole što se zove bura u srcu. Da li je on te večeri jače sjao nego obično, da li se samo kroz vlažne oči jače rasturaše njegove zrake — tek u Mladenu beše kao neka nova zvezda. On metnu ženi ruku na teme i poljubi je u čelo:

— Nije, sine, nova zvezda; ona je uvek na nebu. Pogledaj je! Možda je to tvoja zvezda?

A Mars kao dvostrukom snagom da zasvetle tako silno, pa opet tako pomirljivo i tiho.

***

Rano sutra došao je k njima Janko s jednim pismom u ruci, kojim ga, veli, poziva sestra na smrti.

Na rastanku rukovao se s Mladenom sedam, a sa Marijom četiri puta. S Mladenom i Katanićem se i poljubio. Iz kola se nije više osvrtao.

Od to doba prestao je baviti se ljubavnim predmetima, i kad god bi ko počeo govoriti o tome, on bi dokazivao da su to same „švapske bljuvotine". Ali ipak svake godine učini po kakvu budalaštinu. Jedanput se fotografisao u crnogorskoj kapi. Čujem da se upisao i u farmazone. A pre nekoliko dana vozio sam se preko Mišara. Kočijaš mi pričaše kako je preklane vozio tuda jednog gospodina koji, kad iziđoše na mesto gde je podignut krst „Poginulim Srb-junacima", reče mu da stane.

— Gledam ja šta će! A on: hajd', hajd', pa upravo do krsta. Skide onda kapu, kleče, prekrsti se, pa poljubi najpre krst, pa posle zemlju. Posle opet sede na kola, pa teraj dalje! Đavo ga znao šta mu je!

— Kako je izgledao, očiju ti?

On mi u dlaku opisa Janka.

(1881)

Sve će to narod pozlatiti

I sumrak se poče hvatati, a lađe još nema. Svet koji ju je čekao poče se razilaziti. Ode i dečko s crnim zemičkama i kapetanica s bajatim licem. Odoše i oba praktikanta, s Markom stolarom, svadivši se najpre s gostioničarom što im je točio još prošle srede otvoreno pivo. Pođoše i kočijaši, nudeći se da po dva groša voze u varoš; ali većina, „radi apetita" ili „opružanja nogu", ode pešice, zametnuvši prut na rame a palac od leve ruke za špag od pršnjaka. Ni žena Marinka magazadžije ne htede sesti u kola, već pođe sa svojim malenim društvom pešice, okrećući čas pô leđa onima s kojima je govorila; i to ne iz nepristojnosti, već prosto zbog tepeluka koji tako bezazleno blistaše, kao da je Zaječar procvatio, a kroz Knjaževac protekla reka od mleka.

Sunce se beše rasplinulo u dalekoj prekosavskoj ravnici, i samo još povrh mesta gde ga je nestalo pružahu se u nebo dugačke, svetle beličaste zrake, kao da je otud sa zapada pomolio neko grdnu šaku sa raširenim i nagore okrenutim prstima — upravo onako kako to prave dobri i rđavi moleri. Sava, koja je bila tako opala da se gotovo na svakom mestu mogla gaziti, sanjivo oticaše, odbijajući slabačak crvenkast refleks od oblačka povrh nje.

Zamalo još, i svet se sasvim raziđe. Osim slugu i činovnika parobrodskih na obali stajahu još samo dva čoveka — jedan u fesu i čakširama, drugi u mundiru i mamuzama. Onaj u fesu — Blagoje kazandžija — ceo dan nestrpljivo hodaše: svaki čas zapitkivaše koga poštogod; obrtaše se neprestano, kao da ga cela snaga svrbi pa ne zna odakle da se počne češati; ulažaše u staničnu gostionicu i čisto kao da će odocniti usplahireno istrčavaše ponovo napolje, upirući pogled daleko preko mirne Save. Njegovo lepo izbrijano, čisto lice, s lakim površnim borama, nalik na one oblačke na ćilibaru, sa sedim zolufima i brkovima, stajaše nekako u kontrastu s malenim, plavim, vedrim očima koje živo, pa ipak s pouzdanjem, skakaše s jednog predmeta na drugi. Čibuk je neprestano držao u zubima, paleći lulu istresenim kokicama. Svaki čas je zapitkivao i momke i agenta: Što nema lađe? Da li ima kakva depeša? Je li voda tako mala? Vuče li kakvu teretnicu itd. — na što mu i momci i agent, sa urođenim gospodstvom stranih državljana, vrlo ukratko i osorno odgovaraše.

Kapetan, pak, po imenu Tanasije Jeličić, stajaše gotovo ceo dan na jednom mestu, podbočivši se na sablju. Lice mu beše okrenuto strani s koje lađa dolazi, a oči umorno i nestalno bludiše oko toga mesta, kao ono sasvim izdubena glavčina oko ojedene osovine. Na njegovu licu ne beše onoga heroičnoga izgleda koji se kadšto viđa i na pensionovanim potpukovnicima, pa ipak ono te opominje na omarinu iza koje se diže oluj, odleću i ćeramide s kuća i kape s glava. Punački, maleni, s obe strane postriženi brkovi, malen ali podebeo nos, osrednje smeđe oči, rehave obrve, okrugao obrijan podbradak i čisti, masno-žuti, ali ne mršavi obrazi, mala usta s poverljivim konturama, velike ruke, aljkava uniforma, a kao sneg bela košulja i kao mleko čista sablja — sve to izdavaše gospodina i gejaka, čoveka od koga iščekuješ da zna aranžovati kadril i očistiti ostricu, a opet te nimalo ne bi iznenadilo kad bi on okrenuo dami leđa, obrisao nos salvetom, ili čak zabô viljušku u lokumiće.

On dakle stajaše, a kazandžija se neprestano vrtijaše. Naposletku, kad mrak stiže pre lađe i ne mogadijaše se videti ni zlatan pervaz na agentovoj kapi, i njih se dvojica pokunjeni vratiše u mehanu.

— Nema je, pa nema! — reče kazandžija ljutito, kao čovek kome ne ide karta.

— Nema je — reče i oficir, ali mirno, kao periodičan činovnik koji zna da posle pet godina mora doći klasa.

— Što li, bože? — reče opet kazandžija. — Valjda... ta da... ovde i nema Turaka... A lađa se valjda i ne može bobandirati?

Kapetan ćuti.

— A koga vi čekate? — upita opet Blagoje.

— Ženu!

— A ja sina! Ranjen je.

On se malo strese, brzo stade istresati skoro punu lulu i ponovo je napunivši i paleći nastavi preko čibuka:

— Ali lako, sasvim lako! Pisao mi je njegov drug Jole. Ovde i ovde! — on rukom pokaza sasvim neodređeno: najpre preko leve plećke, pa onda duž cele desne noge.

— Samo ga okrzlo! Otpušten je kući iz bolnice da se popravi, pa posle u ime boga opet!... I treba... Treba goniti peksijana!... Samo neka nam je bog u pomoći!...

— A šta vam je sin? — reče kapetan, počinjući učestvovati u istoriji kazandžijinoj.

— Moj sin? Kazandžija! Eh, da vidite kako taj radi. U njega ruka, vidite, ovde deblja nego u mene noga ovde. Ja sam zbog ovih oskudnih vremena prodao sve što sam imao — šta će mi? — samo sam alat ostavio. Ali dok je njegovih ruku i alata, biće nama dvojici hleba, pa baš da nas je i desetoro.

— Znam, znam — reče kapetan — ali šta je on u vojsci?

— U vojsci? Pešak! Jest, pešak! Ja uvek kažem: ti brate, ti bi trebalo da si tobdžija. Ti bi lepo mogao povući top. Posle, ono kad grune — milina čoveku čuti! Ali on hoće u pešake. Kaže: ovo vredi — ako ćeš na puškomet, ako ćeš za gušu! Strah te pogledati kad se naljuti. Taj gde udari, tu trava ne niče!

— A gde je ranjen?

— Bogami, ne znam. Ne znam — badava! Pisao mi je, istina, njegov drug Jole, ali ja sam zaboravio. Smešna imena tamo. Evo pisma! U dve borbe — u dve...

On izvadi sasvim masno i izgužvano pismo iz ćurčeta i predade ga kapetanu koji ga ponese u ruci da ga pročita spram sveće u mehani.

Uđoše u mehanu s masnim dugačkim stolovima, čađavim zidovima i od muva upljuvanim sahatom. Na vratima koja vode u avliju stoji napisano obligatno „Srećna Nova godina” itd., a ispod toga „Ilija! Sremčević 14 gro: od-raki”. Na sredi tavanice obešena lampa čkiljila je, jedva probacujući zrake kroz već sasvim crno staklo. Nasred srede stajaše jedna drvena stolica, sa slamnim sedištem i slomljenom i tako živopisno ispruženom nogom kao da hoće da se fotografiše.

Kapetan sede na dugačku klupu kraj prozora i poče čitati

vrlo zamrljano pismo. Blagoje skloni najpre onu stolicu, psujući „što će ovo čudo ovde", sede posle prema kapetanu, zagrnu rukav od ćurčeta i pogleda po stolu, htevši se nalaktiti. Ali se odjedanput trže, videći po stolu grdnu, crvenkastu, masnu mrlju.

— Ej ti, more! E, ovo je baš preko jego! Gledaj ti, molim te: malo ne pokvarih koporan! Čuješ ti, bre, hodi ovamo! Obriši ovo!

Odnekud iz mračnog ugla dovuče se jedno prljavo stvorenje.

— A šta je ovo ovako masno? Je li, magarče?

— Pa, mehana je, majstor-Blagoje — reče prljavo stvorenje, s toliko nepobitnog razloga, da se Blagoje sasvim razgoropadi:

— E, gle ti njega! Međer si ti neki mudrac! Pa valjda ne sede svinje u mehani?

Čitalac će se vrlo ogrešiti ako pomisli da je to Blagoje kakav čangrizalo — bože sahrani! Sada je on samo u grozničavom stanju od nestrpljenja, pa traži samo sebi zanimanja. Pristao bi on sada i da se bije, i da ga biju — samo da mu prođe vreme. Nije on, inače, bio baš ni vrlo razgovoran čovek, i večerašnje njegovo upravo napadanje na svakoga koga sretne beše samo očajnički pokušaj da razagna čamu. Zbog toga on opet juriša na kapetana:

— Jeste li videli onoga s nogom?

— Koga s nogom?

— Ta onoga bez noge?

— Koga bez noge?

— Ta onoga sa štakom?

— Koga sa štakom?

— Sa štakom! Onoga što su mu doktori odsekli nogu!

— A što su mu odsekli?

— Pa, kažu, hteo je da umre od rane što je dobio na Javoru, pa mu onda odsekli nogu, pa sad ide bez noge... Zar vi ne znate onoga s nogom?

— Ne znam — reče kapetan — nisam ga video.

— Pa sve prosi pred crkvom!

— Hm!

— Uh, bože! — Blagoje se strese. — Ovakav badrljak samo! Bolje bi mu bilo sto puta da je umro! A on ništa — živ! Pa još puši! Ništa mu, kaže, ne škodi!

— Pa dabogme!

— Samo to mi se ne dopada što prosi.

— Pa mora da jede!

— Znam! Ali on kad je u ratu izgubio nogu, treba da mu se plati! Lepo da mu kažu: Nâ ti, brate! Hvala tebi koji si za nas prolevao krv, i takve stvari... Čovek je, u neku ruku, to se vidi — kako da kažem? — izgubio nogu, ide na štaci! Sad njemu treba da jede, da pije. Hoće, bogme, i lulu duvana... Čovek je...

Kapetan se oseti pozvan da objasni kazandžiji položaj invalida:

— To je lepo što je on za svoju zemlju osakatio sebe. Ali zato on ne može tražiti sad da bude savetnik. Vidite: svaki onaj koji je prolio krv za svoju zemlju treba da se računa u srećne, jer se odužio svojoj majci, svojoj zemlji. Svaki je dužan svojoj zemlji, zemlja nije nikome ništa...

— E, znam i ja te vaše filozofije! Znam ja, ako ćeš, i „zemlja jesi, u zemlju otideši"! Ali daj ti, brate, štogod u živa usta! Vidite: to je čisto... kako da kažem?... to je strašno pogledati!

Dovde odsečeno — a čovek hoće hleba! Pa sad zar da prosi? Mora! Ne može da ore, ne može da kopa! Pa još, može biti, poneki put slabo što i naprosi. Bre, da je meni vlast, ja bih znao šta bih radio! Ja bih lepo iz kuće u kuću. Uđem unutra — sedi gazda i jede pitu od oraha. — „A, ti jedeš pite?" — „Jedem!" — „A je li krv jeftinija od pite? A kamo onome onde s nogom?" — „A šta me se on tiče?" — „Ha, ne tiče te se, je li? Daj ovamo, doktore! Jedan, dva, pet — koliko ih treba! Dede, seci! Secite mu nogu ovde! Jok, ne pitam ja treba li ili ne treba: seci ti samo! Tako! Sad vidi kako je onome onde! Ha, sinko!"

Kapetan vide da se s Blagojem ne da objašnjavati u višim regionima. On se spusti niže:

— Tako je, tako je! Ali će oni i dobiti svi pristojno izdržavanje iz državne kase kad se svrši rat. Nemajte vi brige!

— To, to, moj gospodine! Samo ako je to zacelo i onoliko koliko treba, da ne stoje opet pred crkvom i da ne prosjače po vašarima. Zar kad bi neko zbog mene izgubio samo mali prst, pa ja... A ovamo država... Slušajte!... Zviždi!

— Ne zviždi! — reče kapetan.

— Ta zviždi, bog s vama.

Blagoje istrča navrat-nanos napolje. Malo posle vrati se pokunjen:

— Mora biti da je neko vabio vaške. A ima i ugursuza, pa duvaju i u ključ. Tu pre, kad je ono Sreta išao u Beograd, a onaj obešenjak Mićin sakrio se za direk, pa pišti u ključ. Svi poskakaše, i sam načelnik skoči! Posle se samo vratiše — i načelnik se vrati. Psuju onoga ko je svirao — i načelnik psuje, a ne zna ko je!... Ja... O, brate, ja ne znam što se to tako zadocnila! Da li je to još kadgod bilo? Je li ti? Ej, momče! Hodi ovamo!

Ono prljavo stvorenje pomoli se opet.

— Je li se lađa još kad ovako zdravo zadocnila?

— Ne znam — reče stvorenje.

— Ne znaš? Smetenjače! Pa šta ti onda znaš? Šta imaš za piće?

— Svašta! — reče stvorenje glupo se smešeći.

— Pijete li vi rakiju? — reče Blagoje okrenuv se kapetanu.

— Ne!

— I ja slabo... Ama šta da se radi sad? Čekaj-de!... Je li to zviždi?

Ućuta i sluša.

— Aja... Donesi rakije! Ne može više ni da se puši. Već mi srce pocrne od duvana! Pi! Ta ovo nekakva šoma. Parna! Pi, pi!

Pošto istrese polić, kao da mu oči malo oživeše, i ceo izgled dobi mirne odsudnosti.

— Ala mi je i to lađa! Sanćim ona ide brže od kola! Da je čovek seo na kakvu mu drago mrcinu — gde bi bio dosada! Piha! Šta velite, na dobrom konju?

Svi konjički oficiri vole da govore o konjima, pa ma to bilo i s kaluđericama. I našem kapetanu čisto senuše oči. On je izvesno mislio na kakvog arapliju kad reče:

— Za osam sahata!

— Za osam, bogami! — reče Blagoje kome je ova pristrasnost išla u račun. — A ovo je već koje doba! Da sam ja samo znao!... Nego ne bih ga, opet, smeo tovariti na kola. Istina, njegov drug Jole kaže: lako je ranjen, sasvim lako; ali, znate, rana je, a ja bih njega na kola! Eh, kakva je bila u mog majstora kobila!... Ej ti, slepi mišu! Donesi još rakije... Kobila kao srna! Pa samo ovako savije glavu.

On izvi ruku tako zdravo, kako bi otprilike izgledao konj sa slomljenim vratom.

— Ama zar ti nemaš bolje rakije? Ej ti, pupavče! Kaži gazda-Davidu da ja ištem rakije. „Dobre!" kaži; kaži: „gazda Blagoje!"... Ovako savije glavu! Ama tu trebaju ruke! Da puknu vukući! Ona kad trči, pa sve ovako — on turi glavu međ' noge — a ja drži, drži! Pa naposletku, kad ništa ne pomaže, a ja u stog ili u tarabu, u zid, gde stignem! Ništa ona pod nagim bogom ne vidi, samo kad jedanput uhvati huk! A ja u plot, pa kad lupi glavom, ja mislim ode dođavola i ona, i ja, i kola, i sve! A ono ništa! Pa posle još ide mirno kao buba! Ali niko drugi nije umeo s njom kao ja. Kalfa Vidak išao jedanput po bakar na Savu, a ona samo ovako — on opet turi glavu međ' noge i ispruži bradu kao da mu je đem u ustima. — Vidak ispusti uzde, pa legne u kola, a ona sve preko čagrća, pa po jendecima, pa trči, pa trči, pa trči... Zvoni! Jelte da zvoni? Da platim!

On opet istrča napolje, ali kad se vrati, na njegovu licu beše nestalo nestrpljenja, i glupa veselost levaše iz očiju na koje, po izrazu mojih zemljaka, već počinjaše curiti rakija.

— Kakav je to konj, upravo kobila! Majstor metnuo jedanput jedan sanduk — ovako ovoliki — ne znam šta je hteo! A ona: đem na zub, pa ovako! Pa kako je letela, onako u avliju! A kola zakače; pa stražnji točkovi ostanu pred kapijom, a majstor u kapiju, a sanduk njega po glavi, a prednji točkovi kod orâ, a kobila pred kuću, a mi da umremo od... od... Ama šta su ti odvugle ove žigice?... Daj jednu žišku!

Kapetan ga više ne slušaše. Njegove misli behu daleko: čak u Knjaževcu. Tamo mu je bila žena kod matere, čekajući da se oslobodi bremena. Ali tada su tamo bili i Čerkezi! Užasne kombinacije sevaše kapetanu kroz glavu. Sva varvarstva koja su počinili ovi ljubimci Evrope slikahu se živim bojama u njegovim mislima. A povrh svega stajaše desperatna neizvesnost; jer otkako je pošao u rat, samo je dva pisma od žene dobio. U oba mu pisaše da će doći čim se porodi i digne, ali od poslednjeg pisma beše prošlo već pet nedelja, a Turci došli na Tresibabu, a Čerkezi ruše njegovu kuću i pale mu postelju na kojoj mu možda žena leži. Pa ipak je on iščekivaše. Ima u čoveka jedna žica, lažljiva kao slučaj, pa ipak je zovu „predosećanje". Ko god igra na lutriji, taj pri svakom vučenju ima predosećanje da će dobiti, i nikada se ne čudi po svršenom vučenju kako ga je prevarilo to predosećanje. A udari li samo jednom i na njega slepa sreća, on ceo svet uverava da je znao da će dobiti, jer mu se sve baš tako činilo i nikako drukčije. I kapetan Tanasije već treći put uzamance dolazi čak s pozicije na lađu, s teškom mukom izmoljavajući dopuštenje od komandanta, jer mu se sve činjaše da ga danas neće prevariti slutnja. Ali evo baš u ovaj par učini mu se da ni sama lađa neće više doći. On postade nestrpljiv kao i Blagoje. Prevrtaše misli da proseje iz njih ono što je crno. Ode u Knjaževac gde se rodio; uđe u svoju kuću, sede pod orah koji je posađen onda kada se kapetan rodio, a koji sada na svojoj periferiji nosi suve grane. Tu sahrani oca i mater, tu preko puta zamilova devojku, tu uz kuću odnese kumu limun i poziv na prsten. O, kako mu tu beše drago sve: i stari orahov orman, i zarfovi oteti od nekog turskog paše još u prvom našem ustanku, i skrhani nogari za kacom u podrumu, i ikona svetoga Nikole s dvokrilnim i uvijenim nosom, nalik na dva puža, i fistan u saračani, u kojem se njegova majka venčala, i opet, opet, i povrh svega: veselo, blago i punačko lice njegove žene, i stidljiva nada da će biti otac... i... ne, ne može biti! Ta, ako su i Turci, nisu zverovi!

On se potrlja po čelu, htevši razgnati ove misli.

— Majstor je, i bogzna kako, rad bio da se oždrebi — nastavljaše Blagoje gledajući neprestano u mesto na kome je kapetan još pri početku sedeo. — Dabogme! Jer to je hala, nije konj! E, ali tako...

Kapetan ga mirno slušaše, kao onu šetalicu na sahatu. Ni ona, ni Blagoje nimalo mu ne smetaše da dalje nastavi svoje misli.

Opet je na starom mestu. Opet plamte kuće i po ulicama leže nagrđene lešine...

Tek oko ponoći on se izvali na klupu kraj prozora, bacivši najpre još jedan pogled na lampu koja sve slabije svetljaše i sve grđe smrdijaše, i na Blagoja koji hrkaše turivši glavu međ' noge i pruživši obe noge napred, kao da drži uzdice.

Zalud se kapetan mučio da svede oči — san njegov behu okupili Čerkezi! Tek u samu zoru kao da malo pridrema, ali tad se začu kroz mrtvu noć ravnomerno lupanje točkova i uzvikivanje onih što mere vodu s prednjeg kraja lađe; pa onda pištaljka stade buditi uspavanu poslugu na staničnoj lađi. Kapetan skoči; sablja mu se otište i sa zveketom lupi o zemlju. I Blagoje se trže:

— Nećeš, bre! — reče on i kao da ponovo povuče uzdice i ponovo zaspa.

Kapetan istrča napolje u sveže jutro. Jedva je disao.

Neizvesan strah vladaše njime. On u trk dotrča do stanične lađe. Dokopa bačen alat s lađe koja dolazaše i stade je vući sebi. I taman da zametne uže na kazuk, a u gomili sveta opazi jednu ženu koja izdiže više glave dete u povoju. Kapetan baci uže momcima koji se čudiše njegovu poslu, zanese se i malo što ne pade u vodu. I kad mu žena u onoj tišmi i guranju pade na prsi i predade mu sina, prvo suze, pa onda poljupci počeše padati na punačko detence koje se nimalo ne srđaše na svog dosad neviđenog oca.

I žena je plakala — to se već zna! I druga jedna postarija žena iza nje — i bez toga ne ide! I najzad i detence ototanji.

Oni brzo pređoše preko mosta i skloniše se u stranu, praveći mesta drugim putnicima koji se guraše zajedno sa svojim prtljazima, jer još ne beše nijednog kočijaša ni nosača.

Kapetan htede mnogo štošta pitati ženu, ali nikako da otpočne; naposletku mu se odreši jezik:

— Međer, ti si živa!

On je uhvati i steže za mišicu, kao htevši se uveriti.

— I ovaj mali! Ti, ti, vojniče! A šta ti ja koješta nisam mislio! Bože, bože!

On obrisa lice rukavom, i držeći dete nastavi:

— Znao sam, zacelo sam znao da ćeš doći. Tako sam baš u dlaku računao. A nana?

Tek u taj par on ugleda onu staru ženu i potrča joj ruci:

— Hvala bogu, samo kad ste svi živi i zdravi! Kad je sve dobro!

Stara žena briznu u plač:

— Daleko smo od dobra, moj sinko! Ostadosmo bez kuće i kućišta.

Kapetana kao da neka ledena ruka ščepa za srce, ali ta ruka isto tako naglo popusti, jer on u isti mah opazi kako se preko ćuprije kreće jedan čovek u prostom vojničkom odelu, a bez desne noge i leve ruke.

— Ćuti! — reče kapetan s užasom na licu. Brzo predade dete ženi, pa pritrči bogalju. Pothvati ga rukom ispod miške i pomože mu da zakorači jednu gredu koja se bila isprečila na mostu.

— Da nisi ti, vojniče, gazda-Blagojev sin?...

— Jesam, gospodin-kapetane! — reče vojnik, sastavljajući nogu i štaku i dotaknuvši se po vojnički kape. Ali ga štaka izdade i on se pridrža za jednu gospođu s kučetom i zembiljom, koja vrisnu i odskoči u stranu.

— Tu ti je otac! Čekaj da mu kažem!

Kako beše tek zora, i putnici neodlučno stajahu na obali, to i nehotice svi obratiše pažnju ovoj sceni.

Kapetan otrča napred u mehanu da probudi Blagoja. Svet se raskloni u dva reda, puštajući invalida: krasnog, jedrog momka, s muškim licem i žalostivim osmejkom oko usana. Sve beše u njega: i snaga, i zdravlje, i lepota i opet — ničega ne beše! Sve ličaše na razlupanu skupocenu porculansku vazu.

On pođe polako napred. Za njim pristade kapetanica s majkom i detetom, pa onda ostali svet, svi ćutećki kao u nekom svečanom sprovodu.

U taj par gologlav Blagoje istrča iz mehane.

Kapetan poskoči i dohvati ga za ruku:

— Stani! On je teško ranjen! Zdravo teško!

— Kako teško? Ko to kaže?... Evo, evo pisma!... Njegov drug Jole...

Zverajući na sve strane, on protrča pored invalida i zaustavi se na kraju publike:

— Pa gde je?

— Tata! — viknu vojnik milostivno, okrećući se na jednoj nozi i podupirući se štakom. — Tata! Ta evo me!

Blagoje se kao munja brzo okrete. Stade pred sina. Gleda ga, gleda — pa onda tresnu o zemlju.

Niko ne mišljaše da ide svojim poslom. Svi priskočiše, poprskaše ga vodom. Dama s kučetom i zembiljom turi mu nekakve kapljice pod nos. Brzo ga povratiše i digoše na noge. On se prvo obrisa od vode kojom su ga polivali, pa onda zagrli sina, ali tako naglo kao da se bojao da će mu pobeći!

Dugo ga ne pusti. A i kad se odvoji, on ga gledaše pravce u oči, ne smejući nikako spustiti očiju dole gde je nekad noga bila.

— Hvala bogu, samo kad si ti živ! Sve će opet dobro biti. Ovo — on rukom napipa štaku — ovo će narod pozlatiti! Je li tako, braćo?

Svi priskočiše odobravajući.

— Eto ja — reče kapetan — ja prvi dajem... — on stade preturati špagove, ali nađe samo nekoliko krajcara — ja evo dajem sahat i lanac. Na!

— Hvala, gospodin-kapetane! — reče vojnik, isto onako pozdravljajući kapetana. — Drži, tata! Ja nemam druge ruke.

— Evo i ja ti dajem moju ćilibarsku lulu. Vredi dva dukata — reče Stevo praktikant.

— Hvala, braćo! Drži, tata!

— Evo ti da kupiš duvana! — reče Marinko magazadžija, i pruži mu nekoliko dukata.

Vojnik, s mukom pridržavajući štaku, skide kapu i podmetnu je magazadžiji da turi u nju novce.

— Hvala, braćo. Drži, tata!

Blagoje uze kapu u obe ruke, metnu u nju sahat, lulu i dukate.

Narod poče redom spuštati u kapu. Među putnicima beše i braće Rusa, sa onom, kako oni vele, „širokom naturom”. Oni nemilice davaše.

Vojnik se zahvaljivaše neprestano sa: „hvala, braćo!”, „hvala, braćo!”, ali mu glas postajaše sve više i više zagušljiv. Te dve reči počeše dobijati odsudan ritam, kao u slepaca na vašaru, i on kao da sad prvi put oseti sa svom snagom nepokolebljivog uverenja da je bogalj i prosjak. I najzad prosuše se tihe, krupne suze, kao majska kiša.

— Gle, gle ti njega — reče Blagoje. — Zbog takve sitnice plače! Pa šta mi je to? Jedna noga! E, hej! Sve će to opet... — on umalo ne reče „narasti”, ali se opet ustavi: — Sve će to opet... Ama je li ti ja kažem da će to sve narod pozlatiti?!

Pa onda ujedared i sam briznu u plač:

— A što će mi sve ovo?

On baci preda se kapu sa poklonima i kao lud pogleda u nebo, kao da odozgo čeka odgovora.

— Hajdemo-te odavde! — reče kapetanica. — Ovde je nesreća, a mi... — ona pogleda u obe noge svome mužu i u pune obraščiće svoga deteta... — mi smo, hvala bogu, srećni i presrećni!

Tada su odveli Blagoja i sina s poklonima na karucama u varoš. Ljudi dobra srca činili su im donekle poklone, ali sve se na svetu ogugla. Sve izbledi: i oduševljenje, i ljubav, i dužnost, i sažaljenje, i ne možeš ga više poznati, kao ni Topuzova vranca koji je nekad dobijao svaku trku, a sad okreće suhaču.

***

Kapetan je opet ozidao kuću na istome mestu u Knjaževcu. Pokrio je, istina, kao što se kaže, hartijom, ali mu je žena vesela, i sinčić zdrav, i čupa ga već za brkove.

Blagoje je još donekle govorio: „Sve će to narod pozlatiti!" Posle je okrenuo na: „Sve će to tebi Bog platiti!" Naposletku se propije i tu skoro umre. A njegov sin prima *izdržavanje* iz Invalidskog fonda i — prosi!

Možete mu, ako ćete, udeliti.

Ovo je moj prilog!

(1882)

Vetar

Bio je red na njega, na Janka. On je ovako pričao:

Kad sam se vratio „ozgo" u Srbiju, dobio sam mesto u ministarstvu i živeo sam s majkom od moje plate i njene male ušteđevine. Živeli smo lepo i zadovoljno! Naročito je moja majka bila zadovoljna što joj nisam doveo „iz Pariza kakvu Švabicu", pa da „ne ume s njome ni govoriti".

I ja sam bio zadovoljan što sam neženjen. I mada je majka počesto navijala da joj dovedem „odmenu", ništa me nije vuklo pred oltar. Nije da sam ja iz principa želeo ostati neženjen, nego — ne znam ni ja! Naprotiv! Ja sam sasvim delio nazore moje matere: „sve sa svetom i kad je čemu vreme", ali sam sve to ipak ostavljao vremenu i slučaju. Slučaju? — Jest! Ja „bolujem od slučaja", pa sam valjda malo i fatalista!

Dakle, tako smo mi živeli — dobro! A i kako drukčije mogu živeti mati i sin? On je njoj uvek, uvek dobar. Ona me je još neprestano subotom mila, davala mi savete, prišivala dugmeta na košulju, opirala se po kojoj želji i trudila se da održi svoj autoritet; ali kad sam ja već nešto učinio, kad je nešto bilo svršeno, onda je bilo uvek i — dobro! I ako bih se ja sam za nešto učinjeno kajao i kinjio, ona me je sama razgovarala i dokazivala da je baš tako dobro kako sam uradio. Dobro i onda kad me je, dan pre toga, svom svojom rečitošću od toga odvraćala.

Bože moj, kako su bile velike naše matere! One su imale praosnovne, čvrste, proste principe koji su ispisani u svakom bukvaru; a držale su ih visoko, s pouzdanjem i malo koketnim ponosom, kao vitez svoga dobroga sokola. Nije bilo nikakva pitanja ni zadatka života, ma kako on bio težak, a da ga one odmah lako i prosto ne reše. Nad apsolutnim teškoćama uzdizale su se svojim visokim i istinskim religioznim osećanjem.

Moja se mati malo i slabo kad šalila. Po jedanput u godini dana ja bih joj legao glavom u krilo. Tada bi me ona češkala po glavi i govorila kao malom detetu: „Kuždravo moje, ti slusas mamu!”, ali kao da se odmah i zastidela toga, jer bi uvek dodavala: „Tako sam te uvek mazila kad si bio mali!”

Nekih puta posle večere ja zapalim cigaru i kažem: „Mamo, sedi ti! Idem ja malo u kafanu, čeka me Joca, doktor!”

— Sedi, boga ti, da se malo razgovaramo. Željna sam te. Hoću tom tvom Joci da kažem... hoću da mu kažem... treba vi, brate, obojica da se ženite!

Mene kao stid:

— E, boga ti, mamo, bože zdravlja! Dok budem imao veću platu!

— Dosta je, hvala bogu, pametnome. Kad, ako bog da, budeš imao dece, stići će i bolja plata.

Ja se još više stidim, ali se kuražim:

— E, dabogme, a čime ću hraniti decu?

— Bog s tobom, ne govori tako! A čime drugi svet svoju decu hrani?

— Jeste, ali ako ja uzmem sirotu?

Moja mati se usprsi na stolici, uozbilji se i svečano me gleda:

— Bog s tobom! Neka je ona srećna i valjana, pa kud ćeš većeg bogatstva?

Ja se sasvim oslobodim:

— Ama, boga ti, tebi bi bilo svejedno baš ako bih se ja oženio i bez novaca?

— Bog s tobom, šta govoriš koješta? Neka je samo tebi draga i neka je čestita. — Tako mi boga!

Ona se inače nikad nije klela bogom, a i mene je psovala što sam bio uobičajio uz reč „bogami!"

Ni inače nije ona marila za kakve svečane izjave. Ali je uvek, kad god je govor o mojoj ženidbi, uzimala tako neki značajan, tajanstven i svečan izraz, kao da je govorila o tome gde su joj stvari i kako da je obuku kad umre. Zbog toga me je nešto kopkalo da pogdešto povedem razgovor, samo da je vidim u takvom raspoloženju i da čujem da i ona rekne: „bogami!"

Posle toga ja još sedim i ne dižem se od stola. Palim još jednu i još jednu cigaru; a ona mi priča. Priča se uvek morala svršiti „moralom" koji ona uostalom ne interpretiše i ne gura mi ga pod nos. Nije bar nikad rekla nešto nalik na „ova basna uči", ali je zato ipak volela da snažnija mesta istakne i ponavlja. — Volela je, na primer, da priča kako arhanđel nije poslušao Boga, te uzeo dušu neke samohrane babe, a poštedeo majku sitne dece. Tada ga Bog šalje, te mu „sa dna mora" donosi i razbija kamen, i unutra su dva živa crva. — „A ko se za njih stara?" — pita Bog. — „Ti, Gospode!" — odgovara arhanđel.

— Tu se cakle oči moje matere. Ona, kao vrstan, pošten, oduševljen advokat, dignutim, zvonkim glasom i ispruženim kažiprstom ponavlja težinu, „moral” pripovetke: — „Čuješ” — kaže — „ko se stara za ova dva crva?” — a arhanđel se uzvrdao, pocrveneo, gleda preda se: — „Ti, Gospode! Ko nego ti?”

Obično posle takvih pripovedaka ja sam njoj davao *Kasiju caricu* ili Dositejeve *Basne,* pa sam ipak išao u kafanu da se nađem s Jocom doktorom. Na ženidbu, naravno, nisam ni mislio, a o arhanđelu sam i izranije imao tvrdo uverenje da je on od te njegove afere sama slepa poslušnost.

Voleo sam jako moga druga, Jocu doktora. S njime sam proveo detinjstvo i mislio s njime leći i na čamovu dasku. Često sam jedva čekao da ga nađem, pa sam posle pristajao i da ga pratim čak i po njegovim vizitama, i da ga čekam i pred tuđim vratima. Dao sam se maltretisati i njegovim latinskim rečima i rečenicama. Šta ću? Voleo sam ga, pa sam sve podnosio!

Jedno poslepodne ja sam, kao i obično, šetao s njime. On me dovede u bolnicu gde ja obično sedim u njegovoj „kancelariji” dok on ne obiđe i ne vidi ima li što novo. Toga dana se on preko običaja zadrža, a ja iz duga vremena iziđem i stanem šetati dugačkim hodnikom. Ne znam zašto, ali nikad nisam smeo zaviriti u sobe gde su bolesnici. Tako mi se činilo da je tamo nešto teško, tamno, misteriozno! Gatke iz detinjstva: o doktoru koji ubija zdravog čoveka samo zato da vidi kako je mogao ozdraviti od nekakve teške bolesti; i o drugom doktoru koji se dao iseckati na parčeta pa zakopati u đubre, i koga su posle našli zdravog i čitavog, ali, stoga što su ga prerano otkopali, bio je tek kao malo, novorođeno dete; priče: o rađanju sa sabljom na ruci, o „lekovima od smrti”, o oživlja-vanju umrlih i o sahranjivanju živih, o gujama u srcu i — sto kojekakvih budalaština: sve se to penciralo u jednu moćnu gužvu i klupče, i tako mi se činilo da bi se to sve počelo snurati i odmotavati čim bih stupio nogom u sobu gde su bolesnici.

Baš sam ja, šetajući po hodniku, počeo o tome razmišljati i padati u neki san iz ranog detinjstva, a Joca u taj par iziđe iz jedne sobe i, videvši me u hodniku, uhvati me ispod ruke:

— Hajde, more, uđi slobodno! Neće te niko ujesti!

— Znam da neće!

Momak koji ga je pratio otvori jedna vrata. Mene bi stid.

— Izvoli! — reče Joca.

— Hajde ti napred!

On uđe. Uđoh i ja. Za nama njegov asistent, pa onaj momak.

Zatvoriše vrata.

Video sam jednu veliku, svetlu, visoku, čistu sobu. S obe strane kreveti s belom prostirkom. Kraj kreveta mali stočić s čašama, pljuvaonicama, medicinama i ponudama. Momci, u dugačkim i belim keceljama i mekim cipelama, lako stupaju po podu i pažljivo gledaju u Jocu. — U sobi je bilo s obe strane — ne znam koliko — kreveta. Dva ili tri bila su prazna, u drugima su ležali bolesnici. Neko je od njih bio pokriven i preko glave, neko je povisoko leškario, neko sedeo. Čini mi se da su podjednako obučeni, ali nisam video kako, samo sam primetio veliko koštano dugme pod grlom u onoga bledog mladića u uglu što drži pljuvaonicu pod nosom i što mu je spreda na dva mesta krvava košulja. Znam da je u sobi bila tišina. Svi su pažljivo gledali u Jocu i odgovarali mu mahom kratko, ali ne znam šta. Još mi se učinilo da su ga s poštovanjem i poverenjem pratili od kreveta do kreveta.

Pa dobro! Pa šta je to, vraga, što mi je tako strašno naselo na grudi? Ta ovima je ljudima dobro! Oni su u čistom, jedu dobro, usluženi su, imaju valjanog lekara! Pa onda, eto, ja sam tu, ja sve to gledam. Nije mogućno da su to one budalaste priče iz detinjstva što mi i sad matorom ne daju disati! Nije mogućno tim pre što je osnov misterioznosti u lekaru, a lekar je ovde Joca, moj Joca. Nije to, dakle, ono od čega je meni tako teško. A ipak mi je, i opet mi je teško!

Ja sam s nekom tugom i plašnjom gledao izbelela lica i njihove izraze. Nisam čuo ništa šta je Joca govorio s njima. Nisam ni osetio kako sam se vukao za njim iz sobe u sobu. U meni je bilo sve neodređeno, vlažno, mekano, kao ona cicvara što je bolničar skide jednom s obraza.

Ajaoh! Strašne slike!

Uđosmo u jednu malu sobu. Bila su samo dva kreveta. Jedan prazan, a na drugom jedan čovek. On je sedeo licem okrenut nama i gledao je u nas. Oh, bože, kakav je to pogled?!

On gleda u nas; videlo se da gleda u nas, ali mu pogled beše uprt za čitav pedalj povrh nas. I što mu se mi više približavasmo, pogled se sve više bližio tavanu.

A lice! Na njemu je bilo nešto tužno, pa — ne umem vam drukčije opisati — pa veselo! Poverljivo, blago, kuražno, pa desperatno. A sve skupa strašno, nejasno i ukočeno.

I na mome drugu Joci video se jedan težak utisak. On priđe s puno ozbiljnosti i ljubavi bolesniku i pruži mu ruku:

— Kako si, brat-Đoko?

Bolesnik dokopa srdačno pruženu ruku obema rukama, pokloni se onako sedeći na krevetu tako duboko kao da je hteo poljubiti u ruku lekara, pa gledajući preko glave mome drugu odgovori glasom u kome sam čuo poverenje, desperatnu nadu, slepu predanost...

— Dobro će bog dati!

Strahovita i bezutešna misao senu mi kroz glavu. Ta ovo je slepac!

— A? — upitah ja očima Jocu.

On mi rukom pokaza tablu više glave bolesnikove. Na tabli je stajalo latinskim rečima, a po mome prevodu: „Sušenje očnjeg živca".

— Eda što osećaš bolje? — reče Joca glasom koji je trebalo da pokazuje indiferentnost i pouzdanje, a u kome sam ja ipak čuo usiljavanje za tešenje.

— Bolje, hvala bogu! — reče bolesnik. — Baš osećam kad me gospodin pomoćnik udari na onu telegrafsku mašinu da mi vadi vatru, a da mi rade nervi!

Ja dirnem Jocu za rukav i mlatajući rukama i prevrćući očima pokušah da ga upitam: „Zar baš nema nikakve nade?"

Joca, poznatim manevrom, zapevši nokat od palca za sekutić i odapevši, dade mi znati: „Hič!"

Neki me hladni znoj obuze. Ja pobegoh iz sobe i sedoh na jednu klupu u hodniku. Kroz otvoren prozor pirkaše sa one lipe sladak, mirišljav dah.

— Ne! — rekoh ja. — Veći je onaj gore i od moga druga Joce! On će dati *onome*.

Tada čuh iz jedne sobe zagušljiv i bolan uzvik:

— Jaoj, moja majko!

Ah! I knjiga života poče mi se otvarati.

To li je ono što mi tako pritiskuje grudi kad vidim ove

ljude! Oni imaju, istina, sve i svja, pa ipak oni nemaju ništa! Oni nemaju svoga bolećega, nemaju... majke!

Ali onaj, onaj čovek! Ko je taj čovek? Šta me to toliko vuče njemu? Šta je to tako silno i strašno, pa ipak tako neodoljivo slatko u njemu? Je li to pobeda, jad, nevolja, čemer, što me vuče njemu, a ipak me tera iz njegove sobe? Zar ja nisam video stotinu slepaca, pa ipak me nijedan nije potresao više od kog groša!

Jaoj, ta ja njega poznajem! To je... čekaj, molim te!... — To je!... Ne, ne! Otkud bih ga poznavao? Ne može biti!

Joca iziđe i uze me ispod ruke.

On preko ramena naredi još nešto pomoćniku, nazivljući bolesnike poznatim načinom: „Broj taj i taj.”

— A on? — rekoh ja.

Joca mi pogleda u oči:

— Broj 17? Njemu, brate, mi činimo samo ono što je u nas reč „utehe radi”. To jest, zavaravamo ga da ne ostane bez one jedine životvorne i božanske medicine, bez nade!

Ućutasmo.

Ali ja njega ipak poznajem! Ili ga, valjda, poznajem po onim mojim veličanstvenim molitvama kad mi je bilo dvanaest godina; ili po onom pogledu kome nedostaje ceo svet; ili po ona dva crva u kamenu sa dna mora; ili po Šekspiru; ili... tek ja njega poznajem!... Ali nije, zaboga, ne poznajem ga!

Čim iziđosmo iz bolnice, sretosmo našeg druga Mišu na fijakeru. On stade, potrpa i nas u kola i odvuče na Savu, gde smo se pošteno iskupali.

Kupanje oživi čoveka i opet ga njiha i uspavljuje.

Ja sam s mamom slatko večerao. U nekom polusanom, galičljivom i slatkom raspoloženju slušao sam posle večere njene tihe priče o „katanama", o vladici što je u samoubilačkoj nameri skočio s gornjeg kata kroz prozor i ostao mrtav na mestu, o Đorđu što je radio s mojim ocem, o mom stricu koji se razboleo i umro čim je na staru kuću nazidao gornji kat, i još o mnogome koječemu.

Malopre okupan, kraj čaše vina, kroz dim od duvana, ljuškan njezinim slatkim pričanjem — gledao sam je i mislio. Mnogo sam mislio, mnogo. I mnogo sam hteo da kažem, i kazao bih mnogo da me nije, ne znam zašto, stid. Da sam mogao, da sam smeo, ja bih joj kazao... kazao bih joj: slatka moja majka!

Uh, a oni u bolnici! Pa onaj što viče: „Jaoj, moja majko!" Pa *onaj*!

Bestraga sve! Nije ni moje srce bačvanska ravnica. Baš neću više nikako o tome da mislim!

— Je li, mamo, kako se nosio onaj zlatan pušćul što ga ti još čuvaš u ormanu?

Onda mi je ona pričala o svojoj svadbi. Ah, kako je ona to umela da priča! Sasvim, sasvim drukčije nego Gustav Droz!

I tako polako preturismo deset sati.

— Spava li ti se, dete?

— Bogami mi se spava, mamo. Kupao sam se!

— Pa hajde da ležemo!

Legosmo.

— Neka — kaže mama — ja ću ugasiti sveću.

Znala je da ja to volim. Je li to moje podmlađivanje,

spomen na davno prohujalo detinjstvo, ali meni je tako milo kad ja sklopim oči, predajem se pokoju, otpuštam stražu i opet znam da majkino uvo sluša svaki moj dah, da sveća još gori, da njeno srce šiljboči.

Osećam kako mi se trese resica, kako talasi pljuskaju, ali je voda vruća i crna kao mastilo. I Mojsilo ilidžar cedi limun i struže so s kifle u bazen. Buć! Odoh pod vodu! Jaoj, ala me nešto guši!... Udavih se!... Jaoj! — Nešto me hladno dohvati za perčin i izvuče. Jaoj, *one* oči!

— Lezi lepo, sine, nešto ružno sanjaš, pa jaučeš!

Hvala bogu! Ali kakav je to san? Sad sam budan, a? Ali kao da me neko nečim što zveči a ne boli lupi po glavi. Ja skočih i ispravih se u krevetu:

— Mamo!

— Šta, brate?

— Video sam onoga... onoga... kako se zove?... onoga čiča... čiča-Đorđa! Jest, čiča-Đorđa. Znaš onoga! Ja sam bio mali. Onoga što je radio s tatom! Znaš?

Sad i moja mati skoči iz kreveta:

— Đorđa Radojlovića?

— Njega!

Sad se moramo vratiti natrag. Natrag sa mnom za čitavih mojih dvadeset godina! Ja ću ispričati svoja sećanja o čiča-Đorđu i sve ono što mi je mati pričala o njemu, o Đorđu Radojloviću. Ne brigajte! Ja ću se truditi da budem kratak, tako kratak kako samo može biti kratak čovek koji dolazi kod sarafa da za jednu monetu uzme drugu koja mu u onaj čas treba.

Te noći ja sam s majkom proveo u krevetu sedeći, i ovo je ukratko moje sećanje i — naš razgovor.

Pre dvadeset godina bio je moj otac trgovac na glasu i radio je ortački s Đorđem Radojlovićem. Ne znam koliko su godina bili ortaci, ali u to doba, pre dvadeset godina, pojavi se kod nas vatra iz magaze! Ja neću da se upuštam u sve u ono doba moguće kombinacije „otkud vatra!" Neću da opisujem kako je moj otac tada pucao iz džeferdara na kalfa-Ješu, i kako je taj Jevrem bio bambadava tri meseca u hapsu, neću da... ali ne! Neću baš ništa! Dakle, vatra se brzo opazila u magazi. Odatle ona dohvati čardak sa šišarkom, šupu s vetrenjačama i s rakijom, pa dućan s celim espapom, i od kuće ostadoše samo naše dve sobe. Tada — ali s mukom i bolom se sećam ovih teških uspomena — tada moga oca zdrpi jedna užasna groznica. On pade u krevet, zalepi negde vezikator i — umre! A Đorđe, kako mama veli, ni manje ni više, nego poče kod drugoga raditi. Šta je sa mnom i s mojom majkom bilo — to je druga stvar! Ali šta je s Đorđem koji sad u ovaj par gleda u tavan kad hoće da vas „proguta pogledom", šta je s njime bilo? To zna unekoliko samo moja mati.

On, kaže mama, posle te naše nesreće bio je prvo ušinuo leđa vukući onu noć vodu, pa je sutradan poguren došao našoj kući i — smejao se! Kaže: „Vide li ti, seka-Soko, našu limunaciju!" Pa onda je počeo, kaže mama, sitno, sitno da se smeje, dok mu nisu udarile suze i dok nije počeo sasvim grcati.

Onda je ispod pazuha izvadio jedan čitav somun i dao ga meni. Sasvim se lepo sećam toga somuna i onoga vezikatora što su ga zalepili tati. Badava! Ja sam video prestravljeno i isplakano lice moje majke, s tajanstvenim osećanjem slušao reč

„vezikator", mirisao paljevinu i čađ, ali ipak onaj hlebac što ga donese čiča-Đorđe neobično me je slatko golicao; i zalogaji od njega tako su odsudno brisali sve moje intenzivne utiske, kao četka s krečom one za nas pune značaja reči i slike što smo ih mi ugljenom pisali po zidu od škole.

Često je, kaže mi mati, donosio čiča-Đorđe somun ispod miške i kupovao nam drvâ, sve dok, opet njegovim nastojanjem, ne bi pokupljena veresija i „mi" se razortačismo, pa ja s majkom dođoh tetki u Beograd i pođoh dalje u školu, a on osta u N.

Od to doba i majka je morala raspitivati za njega, i evo svega što se o njemu znalo:

Đorđe je tada počeo parčetariti, ali kad se pokupi veresija, on poče za se raditi. Žena mu umre, i on osta s jednim ženskim detetom sam u svetu. Tada on uze svoju udovu sestru u kuću i punih sedamnaest godina, ne skidajući ni dan ni noć s kolena zakačke, bogzna te ne bi i opet došao do zelene grane, ali ga oči počeše izdavati. On potrča i babama i lekarima, i ne žaljaše ništa govoreći: „Našto mi, brate, i ruke kad očiju nemam?" Ali bolest osvajaše. Lekar u našoj varošici diže ruke, ali mu tada kazaše ljudi da mu se to samo navlači belo na oko, i da to mogu beogradski lekari da skinu, ili, kao što babica još utešljivije i ubedljivije reče, da „apeliraju".

Đorđe, ili upravo njegova sestra, prodade sve. Izvadiše neki stotinak dukata i dođoše svi troje u Beograd. Lekari mu rekoše da se ne može operisati, nego se može ne znam šta drugo pokušati, ali zato treba da leži u bolnici. On pristade. Sestra mu s ćerkom uze stan u blizini, a on s pouzdanjem u boga uđe u bolnicu.

U bolnicu, tu gde sam ga ja opazio.

— Dakle, ti veliš video si brat-Đoku u bolnici? Baš njega!

— Njega!

— Kuku meni! A šta mu je?

— Ne vidi ništa!

— Pomakni se s tog mesta, dijete! Kako, naopako, da ne vidi?

— Ne vidi ništa! — rekoh ja, a poznata jabuka zasede mi u grlo.

— Pa... ima li mu... leka?... Šta kaže tvoj Joca?

— Ništa!... Kaže... osušio mu se nerv... kaže, srž od oka... osušila se!...

Ja počeh gotovo glasno da plačem.

I moja mati.

— Pa gde je, gde je?

— U bolnici.

— Znam! Ali može li mu se otići?... Štogod odneti?... ponudâ?...

— Može... Ja ću kazati... Pa naš Joca!

Video sam još kako se „plavi od istoka". Osećao sam kako čiča-Đorđe ne vidi to plavetnilo, i — kad sam se probudio — video sam da je devet sati, i da je moja mati, zabrađena, držala pod miškom jednu veliku pletenicu i u ruci bocu s vinom.

Toga dana bila je nedelja. Nisam morao ići u kancelariju. Kad sam se probudio, osećao sam se umoran i, razume se, odmah sam sebi objasnio svoj umor nespavanjem, a nespavanje, opet, Đorđevom sudbinom, koji kao da mi je postao rođak u neku ruku. Ali kad sam video mamu s hlebom pod miškom i s bocom vina, i moja se „savest“ umiri, i, čim je poljubih u ruku i rekoh „zbogom!“, ja opet zaspah.

Bogzna dokle bih ja spavao, da ne čuh njene reči:

— Hej ti, lenštino! Diži se!

Osetim i ruku maminu kako me češka po kosi.

Odmah se dignem.

Kakva je bila mama! Kako blaga, lepa, tiha, ozbiljna, svečana!...

Pričala mi je mnogo. Pola kroz suze, pola, opet, namrgodivši se i sevajući njenim blagim i ozbiljnim očima. Svoje je priče začinjavala svojom filozofijom o životu, obrazu, o sreći, o sudu i tako dalje, a sve se to, opet, svršavalo jednim velikim Bogom.

Ja sam toga dana nešto upamtio što nikad zaboraviti neću i ne mogu. Video sam sasvim iznenada i začuđen da je ona nalik na čiča-Đorđa. Ja ne znam kako to da vam kažem, kako da opišem, ali je sličnost neobično jaka. Mnogo sam o tome mislio, i sad mi se tek čini da sam tada i na njoj video onaj isti izraz lica, onu istu tišinu duše, ono pouzdanje, pouzdanje u — Boga!

— Otidi opet kad stigneš! — kaže mi mama. — Otidi, javi mu se; obiđi ga, siromaha, dok je još ovde. Kaže da će kroz koji dan natrag u N.

— Natrag! A što?

— Bogami, u onoj muci i nevolji ja ne znam ni šta mi je govorio. Znam samo da reče da će da ide. Pitaj tvoga Jocu!

Ja se odmah umijem, obučem i uljudim. Nisam hteo ni kafe piti, nego odmah otrčim u bolnicu.

Bilo je već blizu podne. Joca je bio, kako mi rekoše, odavna svršio vizitu i otišao. Ja se javim pomoćniku i uđem u „malu sobu”.

Ali tek što sam bio otvorio vrata i video onaj značajan pogled koji, kad su vrata škripnula, beše ukočeno upravljen povrh njih — tek sam, velim, odškrinuo vrata, a neki zatvarač koji osećam da je unutra, u meni, htede ih protiv moje volje i silom zalupiti i ostaviti me napolju. Ja junački otvorim širom i stupim slobodno unutra.

Ali ne umem da koračam. Rekoh da sam fatalista! I tada mi se učinilo da se nešto značajno sa mnom zbiva, da se moja sudbina rešava.

Soba je bila okrečena... ne!... osvetljena... ne!... ozarena nekom fosforastom, ljubičastom nekom... ja ne znam ni sam kakvom svetlošću!

Na krevetu pokraj čiča-Đorđa sedelo je žensko stvorenje, i ono je gledalo, i gledalo u mene. Ali taj pogled bio je nešto sasvim drukčiji od Đorđeva. I taj je pogled dolazio, istina, ozgo, ali se spuštao kroza me i slazio još za čitav hvat u zemlju. Ja sam bar osećao gore ne temenu rupu i dole za patos zakovane noge. I onda sam se znojio, kuvao, topio i naposletku bio hladan kao ledenica.

Molim vas, malo da se izduvam!

Dakle ta devojka imala je crne oči, velike, tako da je od njih duvao neki vetar, i neka promaja me odmah uhvati i ukoči celu levu stranu. Kosa i obrve bile su joj plave, te je zar tim više odskakalo ono crnilo, kao što kroz zemljane opkope jasnije i značajnije viri grlo topovsko. Stasa je bila srednjeg i snažnog. Nešto zanošljivo, mramorasto belo, čvrsto i elastično se svijalo u gipke, oble linije, pune živosti, snage i jedrine. Sve miriše na proleće, izdašnost, plastičnost; ali to što ona sedi kraj Đorđa, i njegov pogled i njen pogled, to ju je opet dizalo visoko gore u zrak ideala. Moje ranjeno srce poče klecati i najzad pokušavati da se poštapa na jezik, ali on se već uzeo i obamro.

U taj par pade mi na pamet što mi mati reče u jednoj prilici kad sam se zbunio: „Boga ti, dijete, ta ti si svetski čovek!" Pade mi, dakle, na pamet da sam ja „bio u Parizu" i da sam „svetski čovek", pa izgnječim svoje srce kao *chapeau claque* i slobodno koračim napred. Poklonim se njoj, pa pružim ruku Đorđu:

— Dobro jutro, čiča-Đorđe! Poznajete li me?

On uze moju ruku obema svojima, izvrte glavu na stranu i, sa strane gledajući preko moje glave, poče se njihati, kao zaušćujući da mi nešto odgovori.

Ja mu priskočim u pomoć:

— Kaže mi mama...

Ali me on odmah prekide:

— Ta ti si, Janko! Gle! A kako da te poznam? Bila je seka-Soka, i nadao sam ti se. Ali... piha, kad je to sebe bilo! A, posle — on me rukom pogladi po bradi — kako da te poznam? Puštate, brate, te brade kao popovi, pa ne može čovek ni da vas pozna. Onda, onda znao sam da si imao između obrva belegu od onoga firiza, vidiš! — On rukom htede da se dotakne devojke, ali je ona bila davno ustala i stala čak kod onog drugog praznog kreveta. — Vidiš! Još kao da se poznaje!

On se dobro zagleda u prozor, a meni između obrva metnu prst.

— Mama mi je pričala — rekoh ja, a oko mi ode za srcem

i zakova se za devojku — mama mi je pričala puno koješta za vas, a i ja se sećam...

Oh, Bože, ti koji si svemogući; ti koji si vaskrsnuo Lazara i koji si čak od vode načinio vino! Ti! Ti mi odreši jezik!

Nećeš?

E, hvala ti bar što si mi poslao pomoćnika!

Pomoćnik, to jest bolnički pomoćnik uđe.

Dovraga! Bar je njegov posao ovde da gleda samo Đorđa.

Naopako! Da nisam — ljubomoran?

— Hteo sam — kaže on Đorđu — da vas elektrišem; ali sad imate društva. Ne, ne! Molim vas, svejedno, mogu ja posle podne! Ali, molim vas, meni je sasvim svejedno, ja još volim posle podne. Baš sam već umoran, a i vreme je ručku.

On sede na prazan krevet, a pored devojke koja je stajala.

— A što vi ne sednete, gospođice? Molim vas, izvolite!

— Molim, gospodine!

Devojka sede na jednu stolicu čak kod furune, ja sedoh do pomoćnika na „prazan" krevet.

Pomoćnik, svetski čovek, trlja ruke:

— Pa kako je, gazda-Đoko, kako je?

— Dobro će biti, ako bog da.

Devojka se menja u licu, bledi, i izraz lica počinje da se kruti i da se navlači nekom stravom i ozbiljnošću. Njene obrve digoše se na krajevima, a ugnuše na sredi. Oči se još jače otvoriše. Iz njih je sevala tama.

— Vidiš li moju ruku? — reče pomoćnik, mašući rukom ispred bolesnika, a gledajući u mene.

— Vidim — reče Đorđe — vidim, plavi se. Vidim prste!

— Prste!? — reče pomoćnik s nekom bolnom ironijom.

— Vidim onako, plavi se!

— Pa koliko ima prstiju?

On metnu obe ruke na leđa i, kao čovek koji pruža nepobitne dokaze, gledaše u mene.

— A? Koliko? Možete li da vidite?

Ah, jadni Đorđe! On opet iskrivi glavu i, sasvim pored pomoćnika gledajući, reče:

— Četiri! Čini mi se četiri! Ne vidim baš dobro!... E, a što ti sad opet plačeš?

Mi se osvrtosmo i videsmo njegovu ćerku okupanu u suzama, s rukama stisnutim u krilu, s pogledom zakovanim za patos, ali ni daha, a kamoli jecanja da čusmo.

Đorđe je video ušima. On se okrete upola njojzi:

— Ama što ti plačeš, što srdiš Boga? Eto gospodina doktora, pa i gospodina Joce. Je li oni kažu, oni valjda bolje znaju od tebe... Kažu... Dabogme... Nemoj plakati!

Levi kraj usne zadrhta mu. On ne reče šta kažu Joca i njegov pomoćnik: ali je meni bilo isuviše jasno da je mišljenje Jocino i njegovog pomoćnika trebalo da bude povoljno, ne Đorđa, nego njegove 'ćeri radi. Video sam da je Đorđe ne samo hteo, nego da je i morao da vidi.

Pa i pomoćnik se izgubi. On htede da priskoči čiča-Đorđu, pa se obrte devojci, poče mlatati rukama i odsudno vikati:

— Ta da, dabogme... Onaj, onako... Znate... da... dakako!

— Eto vidiš! — kaže Đorđe. — Još kaže gospodin Joca: dok odemo u zelenilo, biće još bolje!

Sad pomoćnik poče meni ozbiljno dokazivati:

— Razume se, dakako! Vazduh, pa zelenilo, pa kretanje,

pa... sve to u neku ruku ubrzava optok materije i restituiše organizam... o tome nema sumnje.

— O tome nema sumnje! — rekoh i ja, tek da se nešto rekne.

A devojka isto onako seđaše, isto onako ruke držaše, isti pogled, suze — sve! I opet beše na njoj sve drukčije, sve kao obamrlo, obešeno, bez izraza! Oko njenih očiju, a po licu, kao po nekom platnu života, kao da je neko počeo zamazivati belo, belo, belo, daleko, pustoš, beskonačnost, i samo kao da se tamo čak u dnu, u strani, jedva primetno, nerazgovetno opaža jedan krajičak neba.

Svi smo ćutali. Pomoćnik je prebacio nogu preko noge, cupkao, gledao u tavan i namestio usta kao da će da zviždi. Meni je nešto igralo pred očima, te mi se činilo kao da se Đorđe s nekim rve. Tada se iz njegovog kao staklo mrtvog oka otkači atom ledenog očajanja i kao lavina padaše sve silnije i ogromnije naniže: pregazi nas dvojicu i zdrobi devojku.

Ona poklopi oči rukama, i suza njenog oca pade u more njezinih suza.

Ne znam koliko smo ćutali.

Onda Đorđe prvo obrisa oko, i pouzdanim, čisto veselim glasom obrte se pomoćniku:

— A ko će mene tamo analizirati?

— Šta?

— Ta ovo, kako ga zovete? Ova mašina!

— Da se električete? Pa to više ne treba. Ja mislim, a, što je glavno, i gospodin Joca, da sad treba samo da ste u zelenilu.

— Eh, tamo gde ja mislim baš je zeleno! A i vode su u boga divota! Šuma je, trava je, luftovi su!

Ja i pomoćnik se pribrasmo. Govorismo dugo o svežem vazduhu, o rovitim jajima, šetnji i o prirodi „koja radi". *Prirodi* onoj kojoj se ostavljaju ovakvi bolesnici. I to kao da i devojku donekle umiri. A Đoka nam i sam već uze pričati o nekom njegovom svojaku: kako je bio na samrti, kako su ga doktori već ostavili, kako su mu palili sveću, a doktori savetovali da se ostavi „na prirodu", i, naposletku, kako je taj njegov rođak sa svojom prirodom pobedio i bolest i doktore.

Ja se digoh. Oprostim se s Đorđem koji mi reče da će uskoro na put, ali će doći da se oprosti s mamom. Oprostim se s devojkom:

— Zbogom, gospođice! Bog će dati pa će sve dobro biti! U ovakvim prilikama ja, kao laik, a naravno, sudeći po zdravoj pameti i poznavajući moć prirode, ja mislim da izgledi, ako ne na potpuno ozdravljenje, a ono bar... vi već znate.

Ih, ala sam glup! Pa gde je, opet, ta kvaka? Kao da su vrata dva kilometra od mene!

Toga dana posle ručka leškario sam na krevetu i razmišljao. Nije vajde.

Današnji moj sastanak u bolnici načinio je na me silan utisak! Pokušao sam da ga „anališem". Ja neki put volim da budem „filozof", pa da „hladno sudim". Našao sam da je utisak u osnovi tužne prirode, jako tužne prirode. Naravno, bez ikakve muke našao sam i zašto je tužan. Pa ako se i s čim može uporediti svet, to je s očima, a ako se i s čim mogu oči uporediti, to je opet sa svetom. Pa još kad taj svet stoji preda mnom, pa su te oči moje, pa kad ih — nema ni jednog ni drugog! —

Onda sam dalje „analisao", dalje, redom, iako mi se nešto, ja ne znam još šta, sve trpa preda me i kaže mi: „Hajd' sad uzmi mene!" „Hajd', turi mene napred!" Ali ja se ne dam. Ja s nemačkom hladnoćom sistematski razrađujem materijal i ostavljam ono nešto naposletku, mada mi ono opet i neprestano iskače pred oči. I to kao da je nešto utešljivo, prijatno, slatko. Redom, redom! — Potresa me, dakle, težina situacije — kratko i jasno! Potresa me moj odnos prema predmetu pažnje, moji lični odnosi, pa moji familijarni odnosi. Potresa me onaj grandiozan utisak na moju dobru mater. Potresa me osećanje moje nemoći da pomognem čoveku koji je pomagao nekad nejakome meni i ostavljenoj mojoj majci. Potresa me... Ali ne!... Našto sva ta komedija? Našto pretvaranje, našto laganje sebe sama?

Došlo mi čisto da plačem!

Kakav jadan „sistem", kakvo „filozofisanje"! Ja hoću da pustim srcu na volju, hoću da iscedim slast iz ove tuge, hoću da mislim na nju! Jer ona je uteha i život!

Eto. Ja tako volim čiča-Đorđa i tužim za njim, ja vidim, ja poimam, ja osećam svu njegovu nesreću, i sâm sam nesrećan i bezutešan. Ali ja vidim nju pored njega, i sve dobija drugi izgled. Ona je uz njega ono što Vaskrs uz Veliki petak; ona je, po mome shvatanju, imala zadatak da ga, pored sve njegove nesreće, ipak usreći. Ona će ga i usrećiti! Ja vam kažem: ona će ga usrećiti!

Bar ja bih s njom bio srećan! Još kako!

Tada se opet u meni poče koprcati „filozof" i „svetski čovek":

„Lakše, lakše, mladiću! Ta ti, ti si video dosta očiju iz kojih su sevale malo oštrije strele, ali tvoja pariska uštirkana košulja čuvala je tvoje nežno srce."

Oh, bože, šta to sve vredi? Ma šta ja radio, mene je ipak bila ponela, celoga ponela ta misao. Ja sam ogledao da je se otarasim, ali sam se opet, grčevito i veselo koprcajući se, predavao njoj, pokrivao se njom i uvijao u nju, kao ono što golišava deca skaču u hladan krevet i živo sa uzvicima uvijaju se u pokrivač.

Ne znam u čemu sam proveo to poslepodne. Nešto sam kao pokušavao da radim i radio sam — no možete misliti kako! „Srce" me je vuklo ponovo u bolnicu, ali mi je „razum" kazao da nje tamo nije. Bojao sam se da mama ne opazi na meni kakvu promenu, pa čim sam je opazio da dolazi u moju sobu, ja sam odmah trpao moju cigaru u usta i tražio žigice, dok mi ona naposletku ne izbroja sedam kutija koje su mi stajale pod nosom na mome pisaćem stolu. Počinjao sam stotinu nekakvih poslova, ali — sve je išlo od zla na gore! Naposletku sam postao nestrpljiv i nervozan. Povrh svega toga bio je još i dan preko svake mere topao, te mi čisto pripade neka muka. Pošto je već bilo o večernju, ja se obučem i odlučim da tražim Jocu, pa da idemo na kupanje.

Jest, ali gde sad da ga nađem? A on bi me, čini mi se, razbio i razgalio. Naravno, neću mu ja ništa govoriti o tome što me muči — što da mi se, može biti, smeje? — Ali ćemo bar proćeretati. Sve je to lepo, ali gde je on sad?... Pa ako ga još ne nađem?

Čisto sam se dao u brigu.

Ali čim ja iz kuće, a on na kapiju.

S malim ga nisam zagrlio! Nagovorio sam mu za minut

milion gluposti: kako sam hteo da ga tražim; da ga tražim kod njega kod kuće, da ga tražim u bolnici, kod bolesnika, u čitaonici, u raju, u paklu, u...

— More, šta ti je danas?

— Ništa, brate — rekoh veselo. — Vidiš! Ja imam to — smej se ti koliko hoćeš — ali ja to imam: da kad nešto silno mislim, kad mislim da će mi se nešto desiti, da ću se s nekim, na primer, sastati, nekoga sresti, ili tako što, da mi se to baš desi! Eto, na primer, sad s tobom!

— Rotkve! U hiljadu puta nijedanput, pa — ništa! A jedanput, pa — zakon!

Meni krivo što on ne pristaje u moje ludovanje. Lakše bi mi bilo. Naposletku, kad već hoće da se prepire i svađa, hajd', i to je kakva-takva zabava:

— A što se ti, opet, praviš važan? Ti misliš: ako ti znaš da se bubregom ne diše, a, opet, da se u mozgu ne pravi žuč — da znaš sve i svja?

Usiljavao sam se da „dođem u vatru”.

Ali kad pogledah Jocu, ja se začudih. Nekakva mračna tajanstvenost bila je na njemu. Tako mi je bio promenjen, da sam izgubio svu volju za „disput”. Bio je zamišljen, pa, rekao bih, i ljut, i kao da je s mukom pratio moj govor, kao da se usiljavao da se otrgne od neke teške misli.

Ili se to meni samo tako činilo?

Da vidim:

— More, šta ti je danas?

On se poče vrteti, pruživši najpre vrat i krećući ramenima; pa posle poče izdizati ruke kao što čini čovek kad ga svrbe leđa, ili ga steže haljina pod pazuhom. On je to činio tako brižljivo, da je jedva dospeo da mi odgovori:

— Ništa!

Ne znam otkud mi dođe u pamet, a još manje otkud da mu zajedljivo reknem:

— Da se nisi, more, zaljubio?

On pozelene i — isplazi mi jezik.

Video sam da nije za razgovor i ostavio sam ga sve do posle kupanja, i tek kad smo i pivo popili, učini mi se da ću uspeti s mojim predlogom:

— Čuješ — rekoh — hajdemo, bolan, kod mene da večeramo!

— Dabogme, da me još izgrdi tetka Soka!

— Ta koji ti je đavo, šta ima da te grdi?

— Pa tako... sto puta... u nevreme!...

— Čuješ — rekoh ja odsudno — nemoj biti, brate, lud! Hajde da večeramo!

Joca za časak samo zamišljeno začkilji očima, onda pogleda meni u oči, i kao da se razbudi, kao da skide neku masku, kao da strese nešto sa sebe:

— Hajde!

Dođosmo. Mama se obeseli i ustumara. Ubrzo bi postavljena sofra, i mi večerasmo.

Posle zadimismo.

— Je li, Joco — reče mama — šta je, boga vam, s onim nesrećnim Đorđem, Đorđem Radojlovićem?

Kao nekim mađioničkim štapom, preda mnom se stvoriše opet njih dvoje. Ja čuh kako ona nečujno plače i kako on krivi glavu, gleda u prozor i sanćim broji prste na pomoćnikovoj ruci. On koji je doneo, kad nam je izgorela kuća, somun pod miškom, i...

Iz Jocina govora jedva sam razabrao ove značajne reči:

Da se kod Đorđa suši nerv od oka. Da je bolest neizlečiva, da sad još nešto jadno i nazire, ali da će za kratko vreme vid sasvim propasti. Dalje, da je Joca pokušavao još ponečim da zadrži napredovanje bolesti, ali da je ostalo sve bez uspeha, i on je kazao otvoreno stanje stvari i kćeri Đorđevoj, a Đorđu je takođe morao naglasiti težinu njegovog stanja. — Đorđe ima jednog brata, kaluđera u S, i taj ga je zvao k sebi u manastir na neko vreme, te je Joca ugrabio tu priliku da ga pošlje bliže kući, jer će naposletku „morati pasti opštini na teret". Kazao mu je još da će mu *može biti* zelenilo u manastiru i „prirodi" donekle zadržati, pa i popraviti boljku itd., itd.

Mama je za celo to vreme tiho plakala. Samo je poneki put, predišući, ispuštala reči „Siromah Đorđe!" „Siroto ono dete!"

— Verujte — kaže Joca — i meni je tako teško, da vam ne umem kazati. Mnogo mi je, čini mi se, lakše gledati čoveka za koga znam da će neizvesno umreti. Ali ovo!... Pa mi je i inače nekako prirastao za srce i on, i... njegova sudbina! Mučio sam se i mučio, dok sam se odlučio da mu kažem da se u bolnici ne može pomoći. Sad mi čisto nešto lakše. Čini mi se da će mi pasti neki teret sa srca kad ode iz bolnice. Sutra će, mislim.

Ja skočih:

— Šta? Sutra već!

— Sutra, bogu hvala!

Sad nastupi jedna velika pauza u kojoj ne znam što je ko mislio, a ja sam samo gledao Đorđa kako ga ona s tetkom vodi kolima, kako on rukom napipava ždrepčanik i kako se pobaučke podvlači pod arnjeve. Kako se svi nameštaju, gledaju je li on dobro, i onda — kas, kas, kas! Jedan oblak prašine, i ništa se više ne vidi!

Mnogo sam još sanjao i „filozofisao". Razabrao sam se na mestu gde moja mati govori Joci da će mu spremiti uštipaka s medom, samo neka on kaže kad će đa dođe na večeru.

Ali i Jocino čelo beše čudnovato. Da li to sa Đorđeve sudbine? — Pa zar se doktori ne nauče već jedanput na te utiske, zar ne oguglaju sve to? Ili možda?... Koješta!

I tu noć sam sanjao. Sanjao sam: a ja kao idem nekom livadom. Sve se zeleni kao jed, i u vazduhu nešto miriše, i negde kuka kukavica, a, opet, ispod nje — ja ne znam otkud — ali ispod nje izbija sahat! Odnekud puše vetar, i to tih, topao, mirišljav vetar, i šušti lipa, i onda jedan jak vihor. I oko mene je sad gora, pusta, mračna gora, i preda mnom je staza, i opet kuka kukavica. I čujem šetalicu sata, i ona kao govori: „Janko! Jan-ko!" i još nešto, ali ne znam šta. Sve je samo mračnije, i drva se spuštaju i savijaju, staza je sve uža, i sve se manje vidi, a nešto se provlači i teško korača. Tada ja vidim devojku, devojku kakve samo na snu dolaze! Ona se ispravi i poverljivo mahnu rukom, i tako slatko kaže moje ime: „Janko, Janko", i onda još nešto, ali ne znam šta, samo osećam da je nešto predano, poverljivo — ljubavno. Od nje nešto blešti, i gora se rastavlja i giba, i sve miriše; i ona se giba i sve se više upija u mene. Tada ja poznam nju, poznam Đorđevu ćerku, i krepko, i dugo i značajno joj stegnem ruku. Ali ona ima nešto u ruci što smeta da se moja ruka sljubi s njenom, i ja odvih jedno parče hartije. Gle šta je sad sveta! I svi uprli oči u to parče hartije, i svi vide da je to lutrijska obveznica, i da se brojevi svetle i blešte, te se jedva čitaju. Rekao bih da su mi odnekud poznati ti brojevi, naročito onaj s kukuljicom i kapetanskim činom. A, nije! To je Joca doktor! Gle kako zaljubljeno gleda u nju! Poznajem, poznajem! Znam sve! Eno onaj isti ozbiljan pogled na njemu, koji sam juče opazio i kome sam se čudio! Dakle to li je! Naravno! A gle kako se ona hartija savila u fišek i iz nje se prosipa zlato! Blešti se, šušti i zanosi njegov sjaj, a njih se dvoje sve više grle i ljube! Ali, o čuda! Meni nije nimalo krivo ni žao, naprotiv: milo mi je! Neka, neka, uzmite se, budite srećni, eto vam novaca, evo vam i mog blagoslova! Evo, da vas ovako po starinski blagoslovim, ovako kao vladika unakrst! Samo što mi je nešto hladno po listovima. Gle! A ko mi je to metnuo porculansko oko na list? Ta to je mrtvac! Jao, jao! Ne mogu da vičem. Ma... ma...

— Sine, okreni se na drugu stranu!

Kad sam se razbudio, vidim da sviće. Proteglim se i pokušam da moj san ponovim, da ga rastumačim i da ga upamtim, ali me misao povede daleko natrag:

Setih se nje, Karoline! Setih se kad sam joj glavom ležao u krilu na klupi, u draždanskom Velikom vrtu. Oko nas šuma i čiste staze. Kao da čujem Labu, i detao negde ključa, i u ušima mi zuji, i ja gledam gore i vidim samo nebo i nju! Sav svet je ona, i ona sav svet! I u grudima mi se nešto sve više širi, i odmah se napuni mišlju o njojzi, i opet se širi, sve više, i opet je ona, i samo ona što tako silno puni i raspinje moje grudi. Ja je ljubim i na grudi stiskam, a ona zatvara oči i sanjajući povija se natrag i predaje se istoj slatkoj i neodoljivoj srećnoj misli. Ah, kako sam tada srećan bio, i opet tako „neiskusan", da sam mislio: ništa me od nje rastaviti ne može!... Posle se setim

Marije, ah, te prve i jedino istinske moje ljubavi! Sećam je se kao deteta, sećam kao — žene, ali — ne moje žene! U kakav se mađionični, sanjivi, srećni pogled sklapaju one njene puste oči! Eh, šta sam tada mislio, šta osećao, šta hteo? Zar da živim bez nje, zar... Ali jedan vihor! Pa Stanke se sećam! A i kako ne? Sećam se onoga prvog večera što sam proveo u njihovoj kući. Ah, to veče! Ušao sam, neviđen, u predsoblje. Od velike sobe su bila vrata širom otvorena. Ona je sedela za klavirom. Gledao sam je sa strane. Video sam joj gipki stas kako se lako njiha, povijajući se za rukama desno i levo. Pogledom sam joj se provlačio ispod pazuha i razbijao se o onu čarobnu oblinu. Video sam i njenu oblu ruku, mišicu, i onu čudesnu rupicu na laktu. Osećao sam neki životan miris u salonu, miris koji, kao u decembarsko jutro, rezi i seče i čini te podigravaš i letiš kud si pošao. — Čuo sam njenu svirku, čuo neku dotle nečuvenu sonatu. Ali kako je ona svirala! — Ja sam odmah video i osetio koliko izraza, koliko srca, duše, plemenitosti, ponosa, strasti, svega velikog u onoj što tako s osećanjem oživljava i za nebo vezuje naš organ sluha. Ja se čudim da joj još tog večera nisam pao pred noge, da joj nisam kazao...

Ali šta je, šta je to sve? Kako se sve to gubi, bledi i izdiše pred veličanstvenom prostotom moga najnovijeg poznanstva!...

Toga dana bilo je toplo, ali je duvao jak vetar. Pogdešto bi pojedini vihor silno cimnuo prozorom, ili bi napeo staru potklobučenu tapetu na zidu, pa bi odmah odleteo dalje; i dok se oko nas sleže prašina, čuje se kako u daljini huji i sve se diže u oblak.

Ja sam s mamom sedeo posle ručka i pušio. Ćutali smo. Čini mi se da smo oboje slušali vetar.

U taj par vrata se širom otvoriše, i uđe Đorđe sa štapom pruženim pred sobom, sa sestrom i sa ćerkom.

Čini mi se da sam počeo cvokotati zubima.

Sad mi je bilo sve jasno! Sad sam video šta su mi on i *ona!* Sad, za koji minut, i moja se sudbina rešava!

Bio sam tako zbunjen, da mi hiljadu kojekakvih planova i misli dođoše u pamet. Kao udavljenik, video sam za trenut ceo svoj život, ne izuzimajući ni moj jučerašnji san, ni Jocu u njemu.

Ponudili smo ih da sednu. Mama ih posluži, a ja sam, opet, Đorđu pravio i palio cigare. Pušili smo, tako smo mnogo pušili, da se u našoj velikoj sobi ništa nije videlo, i šetalica od sata kao da se laktovima gurala kroz debeo dim.

Đorđe je došao da se oprosti. Odlazak je tu, sve je već spremno. I zapregnuta kola već ih ne znam gde čekaju, i ne znam gde će još večeras na konak, pa će sutra rano da grabe dalje da ne znam gde opet padnu na noćište.

Razgovarali su. Đorđe je pričao, kao što obično rade prosti ljudi, mahom o sebi. Samo su sve te njegove priče, po dobu, zemljištu, ličnostima, poznate mojoj majci, i stoga su je interesovale. Đorđe je pričao prvo i najviše, a, valjda iz kurtoazije, o mome ocu — o njemu je mnogo pričao, i moja je mati gutala te priče. Posle je pričao o srebrnjacima načelnikovim, o libadetu što je vezao njegovoj pokojnoj ženi, o vatri koja je sagorela i njega i nas, o nekakvoj pomadi od koje raste kosa, i šta ti ja znam. Često se smejao tako slatko i kuražno, da sam ja uvek plašljivo poglédao na nju. A ona je bila — zatvorena knjiga! Ja sam svaki čas pokušavao da kroz dim od duvana pročitam štogod, ali na njenu licu stajaše, kao na naslovnom listu kakve knjige, nešto krupno i nerazumljivo. Hteo sam i da joj bacim koji „značajan pogled", ali ili mi to nije išlo od ruke, ili se ona činila nevešta.

Naposletku, Đorđe poče svoj govor presecati sa: Haj... hej... Bože moj!... Ala se onda živelo!... Ostari se, pa to ti je!...

Bilo je to u neku ruku pakovanje misli. On je pribirao, slagao, ututkivao. Turao u praznine poneko: „daće zar bog!" ili „bog sve može!" — Ali je pokraj kovčega bilo podosta stvari koje on kao da se zateže da potrpa.

Moja mu mati priskoči u pomoć.

— Pa šta sad misliš, brat-Đoko?

On brzo pokupi sve oko sebe i baci pred mater. Reče:

„Da se oseća bolje. Da mu je Joca rekao da to može biti još bolje. Da je, naposletku, božja volja, ali on se nada od bavljenja u „prirodi" kod brata. A posle, pošto više ne može raditi zanata, da je naumio tražiti službu."

Moja mati vide da je poslednje parče tako veliko da ne može u kovčeg:

— Kakvu službu, brat-Đoko?

— Pa tako! Na primer, kod opštine štogod. Na primer... ja... tako... Eto, mogao bih, na primer, kako ću ti kazati?

— Ono jest, tako je! — reče mama i priklopi kapak.

Digoše se.

— Šta?! — htedoh ja, uplašen, viknuti. — Šta, zar već? Zar zauvek? Zar je to mogućno!?

Ali ja ne viknuh, ne „sruših nebeske svodove", nego jedva prošaptah, i to — njoj:

— Zar već idete?

Ona tužno sleže ramenima i poslušno pokaza očima na oca.

— I sad odmah sedate na kola, sad odmah putujete? *Odmah?*

— Odmah!

Ne znam kako smo se oprostili. Ništa nisam video. Bilo je u sobi i mračno i zagušljivo, i tavanica se počela spuštati, i dim od duvana kameniti, i sve da te uguši!

Ja sam se rukovao — to znam. Znam da sam i mami stiskao ruku, i da mi je ona, ozbiljno smešeći se, rekla: „Zbogom; ali ja ću samo do vrata!"

I vrata se zatvoriše. Mama se vrati. Čujem u avliji korake i lupu od batine kojom se Đorđe poštapa.

Još jedan trenutak i — sve je izgubljeno!

— Mamo!

— Šta, brate?

— Mamo!... Ja... ti...

Još malo pa je — docne!

— Mamo, ne znam zašto, ali eto vidiš, ja...

Čujem kako se zatvoriše vrata od kapije i odsudno vidim na licu moje matere *onaj* ozbiljni izraz koji se na njoj vidi samo kad je govor o mojoj ženidbi.

Još manje nego malo, i sve je propalo:

— Mamo!... meni se... dopada ova devojka!

— Krasno dete!

Raziđe se dim u sobi. Neka davno neviđena svetlost sinu, i sve zamirisa nadom i pouzdanjem.

Valjalo je hitati. Ja sam uvek razumevao svoju mater, pa i sad sam razumeo da treba sad, i to odmah, kidati:

— Da ih zovnem? — i ja poskočih vratima.

Ali kao Crveno more pred Mojsijem, tako se njena lepa i suha ručica ispreči preda mnom. — Kad joj pogledah u oči, videh nešto ogromno veliko, ali ne razumem ni ovolišno!

— Idi, ako ćeš! — reče ona, i njen pogled razdvoji Crveno more. — Idi, ako ćeš! Bog ga ubio ko ti u tome stane na put.

Bilo je još toliko vremena da sam ih mogao vratiti s kapije, ali se ne makoh s mesta, i kao okamenjen gledah u majku.

— Idi! To je jedno dobro i čestito dete! Znala sam joj i mater — krasna žena! I Đorđe je jedan po jedan čovek! On, eto, sad nije nizašto, ali se još ne da! I ja ti kažem — mamin glas poče emfatično da zvoni— i ja ti kažem da se on nikad neće dati zlu! On je od *starih ljudi!* On je junak i veruje u Boga! Idi, ako ćeš!...

Ali u njenim očima stajala je drukčija presuda. Ja sedoh i saslušah je oborene glave.

Ona kao da pade u neki zanos i kao da sebi samoj ili nekome drugome — a ne meni — uze govoriti:

— Tak'i ste vi svi, današnji mladići! Ne znate šta hoćete, pa ne znate ni šta radite!... Haj, haj, kako su vaši stari *begenisavali* devojke, a kako se vi danas — *zaljubljujete!* Svi vi, svi!...

Pa onda, kao da se trže iz nekog sna, pljesnu se rukama i okrete se meni, oštro me gledajući u oči:

— Ali naopako, da ti otkud ne voliš Đorđa, pa da stoga ne uzimaš nju?!... Da otkud ti nećeš da učiniš njemu sve što čovek može učiniti, pa daješ — čisto me sramota da kažem — pa daješ srce njegovoj ćerci? Devojci krasnoj, poštenoj, čestitoj, dobroj kućanici; ali devojci — razberi se, molim te! — koju si ti juče prvi put video!... Samo nemoj da misliš da ja imam što protiv nje! Ne, bogami! Bog je velika zakletva... Ali vi, današnji mladići!...

Onda se pljesnu rukom po čelu:

— Oh, šta ja, grešna u boga, radim!... Mećem devojci granu na put!... Idi!... Idi!... Idi!...

Ona me očajno dohvati za ruku, upravo dovuče do vrata i otvori ih! Ja uhvatim njenu ruku i poljubim, pa širom otvorim vrata:

— Idem, mamo, ovde je — strašan dim!

Kad iziđem u avliju, vruć, jak vetar duhnu i otvori kapiju. Ja iziđoh na ulicu. I kao da u daljini videh peševe od Đorđevog kaputa kako ih nosi vetar, i još kao da čuh dva-triput udar njegove štake o kaldrmu, pa onda se opet sve zavi u oblake od prašine.

A ono tamo daleko pred njima, da nije ono Joca doktor?...

Čudno sam se osećao kad uđoh u sobu i videh mamu u onom svečanom raspoloženju kao kad priča:

„A šta je tebi, more, rekoh, a? A ko se stara za ona dva crva!"

(o Božiću, 1888)

Ona zna sve!

U ono doba ljudi nisu spavali ni sedali, već posrtali s nosa na usta i s usta na nos; s nogu su jeli... ali, da počnem s početka!

Ne može se kazati da se nije učio, ali se vladao dozlaboga rđavo!

Ne bi ga inače ni isterali iz škole.

Ne znam na nas druge, ali na njega škola nije imala nikakva vaspitna uticaja.

On se, pokraj svega drugoga, i davio, i to triput! A to neće učiniti nijedno dobro vaspitano dete! Triput! Dvaput u Savi na kupanju, a jedanput na bari kad je propao kroz led... On je bio bijen pred sva četiri razreda što je nasred pijace ispregao konja iz ciganskih kola i odjahao ga niz čaršiju... On je konstruisao u skamiji pred sobom finu rupicu, u njoj sakrio iglu na koncu, i kad ko sedne na to mesto pred njim, on samo trgne konac i — naravno! A kad se digneš, ne vidiš ništa! Dabogme da se ovaj ugursuzluk nije mogao sakriti oku profesorovom, tim manje što je uvek onaj koji je sedeo pred

Vučkom po dva-triput na času skakao i derao se, a pri tom nije dizao ruku u visinu.

On je...

Onoga sudbonosnoga dana on je, kao i uvek, bio naš car. Njih je, pak, predvodio Đokica Đurić. Đokica, koji je bio vrlo mudar car i vrlo pažljiv vojskovođa, skloni gro svoje vojske u košaru, u njegovoj avliji, i samo nas je pojedinim detašovanim odeljenjima iza drvljanika i streljačkim lancem iza tarabe uznemirivao. Mi napunimo špagove kamenicama, jednim jurišem zauzmemo tarabu i nađemo se u njihovoj avliji. Tada sa otlukane poleteše kamenice tako naglo da naš centrum u neredu ustupi, a krila počeše već da se vraćaju preko tarabe. Iki razbiše glavu, Markića udariše u leđa tako da on poče plakati i napusti bojni red, preteći da će nas sve sutra tužiti profesoru. Vučko, naš car, videći da kod naših trupa naglo opada moral, komanduje „juriš!", ali se niko ne usuđuje na utvrđenja neprijatelja. Tada se i on vrati i preskoči tarabu, izvadi nožić, pa nas povija, derući se: „Svakoga ću proburaziti ko ne juriša!" Tu nije bilo šale! Mi se očas ponovo nađosmo s onu stranu plota i poletesmo složno napred vičući „juriš!" i lupajući kamenicama u otlukanu. Neprijatelj se ubrzo pokoleba i napusti svoje utvrđene položaje. Videći da im je presečena odstupnica, oni s otlukane poskakaše dole na đubre. Neki se prepadoše, a neki potražiše spasenija u begstvu. Razjaren njihov car, Đokica, neustrašivo polete međ' nas, ustremi se na Vučka, mlatnu ga jednom durungom po glavi, pa i sam naže da beži. Ali se Vučko stište za njim, stiže ga i protera mu nožić kroz butinu. Krv procuri kroz pantalone. Mi se s vriskom razbegosmo i poređasmo po plotu, čekajući preplašeno kako će se sve svršiti. Tada dotrčaše stariji i — odvedoše Vučka u aps! U pravi aps! Gde su pravi apsenici! — U načelništvo!...

Tada, u drugom razredu gimnazije, njega isteraše iz škole.

Čisto nam je laknulo! Nismo ga mi mrzeli — sad se nešto mislim! — nego smo mu upravo zavideli i — bojali ga se. A kako da ga se ne bojimo? Njega, koji se nije nikoga bojao!...

Pa ipak!

Brata Vidaka bojao se kao boga!

Tome Vidaku, koji je tada bio kalfa, tužili smo se i mi, i jadna njihova mati, i učitelj, pa docnije čak i direktor gimnazije.

Direktor mu je mnogo gledao kroz prste.

Ali kad im mati umre, nije niko više dolazio da kuka i plače oko direktora; te onoga dana, kad ga pustiše iz apsa, isteraše ga i iz škole. Njega: Vučka Teofilovića!

Posle mu je izradio brat Vidak da ga prime za šegrta u istu radnju gde je i on bio kalfa. I kažu da ga je Vidak dušmanski bio! Sve ga, kažu, nogama gazio!

Od to doba on je počeo da se gubi između nas, ali uspomena osta; i dugo, dugo još posle toga on je bio naš junak, naš nedozvoljen ideal!

Mi smo, valjda, već svršavali licej kad je njegov brat Vidak počeo za sebe raditi i njega uzeo sebi u radnju kao kalfu.

Kažu da ga Vidak, otkako ga je uzeo sebi u radnju, nije više ni prstom ključio... A šta ti tu nije bilo?!...

Jedanput poslao ga Vidak po veresiju. Vučko dođe u jednu varošicu, pokupi veresiju i dâ sve na klopu. Sad se našao i nad popom popa! Sad se i on zbunio. Kući ne sme, a ne zna kuda će! U to doba neki Ciganin, koji je vodio mečku, razboli se namrtvo. Vučko dokopa onu mečku, pa stane vodati po varošici i — uveče je imao toliko novaca da opet okuša sreću u klopi. Do ponoći već je tako doveo u red svoje finansije, da ga je zora zatekla na putu, daleko od te varošice.

Kažu da od to doba nije više igrao karata, ali strast za kockanjem je ostala i dokumentovala se u igranju krajcara. Igri, koja je, kao što znate, gotovo isključivo dečja. Ali se on ipak njom zabavljao i dugo još docnije.

Isto tako kažu da mu Vidak nije hteo ni reči reći kad je čuo šta mu se desilo u onoj varošici.

Još je neko savetovao Vidaku:

— More, što ti ovo malo ne popritegneš?

— A što?

— Ama, more, nije to sitna stvar! Hoće on jedanput satrti sve tvoje imanje!

— Niti ga on može satrti, niti hoće — kaže Vidak nemarno.

— More, on *neće*, ali će učiniti, pa posle, kad vidi da nema kud, a tebe se boji... piha! Može se i ubiti!

— Pa svak je gospodar od sebe i svoje glave — reče Vidak, pozelenevši. — A i ti bi — veli dršćući od ljutine — bolje činio da gledaš svoja posla. Tebi, čini mi se, nismo nijedan ništa dužni; niti nas ti i jednog hlebom hraniš!

Onaj prijatelj, naravno, vidi da tu ne vredi tupiti zubâ, pa se nije, valjda, čovek ni za jednog više ni zauzimao.

Ali baš od toga dana Vidak kao da poče blaže, nekako druževnije postupati s Vučkom.

Dotle je on govorio Vučku:

— Idi odmah kod Marinka magazadžije, pa ćeš kazati da sam ja kazao... itd.

A od to doba reći će:

— Skoči-de, boga ti, do Marinka magazadžije, pa gledaj kako znaš da on onu našu stvar... itd.

Dotle je on s Vučkom govorio najviše pogledima — reči su u njega uopšte bile skupe — a od to doba je uzeo onaj ton koji se češe o zategnutu intimnost. Samo, i od tog doba, kao i dotle, ne bi učinio ništa što bi nalik bilo na kakvu izjavu ljubavi i bratinske nežnosti. — Poveravao mu je, kao i dotle, neograničeno sve i uvek je za obojicu krojio podjednake haljine. I to je sve!

Jest istina! I dorata je davao Vučku pogdešto da ga jaše. A inače — nikom! Ono, istina, teško da bi ga ko drugi, osim njih dvojice, i smeo uzjahati.

U ono doba ljudi nisu spavali ni sedali, već posrtali s nosa na usta i s usta na nos; s nogu su jeli... ali da bog pomože!

Vidak se za koju godinu pomeša međ' prve gazde i jednog dana javi se on za moju sestru od tetke, Ilinku teča-Todorovu!

Ispit i prsten bio je zajedno — kao i obično u ono doba.

Teča Todor zovnuo je nekoliko svojih prijatelja. Vidak dođe s bratom i s nekoliko svojih znanaca. Vučko je našao šarkijaša i gajdaša.

U sobi je vladala tiha svečanost i nešto hladno, kao ono na stanici kad je već triput zvonilo, vagonska vrata zalupljena i čeka se na pisak lokomotive.

Ustade pop. Ustade i Vidak i Ilinka.

Pop izgovori „nekoliko poučnih reči o braku". Pa onda upita njih dvoje hoće li se. Odgovoriše da hoće.

Sad počeše ljubiti ruku. Najpre popu i teča-Todoru, pa onda poredom starijim ljudima.

Čestitaše im. I voz već kao da htede da se krene, i Stojan Priklapalo već namignu na Cigane da sviraju i na devojke da služe vinom.

I Ilinka pođe u kuhinju:

Tek ujedanput Vidak se diže i viknu:

— Ilinka!

Ona stade kao sveća, obori oči i pocrvene.

— Vidiš — reče Vidak tako nekako ozbiljno — još nešto ima večeras da se svrši... Prvo: evo ovaj prsten!

On skide s ruke prsten, pa joj ga pruži. Ilinka ga stidljivo prihvati dvama prstima.

On se onda okrete bratu i baci mu jedan od onih pogleda koji se bacaju dobro vaspitanoj deci kad treba da iziđu iz sobe:

— Otrči-de ti kući, vidi jesu li mlađi pogasili vatru!

Vučko istrča pre nego što je Vidak i svršio svoju zapovest.

Tada se Vidak okrete Ilinki:

— Još nešto! — reče on. — Vidiš: ovo je moj brat! Ti već znaš! On je onako malo detinjast, ali mu i priliči... Ako nema ni oca ni majke, nije opet siroče... Ima ko se brine za njega!... Najbolje je sad da ti kažem... Vidiš: prvo njega da gledaš, pa onda mene... Hoću da mu je košulja s košuljom, čarapa s čarapom... Najpre hoću njemu da poliješ, pa meni; njega da poslužiš, pa mene!... Njega nemoj uvrediti, ni nažao mu učiniti, a meni već... kako ti volja!... Vidiš!... To i ti, gazda-Todore, da čuješ!

Teča-Todoru kao da ne bi baš po volji ova pogodba. On se namršti i odbi rukom:

— To je vaša stvar!... Kako se vas dvoje naredite.

— E, je li tako, Ilinka? — obrte se Vidak opet njojzi.

Ona klimnu glavom.

— Upamti samo to! A sad... sad možeš ići kud si pošla!

Ona iziđe. Odmah uneše vino i svakojako meze. Ubrzo Stojan Priklapalo poče nazdravljati. Društvo se razveseli. S avlije ču se gajdaš i topot nogu po taktu. U kuhinji Vučko, međ' devojkama, naterao fes na oko, a šarkijaš iza njega bije po žicama i odseca:

Tu-ni ja-na, tu nogom
Eto praha pod nogom!

I u sobi Cigani razvališe vilice i polegoše po ćemanetima. Bubanj u mozak probija! Vino kao grom!

Kad sam posle tri godine došao kući, odmah pohitam Ilinki.

Kad sam ušao kod njih, vidim čak u dnu avlije, kraj plota, a naslonjena na bunar, Vučka. Pođem čak oko čardaka, htevši da ga zaobiđem i iznenadim. Ali čim sam prišao bliže, ugledam iza plota jedno svetlo oko i sudeći po zajapurenim obrazima Vučkovim, zaključim odmah da je to *rendez-vous*. — Htedoh polako da se sakrijem i pobegnem. Ali u taj par pogodi me *ono* oko! Odmah zatim *ona* kao da se doista izdiže za čitav hvat povrh zemlje, kao da doista „prhnu" kad ugleda mene, i odlete prema kući.

Vučko pogleda najpre zablenut put nje, onda tek opazi mene i, htevši valjda da me prevari, učini se da me ne vidi i stade jednim svrdlićem revnosno bušiti jedan kotur drveta koji je držao u ruci.

I ja se, naravno, činim nevešt:

— Ej, šta ti to, more, majstoriš?... Pomozi bog! Kako si?

On skoči i poljubi se sa mnom:

— Bog ti pomogao! Hvala bogu! Kako ti? Eto, pravim kolica mome malom sinovcu!

Jedva sam čekao da vidim Ilinku koja je još pre dve godine rodila.

Posle sviju obligatnih i neobligatnih pitanja rekoh mu da me vodi da je vidim. I nju i dete!

Bože moj! Kakva je to promena! Od devojčice — žena u napon! Dođe mi kao spomenik koji sam video onoga dana kad je otkriven usred gole pijace, a sad se oko njega razvio pitomi i veličanstveni park.

Kako divno detence drži u naručju!

Pitao sam je za svašto. Hteo bih još nešto, ali mi teško ide. Naposletku prevalim preko jezika:

— Kako živiš?

— Dobro!

— Znam! A Vidak?

— Kako?

— Vidak! Kako te pazi? Kakav je čovek?

— Pazi me kao i otac što me je pazio, i, bože prosti, još bolje. A dobar je kao dobar dan, i — zna sve!

— Kako: zna sve?

— Sve, pa tako. Što god rekne, onako mora biti! Svaka mu je reč sveta!

— E, e, Ilinka! Ti preda mnom govoriš kao pred tuđinom. Pa Vidak je, brate, prost čovek!

— Prost jest! Ali da vidiš ti samo! Ako on nije učio velikih škola, opet on zna sve nauke!

— Zna, dabogme, i kako se zemlja okreće!

— Pa zna!

— Šta zna?

— Pa kako se zemlje okreće!

Ja se ubezeknuh. Nisam, naravno, ni mislio voditi tako luda razgovora, ali me odnekud sam jezik povede. Sad postanem radoznao:

— Pa dobro, otkud on zna kako se zemlja okreće, i otkud ti, kao bajagi, znaš da on to zna, i otkud on, kô sanćim, da to tebi priča?

— E, priča on meni svašta! Ja njega pitam, pa on meni priča! Ja — za to što kažeš — ja nađem na ćupu s pekmezom jedanput jednu hartiju, pa tamo nešto piše za zemlju, pa ja pitam njega, a on mi kaže sve!... Jeste, bogami!... I kaže da su hteli da ubiju onog što je izmislio da se zemlja okreće, onoga... Gutenberga! Je li Gutenberg se zove?

— Ne! — rekoh ja, uprepašćen.

— E, ne znam sad — nastavi ona prostodušno — ne znam baš kako se zove... I Gutenberg je nešto izmislio!... Ali vidiš sad da on zna sve?

— Vidim, vidim!

Njene se oči zasvetliše pobedonosnom prostodušnošću.

Ona me dohvati za ruku i uvede u veliku sobu. Na ormanu pod ikonom stajala je jedna triestina lepo poređanih i lepo ukoričenih knjiga.

— Vidiš — kaže ona pokazujući ponosito rukom na knjige — vidiš! On zna sve to! I meni mnogo kazuje. Eto, ovo!

Ona poče monotono i s usiljavanjem glasno čitati: *Život i črezvičajna priključenija slavnago Angleza Robinzona Kruse...* Znam!... To je onaj što mu se lađa podavila, pa je posle... Piha!... Sve mi je to pričao!... A ovo je: *Ru-ko* — Znam! To je *Rukovoditelj!*... Tu ima sve, i svaki lek tu stoji, i od svake bolesti lek!... A ovo je...

— Ostavi, molim te, knjige! Knjige su me od kuće oterale!

Ućutasmo. Čisto mi je bilo nešto mutno u glavi. Igrao sam se najpre s njenim detetom, pa posle, ošljareći, opet povedem razgovor:

— Je li, Ilinka, a ovaj Vučko?

— Šta?

— Kako se s njim slažeš?

— Dobro, bog s tobom! Jăkako nego dobro? Dever mi je!

— Znam. Ali onako...

— Kako?

— Onako: ćalov!

Ona pocrvene:

— Eh, ćalov!... Čekaj dok mu padne sleme na teme!... On je sad još dete!

— Manj po tome što još igra krajcara? Dete! — a...

Ja htedoh reći: „zasukao brkove za uši", ali to ne beše istina, a s Ilinkom se nije smelo govoriti u slikama.

— Pa dete, jabogme. On ima, hvala bogu, ko se za njega

brine! *On* — ona u celom razgovoru zvaše svoga muža samo „on" — on je njemu što i meni: i otac i majka! Pa dok je nama njega, mi možemo biti kako nam drago. Nijedno nećemo gladovati... ni onako štogod... On zna sve!

— Hm! A pije li *ovo dete*? — Ja hotimično udarih glasom na „dete" i pokazah rukom na avliju gde je Vučko pravio kolica detetu.

— Pije i puši, ali ne pred njime. Ja mu, tako, skunatorim po koju krajcaru da kupi duhana, i sklonim ga, kad se napije, da ga on ne vidi.

— Hm! Ne dopada se meni to što tvoj muž njega malo ne stegne.

Ona spusti dete, koje beše zaspalo, na dušemu i čisto se ljutito obrte meni:

— Ama kad ti kažem: zna on najbolje šta radi! On zna sve!

— Dobro, dobro, de!

S kakvom slašću se ja sećam svega onoga!...

U ono doba ljudi nisu spavali ni sedali, već posrtali s nosa na usta i s usta na nos; s nogu su jeli... I, opet! Sve je izgledalo kao da se samo pilo, pevalo i veselilo!

I sam onaj tunjavi Pavle bio je i dobar trgovac i dobar junak!

Kad nam jedne nedelje, a posle ručka, malo nakrivljenim, izvedoše osedlane konje, ja sam mislio: Pavle neće umeti ni zakoračiti... Još da vidiš kakav mu je konj!... Pa kad pođe da usedne, on nekako kao razglavljen, i kao da se penje na krušku... Ali čim se nađe na sedlu — otput drugi čovek! Kao da ga zakovaše! Konj izdiže glavu, frknu, skoči jednom-dva, pa stade kao ukopan. A Pavle se samo stidljivo smeši, briše sebi nos rukavom i gladi konja šakom po vratu...

Kad iziđosmo iz varoši, Vidak se odmah odvoji od društva i stade zaigravati konja po travi kraj druma. Konj mu beše otvoren dorat i prelivaše se na suncu kao skoro oribana tepsija. On beše od one kržljave arapske rase od koje su konji doskoro bili kod nas na velikoj ceni, a sada ih sasvim nestaje. Visok na nogama, kratka tela, pokratka vrata, male glave, širokih nozdrva i grudi, velikih očiju. Glava i noge su sama kost i žila, sapi su obično sredinom lako utolegnute, kao što se to zvalo „olukli", a iz toga oluka pružao se pravo nazad i nešto naviše rep koji je na razne kicoške načine češljan, opletan, na rđavu vremenu i na čvorove uvezivan. Ti konji — da li po naravi, da li po rđavoj dresuri? — nisu imali one dostojanstvene hladnoće i pitomosti koju bi pokazao jedan Arapin ili Englez i onda kad bi ga šibao bičem i kad bi mu ostrugama parao trbuh. Naprotiv: oni su gotovo uvek ukvareni, pogdešto tako da je samo izvestan jahač smeo uzjahati izvesnog konja. Kad on savije vrat, kad mu žile nabreknu, kad razvali nozdrve i vilice i uprska se penom iz svojih žvala, tad on, mada je malopre od kuće pošao, dakće kao da se s trke vraća, i dršće kao prut. Tada ga se čuvaj! Ni onaj nemilosrdni đem sa klipom, koji se zabija duboko u gušu, ne pomaže ništa! Savladan, valjda, osećanjem sujete, on pada u neki zanos i nosi, misliš, u smrt svoga jahača. Ama i jahač je neki! On nateruje fes na uvo i sedi u sedlu lako i nehatno kao dete u ljuljašci. Takvoga već poznaje konj, njega trpi, valjda i voli, ali baš kao da se njime ponosi, i tada se oba nose i kao da se mašaju rukom za oblak.

A taj isti konj, kad pođeš trgovačkim poslom, kad preko

njega baciš bisage i vežeš srdžade u terkije — pođe onim hodom koji se zove „ravan", i ni daj bože one hvale! On zna pred mehanom prići uz binjektaš i nogom davati znake koje su mehandžije već razumevale, te ti donosile čas vino, čas kafu i rakiju...

Mi smo svi išli širokim putem, poigravali, „prestrojavali se", slušajući Pavla koji je jahao nekoliko koračaja napred i, praveći se starešina, komandovao nam po vojnički. Samo Vidak što se izdvojio, te ide ledinom kraj puta. Konj mu zečki poigrava, i, gde bi god video kakav oboren grm, jendek, kladu ili baru, on se još izdaleka roguši i frkće, znajući da će ga Vidak pustiti da preskače. — Mada smo i mi imali dobre konje i uzdali se i u njih i u se, opet smo svi s prikrivenim divljenjem poglédali na Vidaka koji je nekako neobično lako i nemarno, pa opet tako pouzdano sedeo na svome doratu. A dorat sav kao nasapunjen, i iz one pene impozantno se crvene grdne nozdrve kao ona dva crvena fenjera noću na lokomotivi. Sa strane, odakle ga mi gledamo, zasija se često njegovo oko koje kao da je iskosa na nas bacao; i, valjda videći koliko mu se divimo, poleteo bi čas na jednu čas na drugu stranu, čas napred i upropnice — kako bi ga kad Vidak darnuo jednim ili drugim, ili obojim listovima.

Jahanje opija kao vino. Čovek pojaše od kuće s vrlo „miroljubivom" namerom, ali čim uđe u veselo društvo i zanjiha se u sedlu, počinje da gubi svest i da se ljuška nekim herojskim snom! Što veselije društvo, tim i konji nemirniji, i ti mehanički popuštaš uzdu, pridaješ listove, i onda se nosiš nekuda kuda te sama duša vodi, te se samo na mahove očešeš o zemlju i već kao da se nosiš pod oblake.

Pavle, koji je, opet, kod nas koji smo u grupi jahali, imao najboljeg konja i jahao napred, poigra konja porebarke i gledaše neko vreme Vidaka na njegovu doratu. Valjda ga taj pogled toliko savlada, da se on okrete nama i samo dreknu:

— Hȁ sad!

Pa pusti konja. A mi samo nabismo kape na glave, pustismo dizgine, stegosmo listovima, i onda — duhnu jedan vetar pored ušiju, i oči zasuziše.

Tako smo leteli nekoliko sekunada. Pavle beše napred, ja odmah za njim; ostali za nama ne znam kako su išli. Tek odjedanput pirnu nešto pored mene. Ja, koji sam polegao po konju i gledao samo u ploče stražnjih nogu Pavlova konja, ugledam sad Vidaka na doratu kako prolete pored mene, obiđe i Pavla i, rekao bih, otkotrlja se na kraj sveta.

I Pavlov konj odmače malo od moga. Tada Pavle diže visoko desnu ruku. Valjda je što i vikao, ali ko će to čuti? Tek ja, a vidim i oni za mnom, počeše ustavljati konje. Sad smo se bili opet svi zbližili i toliko samo trčali da ne izgubimo Vidaka iz očiju. Tada on opet skrenu s druma na travu, pa polete pravo jednoj visokoj zatrnjenoj obali. Mi još više ustavljasmo. Vidakov dorat odskoči od zemlje, podavi noge i ponese se preko visoke obale. Čisto kao da nâs nosi! Eno ga na drugoj strani! Ali ga ujedanput nestade, i mi nejasno videsmo Vidaka gde kao strela kad je pustiš iz luka polete glavačke na zemlju! Sve se izgubi iza trnjaka! Pavle dreknu: „Pogibe Vidak!", pa zabode konju bakračliju u trbuh. Mi se svi spustismo za njim i ubrzo stigosmo na mesto plačevnog prizora.

S one strane, a na dva-tri koraka od obale, videsmo jedan izvrnut plug i u ručicama njegovim prednje noge doratove.

On je ležao porebarke, ispružio vilice kao mrtav, jako mu se raspinju slabine i od njega se diže para. Pred njime, tako da mu je preko njuške prebacio jednu nogu, leži Vidak potrbuške, licem zarivenim u zemlju, i, kao što je izgledalo, bez daha i znaka života.

Pavle, koji je jedini s konjem preskočio obalu i prvi doleteo do Vidaka, čim ovo ugleda, skoči s konja, zabaci mu dizgine za unkaš, pljesnu se po čelu da mu odlete fes, pa jauknu: „Ih, ih, jadan ti sam!" I onda pade ničice pored Vidaka, podmetnu laktove pod lice i poče glasno jecati i tresti se celom snagom.

Ne znam ko je bio između nas najprisebniji, te okrete Vidaka na leđa. Iz usta mu je loptila krv i celo lice beše umazano krvlju i skoro uzoranom zemljom. Oči su bile izvrnute. Ne znam da li je disao.

Pavle pogdešto samo digne glavu, pogleda Vidaka, pa samo jaukne: „Ih, jadan ti sam!" i brzo opet strpa lice na laktove, misleći, valjda, da će se sve ovo kao kakav strašan san, dok on žmuri, prometnuti u veselu javu.

Od dorata se nije moglo prići komotno Vidaku, te stoga neko zape i izvuče plug ispod njega, pa ga udari nogom u trbuh. Poznato je kako ova hitra i junačna životinja izgleda tako troma, desperatna i mrtva kad padne, a naročito porebarke. Dorat, na prvi udarac u trbuh, samo jeknu, ali na drugi, treći, on se nespretno stade opirati nogama o oranje i, na navaljivanje sa dve-tri strane, diže se, stade kao ukopan i, s nekim tajanstvenim raspoloženjem i strahom, gledaše onaj nered oko sebe.

I mi smo stajali kao ludi, ne znajući šta da radimo. Neko je samo rupcem obrisao Vidaku krv i zemlju s usta i lica, ali se on ne razbiraše. Dogovorismo se da trčimo po kakva kola. Osim Pavla pojahasmo svi konje i razletesmo se na sve strane. I vraćasmo se, i opet trčasmo, i naposletku neko dovede za sobom jedne dobre tarnice.

Pretresosmo seno u kolima, pa položismo u njih Vidaka kod koga se sad moglo opaziti da diše i čuti da mu nešto krklja u grudima.

Pavle priveza Vidakova dorata za čatlov, pa sâm pojaha napred pred kolima. Mi drugi opkolismo kola i, šiškajući konje, ćuteći i neveselo pođosmo uz kola.

Pavle se svaki čas obziraše, pogledajući čas pô u kola, nadajući se zar da će videti otvorene oči u Vidaka, pa bacajući posle pogled na nas, čitajući valjda s naših lica naše mišljenje o stanju Vidakovu. Ali i ono što je video u kolima, i ono što je video na našim licima, učini te on ujedanput skine fes, turi ga sebi na oči, pa se previ konju do unkaša. Mi videsmo samo gde mu se tresu pleća i slabine, i svi besmo gotovi da plačemo.

— Ah! — mislio sam ja — šta će ona jadna Ilinka? Ubiće se, bog i duša! I šta joj vredi ostajati sa onim crvom i onim alaukom, onim letivetrom, onim Vučkom!

Od zapada kao da se neko grdno, veliko, crno krilo poče nadnositi nad nas, nad put, nad vaseljenu. Već sumrak, a mi polako ulazimo u varoš.

Na samom ulasku Pavle pruži desnu ruku u visinu. Sprovod stade. On pritera konja kolima, naže se do samih usta Vidakovih, posle se malo odmače i oštro ga gledaše, pa mu onda opet prinese uho. Onda se opet diže, ispravi se u sedlu i, nešto razmišljajući, gledaše u već suro nebo, pa onda turi fes na oči i poče se ponovo tresti. Okrete konja i pođe napred, ali fesa ne metnu na glavu, nego ga držaše u desnoj ruci, spustiv je niza se. Čini mi se, a ne znam iz kakvog razloga, da neki od nas poskidaše fesove kad konji počeše udarati pločama o kaldrmu.

Kroz varoš se išlo još lakše nego poljem. Svet, najpre iz radoznalosti a posle iz učešća, poče pristajati uz kola. Nikome ni na um ne padaše da otrči napred da „spremi" familiju i, što je još glavnije, da dozove doktora; te tako ceo sprovod koji je od stope do stope rastao iđaše tiho i sumorno, kao oblak koji iznenada nosi oluju, grad i gromove, i zaustavi se pred kućom Vidakovom.

Pošto je bila nedelja, to je sve bilo zatvoreno. I na Vidakovoj kući bila je zatvorena i kapija i ćepenci na dućanu i sve je izgledalo kao da zatvara oči i obrće glavu od ovoga žalosnog prizora.

Sprovod stade i sav svet plašljivo i s učešćem pogledaše na kapiju iz koje tada izlete Ilinka i kao luda skoči preko točka u kola i pade po Vidaku. Ona je jaukala iz glasa, ali ništa drugo nije govorila osim: „Jaoj, jaoj, jaoj!"

Tada odnekud iskrsnu i Vučko. Kao da se nigde ne pridrža rukom kad uskoči u kola. Stade u njima upravo kao seljačka mlada, pogleda dole pred sobom besvesna Vidaka i ukraj njega tugom ubijenu Ilinku, pogleda gore u nebo, pa opet dole, i onda se celom predanošću svoje duše, silno i iskreno kao Ciganka, lupi pesnicom u grudi, pa se i sam sroza pored njih dvoga. Ali kao da se o nešto opeče, on u isti mah skoči i krepko uhvati Ilinku za rame:

— Diž' se, snâko! — Glas mu došao zvonak i odsudan. Oči mu se svetle.

Ilinka se kao poslušno dete diže, predvostručena i presomićena.

— Pa on je još živ! — viknu Vučko nekako kličući i gledajući u nebo kao da tamo gore nekome govori. — Silazi dole, snâko!

Ona, poslušno i pridržavajući se za svet, siđe s kola, očigledno ne razbirajući se šta se od nje radi.

— Dede još jedan na kola! — viknu Vučko onim promenjenim glasom.

Neko uskoči u kola. Njih dva poduhvatiše Vidaka i predadoše nekolikim rukama koje su bile pružene prema kolima.

Tako Vidaka skidoše s kola, unesoše u kuću i u sobu, svukoše, obrisaše od krvi i položiše u postelju. Ali se on ne razbiraše.

Tada Ilinka na sav glas jauknu:

— Kuku mene, kukavici! Šta ću, jadna, sa onim siročetom! — i pojmi da padne po Vidaku.

Ali se Vučko utače i pridrža je da ne padne. Stane pred nju, isturi grudi, pogleda u tavan, pa se opet lupi šakom po grudima, ali u ovaj mah koketno i kao glumac kome je stalo da načini efekt:

— A ja? Zar ja nisam živ?! Zar...

Ali ga glas izdade. On turi obe ruke na oči, izlete napolje, potrča kroz sakupljen svet, dotrča do kočija u kojima je Vidak dovezen, sede na njih, ošinu konje i — nestade ga.

Vidak je teško i ravnomerno disao. Ilinka se nadnela nad njega, ne miče se i plače. Niže nogu Vidakovih, na patosu, sedi prekrštenih nogu i s licem u rukama dobri i prostodušni

Pavle. I on se ne miče i plače. U sobi je puno sveta. Svi nešto šapuću.

U taj par ču se opet tandrk kola. Ona stadoše pred kuću. U sobu ulete, gologlav i razbarušen, Vučko vukući za sobom doktora.

Kad doktor stupi u kuću, on se najpre s praga još orijentisa:

— Ale svi babi napole!

Vučko otvori širom vrata. Iziđoše žene, pa i ljudi. Ilinka i Pavle ostadoše samo na svojim mestima.

Doktor priđe, kleče pored Vidaka i osluškivaše ga. Pipa mu puls, prisloni uho na grudi, zavrne kapak, pa gleda oči, zaviruje oko usta, oko nosa, oko ušiju. Štipa ga po nogama i po rukama. Pipa ga i pritiskuje svuda, od glave do pete, a kad dođe do desnog ramena, kaže: „Ja, ja, hat ihn schon!" Posle mu ponovo briše krv s odrtog lica, otvori mu oko pa primiče i odmiče sveću, opet pipa puls i podiže glavu.

Tad se diže i obrte Vučku:

— On jest tak pal? — i pokaza rukom: glavačke.

— Tak pal! — reče Vučko, i on pokaza rukom.

— On je ne bluval?

— Ne bluval! — kaže Vučko.

Opet doktor uze puls i kao u nekoj nedoumici sleže ramenima.

— On jest živ! — kaže Vučko.

— Ale tak, bratu! Vidiš, on diše!

— Ama hoće bude još živ? — kaže Vučko.

— Ale to bog zna! On je ne bluval, ne mu je šla krev z nosu, ne mu je šla krev z uha. Puls — on opet uhvati za puls i pogleda u sat, a kao da nekome gore na tavanu govori — tak i jest: vosemdeset! On može bit ne rozlupal je tam glavu gde to jest smertno! Ale bratu, ti to ne rozumiš!

— Ama, čoveče, ja rozumim! Samo ti meni budeš lečiš brata, ja tebi budem platim, ama sve žut dukat, hej!

Na doktorovom licu pokazaše se znaci negodovanja i prezrenja:

— Ale ti tak prost! To bog može leči! Čekaj, bratu, do jutra, to uvidime! On sad samo zlomal ovu kost, i mozak u nego... ale ti to ne rozumiš!

On pokaza desnu ključnu kost. Potom uze jedne tkanice, te njima uveza Vidaku obe ruke povrh mišica, pa unakrst na leđa pritvrdivši, ukruti unekoliko desni zglavak u ramenu da se ne miče. Pripisa neke praškove i naredi da se na glavu trpaju hladne krpe.

U ono doba nije u jesen bilo leda ni za pivo, a kamoli za bolesnike.

Potom se on diže i ode, obećavši da će sutra rano doći.

Čim doktor iziđe, Vučko, koji je dotle klečao pored Vidaka i piljio u doktora, skoči i razgoropadi se:

— A što stojiš ti tu, Stojane? — dreknu na momka. — Testiju, pa na vodu! Živo!

— Ti, snâko, daj pet-šest peškira! Skoči!

— A ti, Pavle, brate... što mu je tu mu je!...

Glas mu se razmekša i poče da se guši, ali se brzo proturi u onaj *novi* glas Vučkov; glas koji me teknu i podseti na ono srećno doba kad je Vučko, kao naš „car", s nožićem u ruci vikao: „Juriš!"

— Ti, Pavle, skoči u apoteku! Ama kad ja mislim da si tamo, a ti već da si ovde! I reci mu, onome apotekaru, reci mu da dobro načini, da ne žali espapa! Neka da bog leka, platiće mu se što ne vredi!

Opet mu kliznu glas:

— Hajde, moj lepi Pavle, moj po bogu brate!

Sve se razlete.

Tada Vučko baci na me jedan pogled u kome kao da beše neka molba za dozvoljenje, i onda se prostre po Vidaku i gorko zajeca.

Već po ponoći Vidak se razabra. Sutradan doktor kad je došao konstatovao je ponovo samo prelom ključne kosti i potres mozga. Vučku je on objašnjavao „što mozak mu delal tak-tak!" i mućkao rukom; na što je, opet, Vučko pitao: „Ama, šta to? Nije to to, nego je to... ama znaš, on moraš sasvim ozdraviš!" Posle je doktor opet kazao: „ne rozumiš", a Vučko opet: „rozumim" i tražio još kakav lek, „ama štogod dobro, znaš, kao ono sinoć!"

Tek Vidak je, teško razbijen, potresen i sa slomljenom ključnom kosti, ležao s izgledom na potpuno ozdravljenje.

Za vreme njegova bolovanja ja sam zapamtio nekoliko stvari koje moram ispričati.

Često sam sedeo s Vučkom u dućanu, gde je on sada bio sam s momcima, prema kojima se bio tako promenio, da su se oni čudili i nisu umeli da se nađu. Sve je bio nešto zabrinut i namršten. Ne znam šta bi kalfi Ješici, te ga jednom, onako srdita, drpnu za peš od gunja i sasvim prijateljski pozva da igraju krajcara. Vučko se zgranu, isteže šamarom i Ješica lupi glavom o badiju sa zejtinom.

— Zar ti, bre, misliš da je ovo mehančina, a ne trgovačka kuća?

Od toga dana i najstariji kalfa poče ga zvati „gazda" Vučko.

Hteo bih, a ne znam kako ću vam opisati kako je Vučko postao nekako sasvim drugi čovek, sasvim drugi, i opet mu je sasvim priličilo. — Uozbiljio se! Neće ni da govori s njegovim pajtašima. Kaže im: „Prođi me se, molim te; vidiš da sam u poslu! Znaš da je bata bolestan."... Pazi na svaku paru. Ne oblači ni nedeljom novih haljina. Nigde ne staje. Sad je u dućanu; sad u odaji gde momci šiju gunjeve; sad na čardaku gde se pregrće šišarka; sad u magazi gde otaču rakiju; sad u podrumu gde pretaču vino... Dao bog berićeta! Mušterija navalio, posla na sve strane! Pada para kao pleva!

Bilo je stvari koje onda nisam ni razumeo!

Jednog dana uđem u kuću da obiđem Vidaka. U kuhinji zastanem Vučka sa Ilinkom, nešto šapuću. Kad se pozdravim s njima i dobijem odgovor da je Vidak dobro, oni bez ustezanja nastave preda mnom razgovor:

— I da mi daš, molim te, jedan groš da kupim duvana — reče Vučko šapćući. — Nisam pušio ima tri dana!

— Ludače! — reče Ilinka vadeći iz džepa i dajući mu polutak. — A što ne uzmeš iz čekmedžeta?

— Nemoj, molim te!

— Ama što, kad on kaže?

— Neka, ako! Hvala ti! — reče on i, kao dete, podigravajući istrča iz kuhinje.

Jedne subote, poslepodne, nađem Pavla koga sam bio jako

zavoleo od onoga dana, nađem ga na pijaci, drži jednog šarana na prstu.

On se milo i dobrodušno i radosno nasmeja kad me ugleda, i izdiže šarana na prstu:

— Hajde, dođi doveče k meni na večeru!

— Neću, brate, na bećarsku čast, pa da znam da umeš načiniti i alasku čorbu. Nego znaš šta? Daj toga šarana ovamo!

On mi dade. Ja izaberem još dva dobra ikraša iz korita preda mnom, platim i pođem s Pavlom:

— Idem ja sad sve ovo da dam Ilinki da ona nama spremi, pa doveče dođi i ti. Znaš kako će biti milo Vidaku.

Pavle se radosno pljesnu rukama i dođe uveče s jednom grdnom čuturom.

Tek kad smo već hteli sesti za večeru, dođe Vučko iz dućana s „pazarom" i s računom. Vidak mu reče da sedne da večeramo, pa će posle gledati posla, i mi se odmah naklopimo na ribu i počesmo „probati" Pavlovo vino. Bogme se omiče! E, posle razvezasmo razgovor, sve dođe na red, pa naposletku i Vučko hoće da preda Vidaku pazar i položi račun. Ništa ne razumem njihov razgovor (možda zbog Pavlove čuture), ama vidim gde nešto dugo govore; i malo-pomalo, dođe do ozbiljnih reči. Onda Vučko, onaj isti tunjavi Vučko, poče da lupa rukom o sofru, da pominje neku vunu, med, ćitajku, morokošnje, gunjeve i šta ti ja znam, i sve više dolazeći u vatru, poče po jednoj hartijici, koju izvadi iz gunjčeta, lupati rukom:

— A ovo?! Je li ovo dva puta dva: četiri?

Vidak ljutito dokopa onu cedulju iz ruku Vučkovih i oštro mu pogleda u oči, pa onda ujedanput prsnu u smeh i zagrli ga:

— Ta zar ti, bolan, ne vidiš da se ja s tobom šalim? Ja, treba da znaš, ja...

On dokopa sa stola punu čašu vina i u kap je ispi:

— Ja, treba da znaš... meni... meni ništa ne bi bilo teško da sam morao umreti!... Ja sam znao... pa znao sam, dabogme!... Toči!

Ala smo se posle nakitili, da niko od nas nije video kad se Vidak naslonio na onu ruku vrh koje je slomljena kost, mada smo svi smatrali za dužnost da na to dobro motrimo!

Preksutradan Vidak iziđe u dućan, istina s uvezanim i ukrućenim plećima, ali tek!

Vučko se odmah povuče i pomeša u momke, koji odjedan-put izgubiše sav respekt prema njemu. Pomislite! Toga dana on cepa jednu glavnju na drvljaniku, zajapurio se, pa daje sekiru kalfa-Ješici:

— Dede, bogati, sustah! Umori me ova babetina.

Ješica uze sekiru i bezobrazno se okrete Vučku:

— Hoću, ako ćeš posle da igramo krajcara!

Vučku zaigraše oči. U jedan mah kao se kolebaše; ali u isto vreme, a ne znajući zašto, on oseti da bi to bilo *sad* ne samo detinjasto, nego i stidno. Kao da naglo zbaci nešto sa sebe, okrete se namrgođen Ješici i pruži mu sekiru:

— Drži tu sekiru, pa radi što ti se kaže! Zar hoćeš da...

Posramljen, Ješa uze sekiru i ljutito stade udarati po glavnji.

Vučko pođe u kuću. Kad se beše odmakao od Ješe, turi ruku u špag, izvadi jedan kuršum kojim prevrće krajcare i zavitla ga daleko preko kuće.

Toga istoga dana uveče, pred večeru, došao Vučko u

kuhinju, okupio Ilinku te mu baci na mast parče hleba, i on to „mezetiše". I ja se pribijem uz njih i — podmladim se.

Ilinka neobično vesela što je Vidak prezdravio. Sve se nešto smeška, namiguje na me, pa zadeva Vučka:

— Je li, dešo, što je ostavi, bolan?

— Ćuti, molim te!

— Nije, bogami, ne šalim se! Devojka plače, ubi se! Kaže: ne mariš za nju!

Vučko skoro da plače:

— Nemoj, molim te!

— Ama nije, bogami ti kažem! Ona kaže: otkako se *on* poboleo, nisi joj ni lepe reči kazao!

— Nemoj, snâko, živ ti sin!

Ilinka ućuta kao zalivena. Namignu samo na me i pokaza očima na Vučka koji pobeže iz kuhinje.

— Umre za njom! — kaže Ilinka.

— Za ovom gazda-Stanišinom? — upitah ja. — A je li kakva devojka?

— Bog s tobom! Nema je odavde do mora!

— Video sam da je lepa... Nego onako...

— Za „onako" je — prođi je se! Kažem ti: nema je ni u trećem carstvu!

— A hoće za Vučka?

— Polude!

— A on za njom?

— Ubi se! Nego njen otac nešto kao da zateže... Neće ovaj moj Turčin da odreši jezik, a sve bi išlo kao podmazano...

Ilinka se uozbilji i zamisli. Ujedanput se okrete meni kao s nekim protestom:

— Svi oni odnekud Vučka drže za onako nekako... za laka posla! Ama ja ti kažem: on je jedan čovek da mu nema para! Nije ga baš ni *on* mnogo... Ama tek znaš: on je onako nekako odvojio: zna, brate, sve!...

— Znam, znam! Vidim i ja da Vučko nije neki vetropir!

Za nedelju pozvaše me na ručak. Pozvat sam čudnovato. Vidak me je zvao. Kazao sam „dobro!” — „Ne”, reče on, „nego naizvesno da dođeš!” — „Pa da dođem, dolazio sam i dosad, i ne izbivam ti iz kuće!” — „Znam, ali nikako drukčije da ne činiš!” — „Ama, bog s tobom, čoveče! Samo ako budem živ i zdrav!”

Dođem, naravno, na ručak. Zastanem Vučka u avliji, kao i obično, s malim na ruci, a s očima preko plota. — Obukao se kao da je Vaskrs! Začudim se i zapitam ga: „Šta je to?” On sleže ramenima: „Kazao bata!”

Kad uđem u kuću, začudim se još više. Vidim i Vidaka: turio na se što je imao najboljega! Još me više začudi kad videh gde mu Ilinka zadeva pod pojas novu, divno vezenu duvankesu, pa se izmiče da vidi „kako mu stoji”. — Pa onda on izvadi duvankesu ispod pojasa i, kao krijući je, turi je na prsi pod džemadan.

Ama šta je ovo? Ili sam ja lud, ili je danas nešto onako od sebe ludo? Pa Vidak i ne puši!

Ali sam se tek iznenadio kad uđoh u sobu i videh, osim nerazdvojnog Pavla, još i popa i g. Stojana pisara. „A šta će ova dvojica?!”

Opet iziđem napolje i pitam Ilinku. Ona se smeje detinjasto i stežući pesnice kao deca kad se nečemu osobito raduju:

— Idi, idi, molim te, u sobu! Hvala bogu! Ustao čovek iz mrtvih! Danas bio prvi put u crkvi! Pa kako da nismo veseli?

— A?! To li je!

Tako je, tako je! I Stojan pisar mu je valjda dobar prijatelj! Nisam ga, istina, pre viđao kod njih, ali... A pop? E, već to naravno: iz crkve ga svratio!

Sedosmo za ručak. Jedosmo, pismo. Sipa, brate, pop ono vino, pa kao u mešinu! A sve nazdravlja! Kucaj se — moraš piti. Popij, obriši brkove, opet popij! — Napismo se!

— Je li, Vidače? — viknu ujedanput pop glasno i gromko, kao da je Vidak na puškomet od njega.

Pijan li je, lud li je?

— Čujem, oče — viknu Vidak isto tako.

— A kako ti se vlada tvoj Vučko?

— Zar ovaj moj brat rođeni?

— Jȁ, on?

— Da bog čuje, nikad bolje!

Vučko preblede kao krpa, a oči mu se navodniše.

— Ama, pa što ti njega ne ženiš?

— Ama ne mogu dok ne vidim najpre ima li čime hraniti žene! A, gospodin-Stojane?

Sad se napravi jedan teator iz koga se ja na jedvite jade sećam ovih pojedinosti.

Ustade pop i skide čitu, usta Vidak, usta Ilinka, Pavle, gospodin Stojan, pa i ja s Vučkom.

Gospodin Stojan izvadi iz kaputa (u ono doba je po koji

„gospodin” već nosio „nemački”) jednu veliku hartiju i poče i on, onako ludački derući se, čitati:

Ugovor. Izmeždu nas dva roždena brata, mene Vidaka i mene Vučka, roždene braće Teofilovič, otnoseći se na črez naš zajednički trud stečeno, naše zajedničko i bratsko imanje o tome kao što sljeduje:...

To beše ugovor po kome Vidak prima svoga brata Vučka u ortakluk i zajednicu sa sobom, i celo svoje imanje naziva njihovim zajedničkim.

Gospodin Stojan je grcao pri kraju. Dobri Pavle poče naglas jecati, a i nama svima udariše suze. Vučko priđe ruci popu i Vidaku, koji ga ispravi i poljubi se s njim u lice. Posle se Vučko poljubi i s Ilinkom i s nama drugima.

Od suza i od vina, ne znam šta je sve dalje bilo. Sećam se samo da sam se, neko vreme posle toga, obzirao za Vučkom i video ga gde sedi u uglu sobe, u dnu, sâm na minderluku.

Valjda Vidak primeti koga tražim, pa viknu:

— O, Vučeta!

— Čujem, bato!

— Sedi, čoveče, pa zamagli! Dajde, Ilinka, onaj čibuk!

Ilinka izlete iz sobe i za jedan trenutak vrati se s jednim čibukom od abonosa, sa grdnim ćilibarskim takumom.

Vidak uze čibuk iz njene ruke, pa ga dade Vučku:

— Pali!

Vučko se opipa oko pasa.

— Nutode! — reče Vidak. — A ti ovo što si vezla, i zaboravila!

On izvadi onu duvankesu i dade je Ilinki koja je, opet, predade Vučku:

— Pali, dešo!

Vučko se namršti. Nabi pesnicu duvanom, pa onda nabi simsiju, ispruži je ukraj sebe, pa reče Ilinki:

— Vikni-de, molim, momka!

— Neka, ja ću! — reče Ilinka i dotrča iz kuhinje sa žiškom i mašicama.

Vučko guta dim, a još više pljuvačku. Vuče i ćuti, dok već u luli ne poče krkljati. Onda istrese, napuni drugu i pripali je kokicom. Odbi dim-dva, pa preko čibuka:

— Vala, bato, ona se šišarka sasuši! Došla već kao barut! Ne znam što je čuvaš, ja bih je prodao!

— Ama iskao nam je komšija Staniša, pa se ne pogodismo. Nego sam mu ja i ova tvoja snaha poručili da ćemo doveče doći da prosimo za tebe njegovu Milku, pa, ako to srećno svršimo, lasno ćemo se pogoditi za šišarku. A?

***

I isprosismo je. U neko doba ja bacih Ciganinu pletu na bubanj i uhvatih Ilinku za ruku:

— Hajde da se ide! Hajde ja i ti da pođemo, neće li još kogod za nama! Ovome kraja nema... Znaš da mi je glava ovolika!...

Digoše se i ostali. Pođosmo.

— Čuješ, Ilinka, ovaj tvoj Vidak i Vučko; pa, brate, i Pavle i Staniša, i svi ovi vaši ljudi, ovo onako nekako! Budi bog s nama... Čudno!

— Eh — reče Ilinka pobedonosno — ne znaš ti još ove naše ljude! To ti ne staje ni dan, ni noć! Oni ne spavaju, ni sedaju, već posrću s nosa na usta i s usta na nos; s nogu jedu... I opet svuda stignu, i znaju kad je čemu vreme i prilika... U njih, istina, iziđe i po šest džandara u kartama, ali jedan drugom daju stotine dukata u četiri oka. — I veruj! Znaju ti oni šta hoće! Eto on! Ama on zna sve, kao jedan Gutenberg!

— Zna, nije vajde, badava!

(1889)

Laza K. Lazarević, istaknuti lekar i najznačajniji predstavnik psihološkog realizma u srpskoj književnosti, rođen je 1851. godine u Šapcu u trgovačkoj porodici. Pošto je rano ostao bez oca, brigu o porodici preuzela je energična i autoritativna majka Jelka čiji su patrijarhalni životni stavovi kasnije zauzeli značajno mesto u Lazarevićevoj prozi.

U rodnom gradu završava osnovnu školu i četiri razreda gimnazije. Posle očeve smrti, školovanje nastavlja u Beogradu gde je završio peti i šesti razred gimnazije.

Pravni fakultet Velike škole u Beogradu upisuje 1867. Kao diplomirani pravnik, 1871. godine dobija državnu stipendiju za studije medicine u Parizu. Francusko-pruski rat i Pariska komuna sprečavaju ga da otputuje u Pariz, ali će već sledeće godine, na ponovljenom konkursu, kao državni stipendista otputovati na studije medicine u Berlin. Medicinski fakultet u ovome gradu u to doba bio je jedan od najprestižnijih u Evropi.

Studiranje prekida i privremeno se vraća u Srbiju zbog izbijanja Srpsko-turskih ratova (1876—1878) tokom kojih biva angažovan kao lekarski pomoćnik u vojnom sanitetu. Zbog zasluga ostvarenih u ovom periodu, odlikovan je srebrnom Medaljom za revnosnu službu.

Po završetku Drugog srpsko-turskog rata, marta 1878. godine, vraća se u Berlin. Na Medicinskom fakultetu u ovom gradu diplomirao je u januaru, a zatim i doktorirao u martu 1879. godine stekavši zvanje „doktora celokupnog lekarstva i hirurgije".

Po povratku u Srbiju, pa sve do kraja života radi kao lekar u Beogradu. Veoma je posvećen svom zvanju, ali i razvoju medicine kao nauke. Objavio je 77 stručnih i naučnih radova i saopštenja u domaćim i stranim časopisima, prevodio najznačajnija dela strane medicinske literature, kao član aktivno učestvovao u više srpskih naučnih društava. Radio je i na organizaciji i unapređenju bolničkog lečenja u Srbiji. Osnivač je prve moderne gerijatrijske bolnice u Beogradu, 1881. godine, a velika rezervna bolnica u Nišu organizovana je u toku Srpsko-bugarskog rata 1885. godine, na njegovu inicijativu. Godine 1886. izvršio je prvu operaciju katarakte u Srbiji.

Bio je lični lekar kralja Milana Obrenovića. U čin aktivnog sanitetskog potpukovnika promovisan je 1889. godine.

Zbog izuzetnog doprinosa književnosti svoga vremena, početkom 1888. godine izabran je za dopisnog člana Srpske kraljevske akademije.

Bio je jedan od najobrazovanijih pojedinaca devetnaestoga veka u Srbiji.

Preminuo je u januaru 1891. od posledica tuberkuloze, sa nepunih 40 godina. Sahranjen je na Novom groblju u Beogradu.

U celokupnoj istoriji srpske književnosti retko je zabeleženo da se neko sa tako malim književnim opusom svrsta među najznačajnije prozne stvaraoce. Sa svega devet dovršenih pripovedaka, Lazareviću je to pošlo za rukom. Ovaj tvorac psihološke pripovetke i začetnik realizma u srpskoj književnosti, za teme svojih pripovedaka najčešće uzima patrijarhalnu sredinu, porodicu, rodoljublje, neostvarene ljubavi, sudbine intelektualaca. Njegovi junaci doživljavaju unutrašnje nemire i krize, ali su na kraju ipak uvek spremni da, zarad očuvanja porodice i tradicije, žrtvuju sve, pa čak i sopstvenu sreću.

Ova zbirka predstavlja izbor od osam dovršenih pripovedaka, objavljenih za piščeva života: *Prvi put s ocem na jutrenje* (1879), *Školska ikona* (1879), *U dobri čas hajduci* (1880), *Na bunaru* (1881), *Verter* (1881), *Sve će to narod pozlatiti* (1882), *Vetar* (1888) i *Ona zna sve!* (1889).

abonos — ebanovina

ajdamak — batina, toljaga, motka

ajluk — plata, zarada, nagrada

akov — stara mera za tečnost, bačva od 50 litara

alauk — vetrogonja, silovit, pomaman čovek

alekcija — ovde: lekcija

aliluj — aleluja!, uzvik iz crkvenog jezika (hvalite Boga!)

am — deo konjske opreme, za prezanje konja u kola

ambar — žitnica, zgrada za zrnastu hranu

ar — konjušnica

araplija — konj arapske pasmine

arnjevi — krov na zaprežnim kolima drvene konstrukcije
lučnog oblika prekriven asurom ili platnom

badija — veliki sud za zejtin ili vino

bakračlija — uzengija, stremen, ono na čemu jahač drži nogu
kad jaše konja

balčak — drška od sablje

bandist — muzikant, svirač

bardak — zemljani sud za vodu; drveni, zemljani ili bakarni
  sud u kome se drži rakija ili vino
belenzuka — grivna; narukvica ispletena od vune
bezjak — glupan, šmokljan, neotesanko
binjektaš — kamen s kojeg se uzjahuje konj
bisage — torba na sedlu
boš posla — ćorava posla
brav — primerak sitne stoke, naziv za ovcu ili kozu; preneseno
  — kad se osoba ponaša glupo, šašavo
brnja — konj sa belom njuškom
bućme — ukrasni gajtan na muškim suknenim i čohanim
  odelima; tanka vrpca od upredenog konca
buvara — zatvor

cagrije — korice za nož ili sablju
cepteti — drhtati

čabar — drveni sud za vodu
čagalj — šakal
čagrće — kamenjar, zakrčenost korovom, korov
čardak — koš na stubovima za sušenje kukuruza u klipovima
čatlov — poprečna greda na kolima
čekmedže — kutija, sanduče (za novac); fijoka za novac u
  dućanskoj tezgi
češagija — naprava za timarenje stoke
čibuk — muštikla
čivit — indigo hartija, plava boja
črez — preko, pomoću

ćalov — budala, luda

ćemane — violina

ćemer — muški kožni pojas u kome se nosi metalni novac

ćepenak — vratanca od dućana ili radionice kojima se gornje krilo diže, a donje spušta i podboči, te se na njemu izlaže roba, a trgovac na njemu i sedi

ćeramida — vrsta krovnog crepa

ćilibar — jantar, ali i kamen ili staklo ili kost na vrhu kamiša što se stavlja u usta

ćitajka — dugačka isprošivana pamučna tkanina, haljina od nje

ćurče — kratak čohani ogrtač postavljen krznom, bez rukava, s kožnim okovratnikom

ćurčija — krznar, zanatlija koji štavi kožu i bavi se izradom odevnih predmeta od nje

ćurdija — kratak krzneni kaput; dugačak ženski kaput bez rukava

Die Wahlverwandtschaften (Izbor prema sličnosti) — Geteov roman

dijanisati — držati se, odolevati

direk — greda, drveni stub; potporanj

dizgin — kaiši od uzde koji se drže u rukama

drkela (konj) — (kao) drven

dronjo — odrpanac, ništarija

drvljanik — spremište za drva

durunga — motka, batina

dusnuti se — raspomamiti se, naduti se (od oholosti)

dušema — pokrivač od perja, dunja; širi minderluk, služi za
spavanje više čeljadi

džeferdar — vrsta starinske ukrašene puške
džemadan — vrsta čohanog prsluka; donja haljina
džerima — prokletinja, prokleto stvorenje; kazna, globa
džube — dugačka gornja haljina bez rukava

đem — žvale, uzda, gvožđe na uzdi što ga konj drži u ustima

ekvilibr — ravnoteža
emfatično — zanosno, uzneseno, naglašeno
espap — roba, materijal

familijaz — poslužitelj
farmazon — član društva slobodnih zidara, mason
felis — latinski naziv za rod mačaka
fermen — vrsta kratkog prsluka
fes — vrsta kape crvene boje i s kićankom
firiz — dečja igra slična klisu, sa kratkim drvetom zašiljenim
na oba kraja
fistan — vrsta ženske haljine, suknja
fišek — papirna kesa

galičati — golicati, dražiti
gazija — veliki junak, pobednik, osvajač
gejak — seljak, prostak, neotesanko
Gistav Droz (1832—1895) — francuski pisac humorističkih
pripovedaka

Glas gospoden na vodah — crkvena pesma

glavnja — panj, klada, jača grana ili komad drveta koji gori, cepanica

gradina — bašta

guber — ćebe, pokrivač od vune

gumno — mesto na kom se vrši žito

gunj — kožuh; prekrivač od vune, ćebe, guber

gvozdenjak — gvozdeni plug

hala — neman, aždaja, čudovište

handžar — kratak mač sa dve oštrice

harbija — šipka kojom se nabijala i čistila starinska puška

ilidžar — koji radi u ilidži (banji)

inokosan — sam, bez odraslih članova u svom domaćinstvu

iverčica — iver, treska

ja, ja, hat ihn schon — da, da, tu je (našao sam)...

jaka — okovratnik

jarmac — prečka na kolima o kojoj vise ždrepčanici

jatagan — vrsta starinske krive sablje

jeftika — sušica, tuberkuloza

jendek — jarak, rov

kačara — zgrada ili prostorija u seoskom domaćinstvu u kojoj se drže kace, burad

kameralni — koji se odnosi na državne finansije

Karl fon Lemke (1831—1913) — nemački estetičar i istoričar umetnosti, poznat po *Popularnoj estetici* (1865)

karuce — laka kola

katana — vojnik konjanik, glasnik

katranica — posuda sa katranom na kolima; žig na stoci

kaznačej — blagajnik

kazuk — kolac, metalni ili kameni stubić (o koji se hvata brod)

kevilj — ohol momak, osobenjak

klopa — kartaška igra

ključiti — okrznuti, zahvatiti, dirnuti

kokica — duvan istresen iz lule, koji još gori

komordžija — vojnik s konjem, koji vojnicima nosi hranu od njihovih kuća

konđa — ženski ubradač, sastavni deo stare srpske nošnje

konzistorija — pravoslavni crkveni sud

koporan — gornji kaput od domaćeg sukna

košara — staja za stoku napravljena od plota oblepljenog blatom i pokrivena slamom

krčevina — iskrčeno zemljište

krdžalija — turski hajduk, odmetnik od turske vlasti

krndelj — ovde: mali pištolj (s podsmehom, podrugljivo)

krnjatak — komadić, krhotina

krstina — unakrsni snopovi žita

kube — kupola

kulaš — konj sivopepeljaste boje, boje olova, mišje boje

lakerda — vrsta ribe

lasno — lagano, lako, sporo

lažica — kašika

legršter — pisaljka, olovka

letivetar — prevrtljivac, vetrogonja, zabušant

libade — vrsta ženske narodne haljine širokih rukava

licej — vrsta stare srednje škole

limunacija — rasveta, osvetljenje

luft — vazduh

luscinia philomela — latinski naziv za slavuja

magazadžija — vlasnik magaze, trgovac

mandolinata — muzički instrument sličan tamburici

mašice — dvokraka metalna naprava (štipaljka) za razgrtanje žara

međer — dakle

metanisati — kajati se; padati ničice; ropski se ponašati

molovati — molerskim valjkom izvlačiti šare, mustre po okrečenom zidu

morokošnja — gvožđe kojim je okovana osovina

mosur — dugačka cev od drveta ili trske

moždanik — klin na kolima koji drži naplatke

mundir — svečani vojnički kratki kaput

nagvaždati — pričati koješta, govoriti besmislice

naokriške — iskosa

nimbus — svetiteljski venac oko glave; veliki ugled

nurija — parohija, kraj, oblast, mesto pod upravom jednog sveštenika

oboci — minđuše, naušnice

obojak — komad platna koji se obmotavao oko stopala, pretača čarape

obredoslovije — liturgija; crkvena služba

odularen — raspušten, razuzdan, razularen

odvugnuti — upiti vlagu, navlažiti se

opodeldok — mast protiv kostobolje

Osijan — pripovedač i pretpostavljeni autor ciklusa epskih škotskih pesama

ostruga — mamuza

ošljariti — raditi površno ili bez volje, zabušavati

otlukana — otvor na senari; strelište

ototanjiti — početi plakati

pačaluk — donji vezeni deo nogavice na turskim čakširama

pandišpanj — patišpanj, vrsta slatkog pečenog testa

Paranosov kapital — trgovačka porodica Paranos bila je poznata po velikom bogatstvu

parčetariti — raditi na komad, na malo

pasjaluk — pakost, zloba

peksijan — pogan čovek, rđav, zao, tvrdoglav

perčin — pletenica kose, vitica

peš — prednji deo kaputa ili prsluka; vrsta bogato ukrašenog kožuha sa naglašenim strukom

petačka — petakinja, bure od pet akova

petrahilj — deo odeće pravoslavnih sveštenika

pjeskovnica — kutija s peskom za posipanje rukopisa (mesto upijača)

plantago lanceolata — latinski naziv za bokvicu

plaštanica — pokrivač svete trpeze u crkvi

pleta — stari austrijski srebrn novac od 20 krajcara, cvancik

pobaučke — kretati se bauljajući, ići četvoronoške, puzati

podupirača — naprava (drvena greda) s unutrašnje strane vrata za osiguranje od provale

polelej — svećnjak s uljem

polić — staklena posuda iz koje se pije rakija (1dl)

poša — popadija

prangija — vrsta malog topa iz kojeg se puca o svečanostima

prdaljka — cev na gajdama kroz koju izlazi zvuk

prdavac — mali, neugledan čovek

preko jego — preko mere, previše

pršnjak — zimski prsluk od ovčije kože sa krznom iznutra; deo ama koji se nalazi konju na prsima

pručiti se — baciti se, pružiti se, pasti na zemlju potrbuške

puhor — sitan pepeo, naročito od duvana

pušćul — kićanka

pušnica — prostorija za sušenje, dimljenje mesa i mesnih prerađevina

Rac, racki — Srbin, srpski (pogrdno)

rahat — lako, udobno, mirno

rehav — proređene dlake, kose, obrva

riter — vitez, plemić

rojte — rese

rovašiti — obeležiti, obično stoku

rukunica — ručica, ruda u jednoprežnim kolima

saćurica — kotarica od slame, korpa u kojoj kisne hleb pre stavljanja u peć da se peče

sanćim — tobože

saračana — šupa, odeljenje u seoskom domaćinstvu u kojem su stare stvari

saraf — menjač novaca, spletkaroš

serbez — slobodan, bezbrižan; bez ustručavanja, neusiljeno

silaj, silav — pojas (kožni) u koji se zadeva oružje

simsija — lula za pušenje (od pečene zemlje)

skakavica — metalna šipka za zatvaranje vrata koja se povlači pomoću uzice

skamija — klupa, školska klupa

skunatoriti — steći, skupiti s mukom, sastaviti nešto malo

snurati — osipati, razvezivati

spahiluk — veliki posed, imanje spahije

srčanica — deo u kolima za koji je utvrđena ruda

srdžade — prostirka

srebrnjak — pištolj okovan srebrom

srmali — srebrn, srebrnim ili zlatnim koncem vezen, ukrašen

suhača — stari mlin koji su pokretali konji

sukija — smotuljak od krpe, hartije ili kučine kojom se čvrsto nabijalo punjenje u pušci

suri — sivi, pepeljasti

svitac — svećica od voska

šamija — ženska povezača, marama od tkane tkanine

šarampov — šanac, utvrda

šarenica — prostirka, tanko ćebe sa šarama

šarkija — velika tambura sa dve žice

šiljbočiti — stražariti

šiljte — mali jastučić za sedenje, dugi tanki madrac što se stavlja preko klupe

šiprag — grm, šiblje

šiškav — tanak, suv

šivatka — šivaća igla

šoma — slaba rakija; slab duvan

špag — džep

štranjka — uže, deblji pleteni konopac

takum — kompletna oprema, pribor; zadebljanje na onom kraju čibuka koji se stavlja u usta

tarnica — tovarna kola

tatula — bunika

teator — ovde: prizor (prema teatar — pozorište)

tepeluk — kapa od crvene čoje, zlatom izvezena, ukrašena biserima

terkija — jahačeva torba, kožna torba na sedlu; kaiš na sedlu o kojem visi torba

testija — zemljani sud za vodu, vrč

tišma — gužva, stiska

tozluci — dokolenice

tranbolos — vrsta pojasa, opasač od svile, širok šal za opasivanje

trin — mrva, pleva od sena

tuna — tu, ovde

tunos — tuniski visoki fes

tunjez — tupoglav, glupav, zamlata

ubogovetno — svaki dan, vazda

ugursuz — nevaljalac, nesrećnik

ugursuzluk — bećarluk, mangupluk

unkaš — prednje oblučje na sedlu

upropnice — upropanj, propinjući se
uzamance — uzaman, uzalud
uzarumiti se — uzjoguniti se, biti ćudljiv (za konja)
uzglavak — jastuk

vergl — muzički instrument u koji se svira okretanjem rukom
verige — lanac nad ognjištem (u starim seoskim kućama) o
    kojem visi kotao
verthajmovica — vrsta čelične kase
vezikator — vrsta melema za previjanje
vinjaga — vinova loza poduprta tako da predstavlja zaklon od
    sunca, brajda, odrina
vižlja — živahna, okretna, hitra ženska osoba
vrg — tikva, bundeva
vrljika — motka ili daska kojom se ograđuje neki prostor

zabran — zemlja na kojoj je zabranjen pristup drugima
zaira — hrana, rezervna hrana
zaporci — manžetne na rukavima
zarf — metalni tanjirić na kome se služi crna kafa u šoljama
zembilj — ceger, pletena torbica za nošenje namirnica
zgeba — patuljak, čovek neugledna rasta
zobnica — torba u kojoj se nosi zob ili druga zrnasta hrana
    za konja
zorli — jako, silovito, snažno, veoma

ždrepčanik — poprečna drška na konjskim kolima za koju se
    vezuju amovi

SADRŽAJ

Laza Lazarević
PRIPOVETKE

London, 2023

Izdavač
Globland Books
27 Old Gloucester Street
London, WC1N 3AX
United Kingdom
www.globlandbooks.com
info@globlandbooks.com

Naslovna fotografija
Thomas Möller
(https://pixabay.com/photos/
wagon-horse-drawn-carriage-transport-5667673)